Размазня❤
4
時
ロ
ア語でデレる
隣のアーリャさん
Иногда Аля внезапно кокетничает по-русски
JN047728

「わたし、泳げないのよ～」
マリヤ・ミハイロヴナ・九条《くじょう》

「セクシーだろ？　んん？」
周防《すおう》有希《ゆき》
「申し訳ございません、やり過ぎました」
君嶋《きみしま》綾乃《あやの》

「ん……ほら、
みんなのところに
戻るわよ」

「い、いつもはナイトブラ着けてるのよ？
でも、今日は持ってくるの忘れちゃって……」

目次

時々ボソッとロシア語でデレる
隣のアーリャさん4

燦々SUN

角川スニーカー文庫

23129

Illustration：ゆゆり

Design Work：AFTERGLOW

Иногда Аля внезапно кокетничает по-русски

プロローグ　忘れたい過去

「脳と体の成長著しい幼少期を、ただ遊んで過ごすなど愚の骨頂。社交性など後からいくらでも身に付けられる。今の内に、才能を伸ばせるだけ伸ばしておくことが肝要なのだ。多くの凡愚は、成長の止まった大人になってからそのことに気付く。そうなってからでは遅いのだ。分かるな？　政近《まさちか》」

祖父は、よく口癖のようにそう言った。いくらでも成長できる今の時期は貴重なのだから、無駄にするなと。今努力することで、後の人生でいらぬ苦労をしないで済むようになると。

「最高の環境、最高の教師を用意してやろう。お前には才能がある。誰よりも優れた、類稀《たぐいまれ》なる才能が。お前の才を活《い》かすためなら、私はいかなる労力も厭《いと》わん」

その言葉に嘘はなかった。勉強でも、芸能でも、武道でも、教えられれば教えられただけ、自分が成長するのが分かった。教師にも家族にも褒められて、自分が誇らしかった。

「なあ周防《すおう》、お前も来るか？」

「やめとけって。どうせ誘っても来ねーから」

仕方ないじゃないか、今日はピアノの練習があるんだから。テレビゲーム？　そんなの上手《うま》くなって何の役に立つんだ？

僕は君達とは違うんだ。才能がある人間は、努力しないといけない。才能の限界が見えるまで、努力し続けないといけない。おじい様の期待に、応《こた》えないと。

「もうそんなに英語が話せるようになったのですか？　すごいですよ、政近さん」

ありがとう。でも、まだまだだよ母様。僕はまだまだ上達できる。もっと上手に話せるようになるから、その時はうんと褒めてね？　母様。

「ごめんね兄さま。わたしが寝てばかりだから、兄さま大変だよね？」

何言ってるんだよ有希《ゆき》。体が弱いんだから仕方がないだろ？　大丈夫だよ、僕が有希の分も頑張るから。僕が立派に周防家を引き継ぐから、有希は何も気にしなくていいんだよ？

「大丈夫かい政近。習い事ばっかりでつらくないか？　もっと、子供らしく遊んでもいいんだよ？」

遊ぶ？　さっき有希と綾乃《あやの》と、トランプで遊んだばっかりだよ父様。一時間も遊んじゃったから、早く勉強に戻らないと。

最近、母様の笑顔がぎこちないんだ。なんだか無理して褒めてる感じがするんだよ。これ以上母様に無理をさせないよう、もっと頑張らないといけないんだ。

「まあ、空手で黒帯を？　頑張りましたね。立派ですよ」

やっぱり、無理してる。本当は満足してないんだ。心からそう思ってないから、本心がバレないよう目を逸《そ》らしてるんだよね？　ごめんね母様。母様が嘘を吐かないで済むように、もっと頑張るから。母様が心から褒められるように、もっと。

「政近様？　そろそろお休みになった方が……」

大丈夫だよ綾乃。まだまだ限界が見えないんだ。だから、もっと努力しないといけないんだ。

それより、有希のことを見ててよ。僕は大丈夫だから、有希の方を気に掛けてて？

「お前さ、オレらのことバカにしてるだろ」

「金持ちだからって、生意気なんだよ」

うるさい、邪魔しないでくれよ鬱陶しい。いちいち絡んでくるな僕のことは放っておいてくれ！

「周防くん、もう少しお友達とも仲良くしましょうね？」

先生まで、余計なお世話なんだよ。あんな奴ら友達じゃない。人の邪魔をして、足を引っ張ることしか出来ないクズ共。

あんな連中に構ってる暇はないんだ。ホントは学校にだって来たくない。時間が足りないんだ、もっと努力しないと、母様が心から笑ってくれないんだよ！

「もう学校来んなよお前」

「ホントそれ。むしろなんでいるの？　お前」

黙れクソガキ共。僕の妹は、学校行きたくても行けないんだよ。少し運動しただけで咳《せき》が止まらなくなる。学校どころか、外に出ることすらままならない。

『小児喘息《ぜんそく》ですね。かなり症状が重いです。環境や気温の変化はもちろんですが、感情の高ぶりなどでも症状が出る場合があるので、気を付けてあげてください』

信じられるか？　有希は怒ることも泣くことも、声を上げて笑うことすら出来ないんだ。体の自由どころか、心の自由すら病気に奪われてるんだよ。

それでもわがままひとつ言わないんだ。これ以上迷惑掛けないようにって、無理して笑うんだ。

誰がお前らなんかと一緒にいたいもんか。本当なら有希の側にいてやりたい。でも、有希が気に病むから……有希の分も、学校を休むわけにはいかないんだよ！

「また仕事⁉　あなた全然家に帰ってこないじゃない！」

「ごめんな、本当はもっと家族と過ごしたいんだけど……」

「ああもうあなたっていつもそう！　謝ればいいと思ってるんでしょ⁉」

どうして……なんで、母様があんなに怒ってるの？　やめてよ、前みたいに笑ってよ。

僕頑張るから。だから父様を怒らないで？　そうだ、母様が好きだって言ってたあの曲を弾こう。たしかショパンの……なんだったっけ？　すごく難しい曲だったけど、頑張って練習しよう。

僕が頑張って弾けるようになったら、母様もきっと……

「もう、やめなさい!!」

きっと……喜んでくれると、思ってたのに。

なんで、どうしてなんだ！　僕は今まで頑張ってきた！　習い事ばかりで遊ぶ時間がなくたって、学校で生意気だっていじめられたって、つらくなんかなかった！　母様が褒めてくれるなら。有希が慕ってくれるなら。

どうして僕の努力を認めてくれないんだ！　もっと褒めてよ！　優しく頭を撫《な》でてよ！　前みたいに！

「優美《ゆみ》の……母親のことは気にするな。お前は今まで通り、研鑽《けんさん》に励めばよい」

今まで通り？　これからも……努力を続けろっていうのか？　出来るわけない……どうして、どうして僕の苦しさを理解してくれないんだ！

苦しい。苦しいんだ。おじい様の期待が苦しい。母様と一緒にいるのが苦しい。有希と、綾乃の純粋な瞳《ひとみ》が……苦しい。もう嫌だ。もう……この家に、いたくない。

「なんだよ周防、帰らないのか～？」

「おいおいサボりかぁ～？　習い事があるんじゃないんですかぁ～？」

うるさい……ホントにうるさい奴らだな。いつもいつもいつもいつも……………いっそのこと、一回黙らせ――いや、ダメだ。こいつらに、僕が相手にする価値なんてない。無視だ、無視しないと……

「チッ、つまんねーなぁ。お高くとまりやがって」

「こいつよりさぁ、妹の方がからかい甲斐《がい》あるぜ？」

「妹？」

「そ〜そ、最近学校来ねーけど」

無視だ、無視……………

「そっちもな〜んかお嬢様ぶっててむかついたからさ〜。ちょっと筆箱取ってやったら、『返して返して〜』って。そんで急にぶっ倒れてさ〜」

「な〜んだそれ。金持ちは軟弱だな〜」

「ずっと部屋でピアノでも弾いてそうだもんな〜」

「アハハハハッ！」

無、視…………!!

……………………………

「いらっしゃい政近ちゃん、久しぶりね〜」

「おお、来たか政近！　聞いたぞ〜？　同級生の男子四人をボッコボコにしたんだって？よくやった！　それでこそ男だ！」

「ちょっとおじいさん、褒めてどうするんですか」

「説教はもう十分受けとるだろ？　それに、政近が意味もなく暴力を振るったとも思えん。男が拳《こぶし》を振るう時は、譲れない何かがあった時だ。なぁ？　政近」

「まったくもう……まあとにかく、いつまでもウチにいていいからね？　政近ちゃん」

「なんなら、このままじいちゃん家《ち》に住んでしまっても構わんぞ？　そうだ、早速わしのロシアコレクションを見せてやろう！」

……なんで、いきなり褒められてるんだ？　分からない……周防の家と違い過ぎて、混乱する。

「もうそんなにロシア語を分かるようになったのか？　はぁ～～やっぱり恭《きょう》太郎《たろう》の息子だなぁ」

別に、こんなの大したことない。こんなことで褒められたって、全然嬉《うれ》しくない。僕が、褒めて欲しいのは……代わりになる人なんて、いない。他の人に褒められたって、虚《むな》しいだけだ。

【え、ロシア語が話せるの？　すごいすごい！】

虚しい、虚しいだけ……

【うわぁ、本当に何でも出来るのね！　かっこいい！】

そんなの……僕は……

【ピアノ弾けるの？　聴きたい聴きたい！　ねぇ、今度聴かせて？　約束！】

代わりに、なる人なんて……

【マサーチカ！】

────………………

第1話　お腹フェチとか聞いたことない

「おにぃちゃん、起きて？」

微《かす》かなセミの鳴き声とクーラーの音以外は何も聞こえない、静かで薄暗い部屋。その落ち着いた空気を、少女の甘えるような囁《ささや》き声が揺らす。

しかし、その囁きを向けられた少年はというと、目を閉じたまま少し眉間《みけん》にしわを寄せて、ベッドの上でもぞもぞと動くだけ。

「起きないとぉ……チューしちゃうよぉ？」

そのことに苛立《いらだ》った様子もなく、むしろわずかに笑みを含んだ甘やかな声が、静かな部屋にまた響く。

だが、やはり少年は起きる気配がない。そのことに、少女は口元に浮かべていたうっすらとした笑みを……ニヤリとした笑みに変えて、心底楽しそうに叫んだ。

「ハイ残念時間切れ！　ハイがぶぅー」

「痛《い》っつぁ!?」

突如首筋に走った鋭い痛みに、少年——久世政近《くぜまさちか》は、たまらず跳ね起きた。

「あ、起きた」

「起きた、じゃねーわ！　何すんだいきなり！」

首を押さえながら上体を跳ね起こすと、政近はベッド脇にしゃがんでいる少女——彼の実妹である、周防有希《すおうゆき》を睨《にら》みつけた。しかし、有希は全く怯《ひる》んだ様子もなく、ニヤニヤとした笑みを浮かべたままむしろ煽《あお》るように言う。

「だから言ったじゃん。起きないとチューするって」

「知らねーよ。というか、今のどこがチューなんだ」

「嚙《か》みつくようなキスだよ知らねぇのかよ」

「〝ような〟じゃねぇ。まんま嚙みつきじゃねーか」

それこそ嚙みつくようにツッコミを入れる政近に、有希は意外そうに片眉《かたまゆ》を上げて言った。

「なんだよ、そんなに普通のチューをされたいのか？　仕っ方ないなぁ……あ、でも寝起きの口の中は汚いから、流石にうがいはしてくれる？」

「どんだけ激しいチューする気なんだよ。いらねーわ」

「無理すんなって。小さい頃は戯れにチューしまくった仲じゃねーか」

「だからそんな記憶ねーわ」

「オイオイ寂しいじゃねぇか。オレとのキスを忘れっちまったのか？　仕方ねぇ……思い出させてやるよ」

襟元のボタンをゆるめ……ようにもボタンがなかったので、Tシャツの襟を指でグイッとやりながらベッドに上がって来ようとする有希。何やら俺様イケメンっぽい野獣じみた笑みを浮かべながら迫ってくる妹に、政近は……

「いや来んなし」

「もぶっ」

丸めたタオルケットを顔面目掛けて押し付けた。くぐもった声を上げながらベッドから落ちる有希。すると、今度は一転して哀れっぽく脚を投げ出し、タオルケットを体に巻き付けるとその端を口元に当てて、よよと泣き崩れるふりをした。

「ヒドイ！　あたしのファーストキスを奪っておいて！」

「……百歩譲ってそんな事実があったとして、奪われたのは百パー俺の方だろ」

まるで酷《ひど》い男にヤり捨てられたかのような悲愴《ひそう》な雰囲気をまとう有希に、政近はジト目を向ける。しかし、有希は全く応《こた》えた様子もなく小芝居を続ける。

「そうやってわたしを悪者にするのね……男って、いつも勝手なんだから」

「そうやって語れるほどお前男を知らねーだろ」

「そうよ、わたしにはあなただけ……あなただけなのに！」

「うぜ～」

「なのに……あなたには、わたしだけじゃないのね……」

「いや、なんの話だよこれ」

げんなりとした表情を浮かべる政近に、有希はキッとした目を向けた。不意に向けられた眄《とぼ》むような視線に、政近も思わずたじろぐ。

「惚けるつもり⁉　わたし、知ってるのよ⁉　あなたが、他にも女を連れ込んでるって‼」

「！」

その言葉に、心当たりがあった政近はドキッとする。

（なんで知って……⁉　いや、これはカマかけか。こいつが知ってるはずがない。動揺を表に出したらダメだ！）

瞬時にそう判断すると、政近は動揺を内に抑え込んで呆《あき》れた表情を作った。

「なあ、この小芝居いつまで続くんだ？」

「誤魔化《ごまか》すつもり⁉」

「いや、誤魔化すって……」

「じゃあこれは何よ‼」

そう叫びながら突き出された有希の手。その、親指と人差し指の間に……カーテンの隙間から差し込む光を受けてキラキラと輝く、一本の白っぽい髪の毛がつままれていた。

政近の背中に、ドッと冷や汗が噴き出す。

「あの女でしょ……さっき、枕元で見付けたのよ！　わたし以外の女をベッドに連れ込んで何してたのよいやらしい！」

「いや……いや、それは嘘だろ！　部屋には入れてないし！」

「ふ〜ん、じゃあ家に入れたことは認めるんだ？」

「あぇ？」

急に演技をやめて生ぬる〜い目になった有希に、政近は面食らう。それに小馬鹿にしたような笑みを浮かべながら、有希はずいっと指でつまんだ髪の毛を突き出した。

「よく見ろよ……おじい様の白髪だっつの！」

「なっ⁉」

「なっはっは！　引いっかかってやぁ〜んの！　これで終業式での借りは返したぜ！」

勝ち誇ったように笑う有希に渋い顔になりながら、政近はせめてもと反論する。

「借りって……そもそも先に仕掛けてきたのはお前だろうが。アーリャ相手にエグイ精神攻撃仕掛けて、俺にも薬盛っといてよく言うわ」

「そりゃ勝負だし〜？　相手が誰であれ手心は加えませんよ？　それに……」

「それに？」

そこで、有希は不意に真剣な表情になってベッド脇に正座した。政近も、釣られて少し姿勢を正す。

「お兄ちゃん様、実は最近、わたしはあることに気付いてしまった」

「なんだ？」

「それはな……」

妙に深刻そうな声を出しながら、有希はふっとどこか遠くを見る目をした。

「もしかしたら……わたしは、悪役令嬢なのかもしれない」

「……おう。とりあえず最後まで聞こうじゃないか」

途端に視線を生ぬるいものにしつつも、政近は先を促す。

「客観的に考えてくれ……わたしは、学園でも淑女の鑑《かがみ》と称される名家のご令嬢。おまけに綾乃《あやの》というメイドまでいる」

「うん」

「一方アーリャさんは、平民出身で外部からの転入生。学力はトップだけど、学園では少し遠巻きにされている」

「……まあな？」

「そして、そんなわたしとアーリャさんが、選挙戦という舞台で戦っている」

「……ふむ」

そこで、有希はくいっと片眉を上げて政近をじっと見た。

「……」

「……いや、そんな『な？』みたいな顔されてもだな」

「これ立ち位置だけ見れば、完全にあたし悪役令嬢じゃね？」

「……まあ、分からんでもない」

「このまま順当に行けば、あたしは来年三月の卒業式で選挙戦での不正をお兄ちゃんに暴かれ、絶縁宣言を突き付けられて学園からも追放されちゃうんだよ」

「あぁ、俺はバカな王子ポジなのね」

「そして周防家からも勘当され、綾乃と二人着の身着のままで放り出されちゃうんだよ」

「あ、そこ綾乃は連れてくんだ」

「そこを隣町の帝王学園《ていおうがくえん》の八王子《はちおうじ》生徒会長にスカウトされて、わたしは帝王学園の副会長になるんだよ」

「何学園の何生徒会長だって?」

「そして八王子先輩と手を組んだあたしは、征嶺学園《せいれいがくえん》を吸収合併する!」

「いや生徒会の権力。ってそれ、俺とアーリャはどうなんの?」

「え? 敗戦校の代表として処刑されるけど」

「容赦なさ過ぎて草」

「だがしかし! 悪は滅んでいなかった! そう、ここまでの流れは全て、綾乃が裏で仕組んだことだったのだよ!」

「ナ、ナンダッテー!」

「そしてここから! 第二章、『反逆の君嶋《きみしま》家』が開幕する! 日本全土を巻き込む巨大な陰謀が動き出すのだぁ!」

「超展開キタコレ」

「というわけで、あたしは悪役令嬢らしく、あらゆる手を使って選挙戦を戦い抜くことにしたのだよ!」

「わ～パチパチパチ～」

棒読みで手を叩《たた》く政近に、天井目掛けてガッツポーズを突き上げていた有希は、ついっと意味深な流し目を向ける。

「とまあ、冗談はさておき……そのあたしの策略のおかげで綾乃にアレコレお世話してもらえたんだから、兄者にとっても役得だろ？」

「意味深な言い方すんな。別に変なことはしてないっての」

「らしいね。まったく、あ～んな美少女が背中流したり添い寝したりしてくれようとしてるのに、全部断るとかお前マジで男かよ」

「なんで責められてんの？　むしろ紳士的だと褒められてもいいと思うんだけど？」

「据え膳《ぜん》食わぬは男の恥、だよ……しかも綾乃は、露出度高めの夏用メイド服だったんだぜ？　首元のリボンの下から谷間に手を突っ込めちゃうステキ仕様だったんだぜ？」

「……突っ込んだことあるのか？」

「あるよ？　とっても温かくってやわこくって、最高でした」

キリッとした表情でセクハラ告白をする有希に政近は冷たい目になるが、有希はそんな視線を気にした様子もなく「ふーやれやれ」と言わんばかりに首を振った。

「熱のせいで正常な判断が出来なくなっていたっていう、これ以上ない免罪符があったのに……風邪は感染《うつ》したら治るとかいう謎理論で、治療という名目で濃厚接触する絶好のチャンスだったのに……乳のひとつも揉《も》んでないなんて、お前にはガッカリだ」

「お前のその発言がガッカリだよ」

「……と、思ってたけど〜？　まさかアーリャさんを家に連れ込んでたとはね〜？　おぬしも隅に置けぬのぅ」

途端にニヤニヤとした笑みを浮かべてにじり寄ってくる妹に、政近は気まずげに視線を逸らす。

「……別に、そんな大したことはしてねーよ」

「まったまたぁ〜……年頃の男女がひとつ屋根の下。家族はいない。こんなの何も起こらないはずないっしょ」

「いや、マジで何もないから……ただ」

「ただ？」

「ただ……夏休みの宿題やっただけだし……」

「あ？」

政近の言葉に、有希は一転して真顔になると、前に乗り出していた体を元に戻した。そして、瞬《まばた》きもせずにコテンと首を傾げる。

「……宿題をした？　わざわざアーリャさんを家に呼び出して？」

「……ああ」

「この夏休みに？　世の多くの学生が青春を謳歌《おうか》する、高校一年生の夏休みに？」

「…………ああ」

「……その様子だと、一回だけじゃない？」

「……三回、かな」

「おうこらクソかテメー」

真顔で浴びせられた罵声《ばせい》に、政近は反論も出来ずに顔を背ける。いや……正直、自分でもどうかとは思っていたのだ。終業式の後、帰り際にアリサと夏休み中も会うことを約束したはいいものの、いざ会うとなると口実が見付からず……かといって口実を探していたらそのままズルズルと機会を逸してしまうことが容易に想像でき、しかしアリサからのお誘いは期待できず……悩みに悩んだ末に出た誘い文句が、「一緒に夏休みの宿題しないか？」だったのだ。

以来三日間に亘《わた》って、二人は久世宅でひたすらに黙々と宿題をこなした。特にラブコメっぽいイベントが起こることもなく。おかげで夏休みの宿題はすごい勢いで消化されていっているが、その一方でアリサの態度が日に日に硬化していっているように感じるのは果たして気のせいなのかどうなのか。

「信っじらんねぇ……しかも、部屋に連れ込んでないってことは、リビングで勉強してたってことだよな？」

「……まあ」

中途半端に頷《うなず》く政近に、有希はくわっと目を見開くとパシーンとベッドを叩いた。

「バッカヤロウ！　家での勉強会イベントは、自分の部屋で座卓使ってやんのがお約束だるぉが!!」

「いや、それは家に親がいるのが前提だし……」

「いなくったって連れ込むべきだろ！　そして、アーリャさんがふと前屈《まえかが》みになった瞬間の胸チラに胸を熱くさせたり、四つん這《ば》いになった時のヒップラインに股間《こかん》を熱くさせたりするもんだろ！」

「股間を熱くさせるとか言うなや」

「そして麦茶こぼして服を透けさせてからの慌てて拭《ふ》こうとして自然にボディータッチ！　か〜ら〜のお風呂《ふろ》と乾燥機を貸して彼シャツに持ち込む！　自分のシャツを着たお風呂上がりのアーリャさんに、胸はドキドキ股間はバッキバ――」

「そぉいっ！」

「へべっ」

朝から問題発言しようとする妹に、政近は枕を投げつける。そして、顔面に枕を食らってのけ反る有希に無言で近付くと、近くにあったタオルケットをぐるぐると巻きつけ、端をギュッと結んで梱包《こんぽう》。そのままぺいっとベッドの上に捨てておく。そうして妹を強制的に大人しくさせてから、あくびをしながら自室を出た。すると、リビングで机を拭いているメイド服姿の綾乃と目が合う。夏休みということもあり、有希と綾乃の二人は昨日から久世宅に泊まっているのだ。

「おはようございます。政近様」

「おお……おはよう」

ピシッと姿勢を正して一礼する綾乃を見て、政近は軽く眉《まゆ》を上げる。

「わざわざ着替えたのか？　すぐ出掛けるんだから、私服着てればいいのに」

今日は、有希のたっての希望で遊園地に遊びに行くことになっていた。午前中には家を出る予定なので、それまで私服でいればいいのではないかと思ったのだが、綾乃は当然のように答える。

「いえ、家事の際に正装をするのは当然のことですので」

「……さよか」

政近からすると二度手間としか思えないが、本人曰《いわ》く、髪を整えてメイド服を着るとメイドモードのスイッチが入るそうなので、政近はそれ以上何も言わずに頷いた。正直、有希がポニーテールにして妹モードに入るのと違って、綾乃は髪をまとめてメイドモードになっても、あまり雰囲気が変わらないのだが……本人にしか分からない気合の入り方があるのだろう。そう納得して、政近はとりあえずトイレに向かった。

トイレで用を足し、洗面所で手洗いうがいをした後、顔を洗って眠気を飛ばすと、自室に着替えに戻る。そして……

「スヤァ」

「無敵かお前は」

簀《す》巻《ま》きならぬタオル巻きにされた状態のまま、ベッドの上で眠っている（ふりをしてい

る）有希に、政近はかかと落としを見舞った。もっとも、実際にはかかとではなくふともも
で軽くお腹《なか》辺りを押しただけだが。すると、有希は「むっ？」と片目を開け、大あくび
をする。

「なんだ？　朝メシの時間か？」

「監禁されてるくせにやたらとふてぶてしい荒くれ者」

「なぁ看守さんよぉ、酒はねぇのかい？」

「あ、少しずつ情報教えてくれるタイプのやつだこれ」

「おっとと……なんだったかなぁ。昔のことなんで忘れっちまったぁ」

「ただし、素直には教えてくれない」

「奴が通ってたバーだ。そこの二階を調べな。面白いもんが出てくるかもしれないぜ？」

「でも、怒って出て行こうとしたらヒントを出してくれるまでがお約束」

「フッ……」

兄のツッコミに満足げに笑い、有希は両腕を開いてタオルケットを外し……外し
……………

「んっ！　ん～～っ！」

「……」

おっと、なかなか外れない。タオルケットにくるまれたままのけ反り、足をバタバタさ
せる有希。それをしばら～く生ぬるい目で眺めていた政近だったが、やがて呆《あき》れた様子で

屈《かが》むと、タオルケットの結び目を解《ほど》いてやった。すると、有希は途端にニヤリとした笑みを浮かべ、コキコキと首を鳴らす素振りを見せながら立ち上がる。

「やれやれ……やっと来たか。さ～ってと、俺もいよいよ動き出すかね」

「そして、部下に助けられて脱獄すると、お助けキャラから一転して強敵キャラになるっていうね……いや、なんの小芝居だこれ」

疲れた様子でそう言うと、政近は有希をベッドから下りさせ、うつ伏せにベッドに寝転がった。

「おいおい、朝からお疲れかい？　テンション低いじゃねぇか」

「むしろなんでお前はそんなにテンション高いんだよ……」

「皆まで言わせんなよ……兄者が嫌な夢見てたようだから、慰めてやろうとしてんだろ？」

「あ？　嫌な夢？」

有希の言葉にゴロンと仰向《あおむ》けになり、政近は記憶を辿《たど》る。すると、なんとな～く昔の夢を見ていたような覚えがあった。反射的に顔をゆがめる政近に、有希は自身の胸に手を当てて流し目で告げる。

「どうしてもつらい時は、オレの胸で泣いてもいいんだゼ……？」

妹の、冗談めかした言い方に隠された確かな気遣いに、政近は感謝と共にこそばゆさを感じた。元より、実質一人暮らし状態の兄を気遣って、綾乃と一緒に押しかけてくるくらいだ。本人は「あたしがさみちかったから！」と言っているが、本当はそれ以上に兄が孤独を感じていないか心配して来てくれたのだろう。

（まあ、綾乃を巻き込んで一緒に寝ようとするのはやり過ぎだと思うが……）

昨夜のやり取りを思い出して苦笑しつつ、政近は有希の冗談めかした態度を茶化した。

「そんな薄《う》っすい胸を貸されてもなぁ」

「揉めるくらいはあるわボケェ!!　それとも何か⁉　摑《つか》めないおっぱいはおっぱいとして認めないってか⁉」

政近の生ぬるい目に、有希は自分の胸を下からグイッと持ち上げる。色気の欠片《かけら》もないその行動にますます目を細めながら、政近は誤解を正した。

「いや、摑めるって相当だろ……そうじゃなくて、サイズ以前にお前全体的に体が薄いから、あばらが当たりそうなんだよ」

「じゃあ試してみるか⁉　あたしの母性に溺《おぼ》れるがいいわ！　オリャ―――！」

「んぶっ」

叫ぶや否や、有希は政近の上にのしかかり、政近の頭を抱きかかえてぐりぐりと胸を押し付けた。政近の顔を、ふにふにとした柔らかな感触が覆う。その一方で鼻先に触れる……ゴリゴリとした胸骨の感触。

「へへっ、どうだい？　母性を感じるかい？」

「父性なら生まれた。もう少しちゃんと食えよ」

「食っとらわーい！　食っても太らねぇんじゃーい！」

憤慨しつつ、有希は政近の頭を解放するとガバッと体を起こす。そして、政近のお腹の上に馬乗りになると、額に手を当ててやれやれと首を振った。

「ふぅ……そうか。やはり、乳では九条《くじょう》姉妹には敵《かな》わんか」

「乳ゆーな」

「かと言って、お尻《しり》や脚で対抗するのもまた難しい……それに、お尻や脚に関しては乃々《のの》亜《あ》さんというダークホースもいるしな……」

「いや、知らんけど」

「あの魅惑のヒップを知らんだと？　チッ、これだからおっぱい星人は……」

「ねぇこの話長くなる？　長くなるようなら終わってから起こしてくれる？」

妹に馬乗りされたまま普通に二度寝しようとする政近に、有希は額に手を当てたまま「フッ」とニヒルな笑みを浮かべる。

「まあそう結論を急ぐなよマイブラザー……胸やお尻や脚では、外国人の血が入ってるあの三人には敵わない……そこで、だ」

そして、有希はおもむろにシャツをススッとまくり上げた。可愛らしいおへそと、うっすらと浮かび上がるあばら骨を披露しながら、有希はドヤ顔で語る。

「あたしは、お腹を推すことにした」

「ほう、お腹」

「ふふっ、どうだい？　このすべすべでぷにぷになお腹は。思わず頬《ほお》ずりしたくなるだろう？」

「いや、別に……」

「へへっ、無理すんなよ……新しい扉が開きそうなんだろ？」

「残念ながら、開く以前にお腹フェチの扉自体が存在せんなぁ」

「ないのなら　作ってみせよう　フェチのドア」

「なにその廃句」

「おい今サラッとゴミ扱いしたか？」

「よく分かるな」

「分かるわ。思考パターンが似てるからな。あと、オタク的思考になるとなお読みやすい」

「ま、そりゃたしかに」

実際、政近も有希の思考はある程度読めるので気持ちは分かった。もっとも、有希の突飛すぎる行動は予測不能なところがあるし、政近のオタク脳に対する有希の鋭さはエスパーレベルだとも思うが。

「で、どう？」

「どう、とは？」

「お腹フェチに目覚めそう？」

「いや全く」

「チッ、やっぱり乳か？　乳がいいのか？　ほ～れ下乳だぞ～？」

ニヤニヤした笑みを浮かべながら更にシャツをまくり上げ、上体を左右にくねらせる有希。学園の男子だったら大多数が目を血走らせながらガン見するであろう光景に、政近は……

「スヤァ」

「オイコラ狸寝入《たぬきねい》りすんな。出血大サービスでノーブラだぞこの野郎」

「……」

「なんだよぅ、こんなにセクスィーなのにぃ」

拗《す》ねたようにそう言うと、有希はスマホを掲げ、画面を見ながら少しお尻の位置を調節し、パシャッと自撮りをした。撮れた写真──お腹の上までシャツをまくり上げ、政近の下腹部に馬乗りになっている自分の画像を確認し、有希がゴクリと唾《つば》を呑《の》む。

「これは……完全に入ってる」

「オイコラボケ」

「よっしアーリャさんに送ったろ。えっと、『政近君は今日も朝から元気です』っと」

「悪魔かてめぇ！」

「ハッ！　誤爆のフリして『政近君、昨日はとってもステキでした』って送った方がいいか⁉」

「よし梱包《こんぽう》」

素早く起き上がって有希の手からスマホを取り上げると、政近は再び有希をタオル巻きにした。その間実に四秒。驚くほど鮮やかな手際だった。

「さってと、削除削除」

「あぁ〜!!　ちょ、妹のスマホ勝手に触るとかサイテー!!」

有希の抗議をサラッと無視し、政近は有希が撮った画像を削除する。

「おーぼーだぁ！　断固抗議するぅ！」

そして、ミノムシのような姿でジタバタしながらわめく妹をひょいっと持ち上げると
……

「はいはい、そろそろベッド下にお帰り」

まるで保護動物を自然に帰すかのような優しい声音で、おもむろにベッド下に押し込んだ。

「あ、いや狭──」

「はいはい、騒がしい妹はベッド下にしまっちゃおうね〜」

「ちょ、マジで狭いって！　タオルがある分余計にき、つ、いぃ〜〜」

「遠慮すんなよ……狭いところが好きなんだろ？」

有希の声を意に介さず、政近はグイグイと有希をベッド下に押し込む。すると、有希は突然何やら悩ましい声を上げ始めた。

「お願いやめてお兄ちゃん！　痛い！　すごくイタイのぉ！　そんなに無理に押し込まないで！　こ、これ以上は入らないからぁ！」

「え、あ、まさかのスルー⁉　ほ、ホントに苦し――助けて綾乃ぉ！」

「お呼びですか有希様！」

「武器を構えるな武器を」

右手にやたらと先端が尖《とが》ったメタリックなシャーペンを三本装備して部屋に飛び込んで来た綾乃は、室内の状況を見てゆっくりと瞬《まばた》きをする。タオルケットに巻かれた状態で、右半身がベッド下に入り込んでいる有希。その隣にしゃがみ込んでいる政近。なかなかに理解に苦しむその状況に、綾乃は無表情のままくいーっと首を傾げ……数秒してから、パッと首を元に戻した。

「……ああ、出られなくなってしまったのですか？　政近様、お手伝いします」

そう言うと、綾乃は政近の隣にしゃがんで有希を引っ張り始める。

「……綾乃があたしをどんな目で見てるのかよく分かったよ」

「日頃の行いのせいだろ」

最も信頼する従者に、普通に自分で潜り込んだものと誤解され、有希は二人に引っ張り出されながら遠い目になるのであった。

◇

「……」

「……で、なにその格好」

「変装だよ兄上」

政近のジト目に、有希は帽子のつばをくいっと持ち上げながら平然と答える。綾乃が作った朝食を食べ終え、各々外出の準備をしてから再びリビングに集まった三人だったが……その場に現れた有希の服装はというと、ベースを弾いている女子高生のアニメキャラがプリントされたTシャツに、サスペンダー付きの半ズボン。長い黒髪をツインテールにした頭にはベレー帽をかぶり、とどめに大きなサングラスまで装着していた。……体格が小柄なこともあって、とてもではないが高校生には見えない。どう見ても中学生……下手をすると、ちょっとおませな小学生にも見えた。

しかし、本人はそんなことを気にした様子もなく、ナルシストっぽい笑みを浮かべてベレー帽のつばに手を当てる。

「フッ、変装をしてもなおも隠せぬわたちのかわいらちさよ……」

「かわいらちいのか」

「かわいらちいのだよ」

顎《あご》にピースを当てながら「むふ～ん」とドヤ顔で上目遣いをしてくる有希に、政近は内心「メスガキ臭すげぇな」と思いながらガリガリと頭を掻《か》く。

「いや、そもそも……なんで変装？」

「前にアーリャさんと遭遇した時みたいに、知り合いと鉢合わせする可能性もゼロではなかろ？　今は選挙戦の対立候補同士、余計な憶測を生まぬよう変装したのだよ」

「いや、別にそれはよくね？　俺らが幼馴染《おさななじ》みの親友同士ってのは有名なんだし」

「ま、念には念を、だよ。変に波風立つようなことはしないに限る」

「はぁ……」

内心「下手に変装してる方がバレた時めんどくさいことになるんじゃないか？」と思いつつも、それを言うのも面倒で中途半端に頷《うなず》く政近。そして視線を有希の隣に向けると……そこには見るからに地雷臭漂う、野暮《やぼ》ったい少女の姿。言わずもがな、綾乃である。地味なブラウスに地味なスカート。つい先程までメイドモードできちっとまとめていた豊かな黒髪を、今は逆に顔を隠すように前に集め、大きな眼鏡で更に顔を隠している。典型的な〝実は美人なもさい女スタイル〟だった。

「……綾乃」

「はい、政近様」

「悪いことは言わない。着替えて来なさい」

「……ですが」

「いいから。花の女子高生が、わざわざそんな格好して出歩くんじゃありません」

「……」

政近の言葉に、綾乃は困惑したように瞳《ひとみ》を揺らし、有希の様子を窺《うかが》う。当然そうなるのは分かっていたので、政近も有希に翻意を促した。

「お前が変装したがるのは勝手だが、これはあんまりだろ。美少女にやらせる格好じゃねえ」

「いや、むしろ美少女じゃなかったらただの事故じゃん……」

「全国の垢抜《あかぬ》けない女性達に謝れ」

有希にジト目で言い放ち、政近は綾乃の方を振り返る。

「美少女……」

「？」

するると、綾乃が無表情のまま何やら両手を頬《ほお》に添えていた。心なしか、頬が赤くなっている気がしないでもない。しかし、政近が怪訝《けげん》そうに見ていると気付くや否や、スッと両手を下ろして居住まいを正した。

「しゃーない。着替えて来ていいよ、綾乃」

「畏《かしこ》まりました」

そして、有希の言葉にぺこりと頭を下げると、荷物を置いてある有希の部屋へと向かう。その背を見送り、数秒経ってから政近は「あ」と声を上げた。

「今の……照れてたのか」

「どう見ても照れてたろうがボーイ」

「いや……綾乃が俺に褒められて照れるとは思わんかった」

「ん……まあ、たしかに」

てっきり無表情でスルーされると思っていた政近は、綾乃が見せた女の子な反応に戸惑う。そして、「気持ちは分かる」という風に頷く有希に、恐る恐る問い掛けた。

「あの、さ……綾乃って、俺に対して恋愛感情は一切ないんだよな？」

「ん？　本人からはそう聞いてるけど？」

「だよな……」

綾乃が政近と有希に向ける感情は、従者が主人に向ける敬愛である。本人はそう言っているし、政近もそういうものかと受け入れていた。そして、綾乃が献身的に尽くしてくれるのも、従者として主人に尽くしたいという願望だというなら、受け止めてやるべきだとも考えていた。

だが……もしそこに、一片でも恋愛的な何かがあるのなら、政近としても対応を考えなければならなかった。綾乃が自分達兄妹に接する態度は基本平等であり、そこに性別による扱いの差を感じたことはない。だからこそ、政近も綾乃の言葉を真実だと認識していたのだが……あんな態度を取られると、多少なり疑念が湧いてしまうのだった。

「気になるのかい？　兄上様よ」

「まあ、な……普通、家族同然の相手に容姿を褒められても照れたりはしないと思うし……」

「ん～……ま、そうだねぇ」

政近の言葉に、有希もまた考え深げに顎を撫《な》で……不意に何かを思い付いた顔をした。

「じゃあ、確かめてみよっか」

「？　どうやって？」

「こうやって」

ニヤリと笑った妹の表情に、政近は嫌な予感を覚える。しかし、政近がその予感に従って制止する前に、有希は両手でメガホンを作ると、自分の部屋の方に向かって呼び掛けた。

「綾乃～！　ちょっと急いでこっち来て～！　ほらほらハリーアップ！　そのままの格好でいいから！」

有希の呼び掛けに、即座にドアが開閉する音が響き、トタトタと早歩きで近付いてくる足音が聞こえる。そして、リビングに続くドアが開き――

「お呼びですか有希様」

「ブフッ！」

飛び込んで来た綾乃の姿に、政近は思わず目を見開いて吹き出した。

なぜなら、綾乃は上下薄紫の下着姿だったから。しかも、下着というよりランジェリーという表現が相応《ふさわ》しそうな、思ったよりオシャレでセクシーな。その下着の中でしっかりと谷間を形成する胸に、きゅっとくびれた折れそうなほどに細い腰。少し小ぶりなお尻に、スッと伸びる長い脚。有希ほどではないにしても、綾乃も全体的に華奢《きゃしゃ》なのだが、それでいてかなりスタイルがいい。その色白な肌に豊かな黒髪が掛かる様は、政近でも思わず息を呑んでしまうほどに色っぽかった。

「オッケイ綾乃、ナ〜イスタイミング」

「どこがだ！　ってか綾乃ぉ！　お前も隠せよ！」

「政近様と有希様に隠すものなど何もございません」

「普通にあるダロォ⁉」

半ば悲鳴のように叫びながら、政近は顔を背ける。華奢でありながらもしっかりと女性的な曲線を持っている綾乃の半裸に、いくら家族同然の間柄とはいえ、流石に動揺を隠せなかった。有希の全裸とは違うのだよ有希の全裸とは！

一方で当の有希は、綾乃にトコトコと近付くと背後の政近に声を掛ける。

「ほら見てお兄ちゃん、綾乃ってばこんなところにホクロがあるんだよ。セクスィ〜」

「どこを指してるのかは知らんが、とりあえず綾乃はさっさと着替えて来い」

「有希様……」

「ん〜……まあいっか。急に呼んでごめんね？　もう用は済んだから戻っていいよ」

「いえ……では、失礼します」

ドアの開閉音が響き、政近はようやく顔を前に戻す。そして、有希をじろりと睨《にら》みつけた。

「で？　どういうつもりだ？」

「ん？　綾乃がお兄ちゃんのことを男として見てるか確認したんだよ。ほら、男として見てない相手なら、下着姿を見られても恥ずかしくないって言うし」

「ああ……」

予想以上にしっかりとした理由が返って来て、政近は思わず納得してしまう。たしかに、家族同然の相手ならその辺りの羞恥心《しゅうちしん》が薄れるというのは、政近にも理解できる話だった。

「で、結果は？」

「ん？　分かんね」

「あ？」

「ちょこっとだけ恥ずかしがってた気もするんだけど、なんせ表情変わんないからさ〜。異性として意識しているレベルかって言われると微妙？」

「俺の感心を返せや」

ジト目を向ける政近を、しかし有希は意味深な目で見返す。

「まあ？　お兄ちゃんが綾乃のことをしっかり女の子として認識してるのはよく分かったよ」

「……」

有希の指摘に、政近は言葉に詰まった。実際、綾乃の下着姿に性的魅力を感じてしまった自覚はあるので、何も言えない。押し黙る政近をニヤニヤとした目で見ながら、有希はフッとどこか慰めるような笑みを浮かべる。

「ちなみにあたしは、お兄ちゃんのことこの世の誰よりも好きだけど、それはあくまで家族愛であって兄妹愛だから、お兄ちゃんに裸見られてもぜ〜んぜん恥ずかしくないよ？

ごめんな？　お兄ちゃんに着替えを見られて、悲鳴を上げながら物投げられる妹じゃなくって」

「何を謝られてるのか分からんが、逆にそこは最低限恥じらえ？　そこ一切恥じらわないのは、思春期の女子としてどうなのよ」

「おいおい……人並みの羞恥心を持つＪＫが、こ～んなクレイジーな格好して外に出ると思うかい？」

「堂々と言うな！　っていうか、クレイジーって自覚はあったのかよ！」

「兄者……正直な？　十五にもなって、ツインテールはきつい」

「でしょうねとしか言えん」

真顔で返す政近に、有希はどこか切ない笑みを浮かべて遠くを見つめる。

「でもね？　鏡を見て震えちゃったんだよ……『マジかよ。超似合ってるじゃんあたし』って」

「否定できんのがつらい」

「そう言う割には反応が薄いな？　やはり、ポニーテールでないとダメか？」

「なんでそうなる？」

「え？　だってお兄ちゃんポニーテール好きでしょ？」

「ふむ……まあそこは否定せんが、少し甘いな妹よ」

「なに？　それはどういうことだ？」

妙に芝居がかった態度を取る政近に、有希もすぐさま乗っかった。眉根《まゆね》を寄せ、深刻そうな表情をする妹に、政近はフッと笑って告げる。

「無論、ポニーテールはいい……だが真に素晴らしいのは、普段髪を結っている人間が、髪を下ろした時のギャップなのだよ……」

「ふ～ん。あ、今から出たら二十五分発の電車には乗れそうだね。ところで、電車の乗換案内って人間の歩く速度舐《な》めてると思わない？」

「露骨に興味なくすなや！　あと、乗換案内はお年寄りの歩く速度を基準にしてるんじゃないかなぁ⁉」

「ホーム間の移動に八分も掛かるお年寄りなんていないよ……？」

「うん、それはうちの元気過ぎるじいちゃんばあちゃんを基準にしてるからだよな。世間の一般的なお年寄りはな？　脱走した飼い犬を二百メートル以上追い掛けて捕獲したりしないんだよ？」

「そうだよね、普通自転車使うよね」

「そこじゃねーよ。ああいや、そこもなんだけども」

どうツッコむべきか、若干疲れ気味に考える政近の視界に……いつの間にか着替えて戻って来ていた綾乃が、静かに髪をポニーテールにしている姿が映った。

「……」

「あぁ～綾乃？　なんでポニーテールにしてる？」

「？　遊園地では長い髪は注意されるかもしれませんので、念のため軽くまとめておこうかと」

「え、あ、そう……」

「？」

「うぇ～い、お兄ちゃん自意識過っ剰～！　恥っずかしぃ～！」

「うっせぇわ！」

すかさず政近の顔を両手で指差して煽《あお》る有希に、政近は恥ずかしさを誤魔化《ごまか》すように叫ぶ。綾乃は無表情で小首を傾げる。

結局、それからもなんやかんやしている内に、二十五分発の電車は普通に乗り損なうのだった。

Иногда Аля внезапно кокетничает по-русски

第2話　オタクってめんどくさい

アトラクションから流れる軽快なBGMや、コースターがレールを走る轟音《ごうおん》が鳴り響く園内。その中を、三人組は各々いつもより少しテンションが上がった様子で散策していた。全員、遊園地に行った経験などほとんどない身。特に発案者の有希《ゆき》は、見るからにうきうきとした表情で周囲を見回していた。

「ひっさしぶりだなぁ、遊園地なんて。中一の夏休み以来？」

「そう、だな。じいちゃん家《ち》に泊まってた時に、じいちゃんとばあちゃんに連れて行ってもらったのが最後だな」

「そうそう、あの時はテンション上がり過ぎて急流滑りの水飛沫《みずしぶき》をモロに浴びちゃって、二人揃ってずぶ濡《ぬ》れになったんだよね〜」

うんうんと頷きながら、「いやぁ二人共若かったなぁ」とでも言いたげな笑みを浮かべる有希。しかしそこに、政近《まさちか》がジト目でツッコミを入れる。

「なんか都合よく記憶を改竄《かいざん》しているようだから言っとくが、はしゃぎ過ぎて水飛沫の前に飛び出したのはお前だけだからな？」

政近の指摘に、有希の笑みがピシッと固まる。しかし、この記憶の改竄は政近としても見過ごせなかった。

その時訪れた遊園地にあった急流滑りは、プールの上を横断するように架かった桟橋の上から、アトラクションが起こす水飛沫を正面から見ることが出来る形になっていた。当然、桟橋の中央付近は透明なドームに覆われており、観客に水が掛からないよう配慮されていた……のだが、当時の有希は何を思ったのか、コースターが着水する直前にそのドームの外へと飛び出してしまったのだ。

そして、押し寄せてくる水飛沫の激しさに、「これ、有希の体じゃ吹き飛ばされるんじゃ!?」と危機感を覚えた政近が、有希を守るために飛び出して……というのが、事態の真相だった。

「おかげで、パンツや靴下までずぶ濡れになっちまってさ」

「……」

「このままじゃ風邪引くってんで、まだ昼だったのに予定を繰り上げて帰ることにな――」

「うるっせぇ、チューするぞ？」

「!?」

まるでチンピラのように眉間《みけん》にしわを寄せ、サングラスを下げながら妙な脅し文句を口にする有希。その言葉に政近は今朝の痛みを思い出し、反射的に首元を手で押さえた。

「おい、なんで首筋押さえんだよ」

「自分の胸に手ぇ当てて考えてみろや」

「胸に手を……？　あ、ブラ着けてくんの忘れた」

「バッカかおめぇはぁ!?」

「冗談だよ……ほれ」

「見せんな見せんな」

前屈《まえかが》みになりながらシャツの襟を引っ張って下着を見せてくる有希に、政近は嫌そうに手を振って顔を背ける。すると、有希はむいっと口をひん曲げて肩を竦《すく》めてから、気を取り直したようにサングラスを掛け直し、近くの建物に目を向けた。

「あ、これお化け屋敷かな？」

「じゃないか？　なんか血飛沫が散ってるし」

外壁にビシャッと血のりが付着しているボロボロの小屋は、正しく「これぞお化け屋敷！」といった雰囲気を醸し出していたが……有希は今ひとつお気に召さなかった様子で首を傾げる。

「なんか、安《や》っすいフリーホラーゲームみたい」

「ねーんだよ、安いフリーホラーゲームなんて」

「………ホントだ。お前超頭いいじゃん」

「そんな感心されるようなことじゃねーよ？」

感心し切った様子で頷《うなず》く有希に、政近はジト目を向ける。綾乃《あやの》は空気。

それっきり有希は興味をなくした様子でお化け屋敷から目を逸《そ》らすと、今度は反対方向のドーム状の建物に目を向けた。

「あ、ゲーセンだ」

「ホントだ、へぇ～園内に併設されてるんだ」

「ゲーセンかぁ～あたし、何気に行ったことないんだよねぇ～」

明るく楽しげな電子音が鳴り響く空間に、有希が興味を惹《ひ》かれた様子で目を輝かせる。

すると、政近が思案気に顎《あご》を撫《な》でた。

「ゲーセンなぁ……そう言えば、俺も久しく行ってないなぁ」

「あ、前は結構行ってたんだ？」

「じいちゃん家に預けられてた頃にな……まあ、あの辺りのゲーセンは大体出禁になったから、それ以来行ってないんだよな」

「いや、何をしたし」

真顔で見上げてくる有希に、政近は記憶を辿《たど》るように視線を空に彷徨《さまよ》わせる。

「えっと……ランキングが残るゲームを、ことごとく俺の名前で埋め尽くしたり」

「それ、店側にあらぬ疑い掛かるやつじゃん」

「クレーンゲームの中の景品を、あらゆる技を駆使して根こそぎ獲《と》ったり」

「お前さては景品が載ってる台座ごと崩したりしたな？」

「景品なくなっちゃったから、その下に敷いてあったなんかキラキラした石を、同時に何個獲れるか試してみたり」

「いや、神々の遊びすんな？」

「そんなんやってたら、なんか出禁食らった」

「うん、妥当」

有希にジト目で告げられ、政近は肩を竦める。実際、当時の自分は小学生の身で若干半グレっぽくなっていたので、出禁は妥当だったと思う。

小学校で暴力沙汰《ざた》を起こし、厄介払いのように喘息《ぜんそく》がひどかった有希を残して一人で父方の祖父母宅に預けられ、気持ちがくさくさしていた。ゲーセンに入り浸り、別に好きでもないゲームで無双しまくったりしたのもそのせいだ。そう言えば、政近が一人称を〝俺〟にしたのもその頃だった気がする。あの頃は周防《すおう》の母と祖父がとにかく気に入らなくて、明確な理由もなくその教育に反する行動を取ろうとしていた。

（あの子に出会って……ようやく落ち着いたんだよな）

と、そこで有希が政近の手をグイッと引っ張り、ズビシッと前方を指差した。

「まっ、その腕前は後で見せてもらうとして……まずはあれに乗ろうか!!」

その指差す先にあったのは、レールがくねくねと激しく曲がりくねっているジェットコースター。入り口脇の立て看板には、「合計高低差日本一!!」とかいう謳《うた》い文句がデカデカと書かれている。

「……流石にいきなり攻め過ぎじゃね？　この絶叫マシーン、ここで一番ヤバいやつだろ？　もっと緩めのコースターから行った方がいいんじゃ……」

「おいおい、ビビッてんのかいマイブラザー」

「いや、俺本格的な絶叫マシーンとか乗ったことないし……」

「安心しろ、あたしもない」

「そのチャレンジ精神はどこから来るんだ……綾乃はどうよ？」

「わたくしは有希様に付いて行くだけです」

「ま、そう言うよな……」

諦《あきら》めと共に肩を竦め、政近も覚悟を決めた。有希に手を引かれるまま、アトラクションの入り口に向かう。

「ん？　お～い、身長百四十センチ未満は乗れないらしいぞ～？　お前無理じゃね？」

「そんなに小さかねーわ！」

「背伸びすんなよ……な？」

「な？　じゃねぇ。見ろや！　どう見たって余裕でセーフだろうが！」

ステテっと人形《ひとがた》のパネルに駆け寄ると、その前に立ち、自分の身長をアピールする有希。見ればたしかに、パネルよりも拳《こぶし》一個分くらい頭が上に出ていた。だが、政近は優しい目で窘《たしな》めるように言う。

「有希？　爪先《つまさき》立ちやめろよ」

「してねーし！」

「ハハハ、あんまり厚底な靴履くと危ないぞ～？」

「スニーカーだっつの！」

「分かった分かった。じゃあ行こうか？」

「おおっとぉ？　今、危うく手が出かけたぞ～？」

　優しげな表情で先を行く政近を、引き攣《つ》った笑みを浮かべながら有希が追う。そんな二人を、前を行く子連れの夫婦が微笑ましそうな顔で見ていた。どうやら、年の離れた兄妹だと思われたらしい。実際は同学年の年子なので、年齢差は一歳未満なのだが。ちなみに、夫婦の目に綾乃は映っていなかった。普通に有希の後ろにいたのに。なんという圧倒的空気。

「は～い、それではこちらで、手荷物やその他貴重品をしまってくださ～い」

　しばらく列に並んで順番待ちをしていると、係員のお姉さんに声を掛けられ、ロッカーを指し示される。鍵《かぎ》付きのロッカーの上には看板があり、コースターに持ち込めないものがイラスト付きで列挙されていた。

「そうか、乗ってる最中に落としたらマズいもんな」

「えっと、スマホと財布……」

「あと、その帽子とサングラスもな」

「あ、そっか」

　手荷物に加えて、ポケットの中のものも全部ロッカーにしまうと、ロッカーの鍵を抜いて手首に装着する。

「あ、すみません。シートにしっかりと頭を押しつけられるように、ポニーテールは解《ほど》いてもらえますか？」

「⁉」

そこで係員のお姉さんにそう声を掛けられ、綾乃はビクッと肩を跳ねさせると、こぼれ落ちんばかりに見開いた目でまじまじとお姉さんを凝視した。

「いや、霊感ある人間に出会った幽霊じゃねーんだからよ。『わ、私が見えるんですか⁉』みたいな反応すんなや」

政近に呆《あき》れ気味にツッコミを入れられながら、綾乃はポニーテールを解く。

（結局、変装ほとんど解除されてんじゃん……ま、どうでもいいけど）

そんなことを考えながらまた少し待っていると、いよいよ順番が回ってきた。

「って、よりにもよって一番前かよ……」

「うわ～お、初っ端《ぱな》からクライマックスぅ～」

最前列の四人掛けシートに案内され、政近は頰《ほお》を引き攣らせる。有希も軽いテンションで誤魔化そうとしてるが、若干顔が強張《こわば》っていた。綾乃はいつも通り《無表情》。

「それでは、行ってらっしゃ～い」

係員の明るい声に送り出され、コースターが動き始める。ガタンガタンと振動しながらゆっくりと曲がり、長～い上り坂へ。

「うわー空キレー」

「お兄ちゃん見て見て～空中ブランコがあんなに下にあるよ～」

「……」

　ゆっくりと坂の頂上に向かって上がりながら、どこか空々しい会話をする兄妹。そして、遂《つい》にコースターが頂上に達し……先頭がちょっと下り坂に乗り出したところで止まった。

「いや、ここで止まるん――」

　政近が言い掛けた、その瞬間。コースターが一気に下り坂を駆け下りた。

「うおおぉぉぉぉぉ!?」

「うおぉおぇぇぇぇい!?」

「……」

　驚愕《きょうがく》と恐怖が入り混じった叫び声を上げる兄妹。その声すらも風にさらわれ、あっという間に後方に流れていく。そして、続く乱高下に更には急カーブ。

「おおおぉぉ!?」

「うにぃぃぃぃ!?」

「……」

　連続して襲い掛かってくる、内臓がフッと浮き上がる感覚。そして、急激な横Gに顔面を叩《たた》く風。その中で、徐々に兄妹の声は歓声へと変わり始めた。

「いいぃぃぃぃやっほぉぉ――い!!」

「いぃえぇえ――――い!!」

「……」

両肩を押さえる安全バーをしっかりと握り、その間から身を乗り出すようにして歓声を上げる二人。もう完全に絶叫マシーンを楽しんでいた。しかし、楽しい時間は長く続かず、やがてコースターはガクンと速度を落とすと、ホームに向かってゆっくりと動き始める。

すると、途端に兄妹は互いに顔を見合わせ、早口で感想を語り始めた。

「いやぁマトモな絶叫マシーン乗るのは初めてだけど、思ったよりずっと楽しいな！」

「だね！　なんかもうめっちゃアドレナリン出た気がする！　これ、もう一回乗りたいかも！」

「いいな！　でも、今度は先頭乗れないかもしれないけど……」

左隣の有希と興奮気味に声を交わし、そこでふと政近は反対隣の綾乃を振り返る。

「綾乃はどうだっ、た……？」

政近の問い掛けに、しかし綾乃は真っ直《す》ぐ前を向いたまま答えを返さない。そして、一切表情を崩さないまま……見開いた右目から、スゥッと一筋の涙を流した。

「アイドル泣き!?」

「ごめんね怖かった!?」

まるで絵画のように一切表情をゆがめずに涙を流す綾乃に、政近と有希は慌てる。二人で綾乃を気遣うが、綾乃は前を向いたまま微動だにしない。そのままコースターはホームに戻り、安全バーが自動で上がった。

「……」

しかし、綾乃は立てない。さっきまでコースター自体の振動で気付けなかったが、よく見ればカタカタと小刻みに震えていた。どうやら震えが止まらなくなるほど怖かったらしい。

結局、綾乃は政近が半ば抱きかかえるようにしてコースターから降ろすと、兄妹二人で両脇から介添えをしながらホームを出た。

「大丈夫か？」

「……はい、ご迷惑をお掛けしまして」

「いやぁ綾乃がここまで絶叫マシーン苦手だったとはね～……ごめんね？　無理させちゃって」

「いえ、わたくしが軟弱だっただけのことですので……」

「いや、軟弱はちょっと違くね？」

生真面目な綾乃の反応に若干呆れつつ、手荷物を置いたロッカーが見えてきたところで、政近は綾乃から手を離した。そして、三人がそれぞれロッカーに手を伸ばした、その時。

「あ」

近くから聞き覚えのある声がして、政近と有希は反射的にそちらを振り向いた。するとそこには……なんと、いつも通りのやる気なさそうな半眼でこちらを見つめる、私服姿の乃々亜《ののあ》（今日はツーサイドアップ）が立っていた。

「ののちゃん？　どうし――」

そして、その隣には……これまた私服姿の、沙也加《さやか》がいて。その目が政近と有希の方に向けられ、大きく見開かれる。こういう事態に備えて持って来たはずの有希の変装グッズは、今はロッカーの中。

「え、周防さんと久世《くぜ》さん……？　こんにちは……？」

「お、おう」

「こんにちは……奇遇ですね？　沙也加さん」

思わぬ遭遇に動揺しながらも、あいさつを返す兄妹。沙也加が綾乃に言及しないのは、兄妹に注目してるせいなのか綾乃が空気なせいなのか。

「えっと……」

こちらも動揺している様子の沙也加の視線が、サッと周囲に向けられる。不思議と、政近は沙也加が何を……いや、誰を探しているのかが分かった。分かると同時に、猛烈な危機感と共に有希に小声で話し掛ける。

「（おい！　どうする⁉）」

「（オワタ）」

「（言ってる場合か！）」

そうこうしている間に、沙也加は探していた銀髪が見当たらないことに気付き……その瞬間、沙也加の顔からストンと感情が抜け落ちた。俯《うつむ》いた沙也加の眼鏡が急に光を反射し、瞳《ひとみ》がその向こうに隠される。

　急激に不穏な雰囲気をまとい始めた沙也加に、政近も有希もとっさに動けない。綾乃は当然のごとく空気。

「……なるほど」

　そして、何をどう納得したのか。沙也加は一言そう呟《つぶや》くと、スッと顔を上げた。その時には、沙也加の眼鏡の奥の瞳には、ぞっとするほど冷徹な光が宿っていて……実に分かりやすく、癇癪《キレ》を起こす寸前だった。それを横目に見て、乃々亜は持っていたドリンクのストローから口を離すと、

「あちゃぱー」

　そう、どこか他人事《ひとごと》のように呟くのだった。

◇

　園内に設置された小規模なフードコート。並べられた白い丸テーブルのひとつに、やたらと目を引く五人組が座っていた。真っ先に目が行くのは、毛先のカールした鮮やかな金髪と、彫りの深い日本人離れした容姿を持つ乃々亜。流行のアイテムで揃えられたコーディネートは少し露出度が高めで、夏の陽にその白い肌を惜しげもなく晒《さら》している。パッと

見で分かる、実にハイレベルな美少女っぷりだった。

そして、同席する他の女子三人も、それぞれに整った容姿をしている……まあ約一名、なんか小学生っぽいのが交じっているが。で、そんな美少女集団の中にフツメンが一人。

傍《はた》から見て、なかなかに関係性が想像できない組み合わせだった。

「ねぇねぇキミた、ち……」

その集団に……というか主に乃々亜に、大学生くらいに見える男が声を掛け……乃々亜の隣に座る沙也加から発せられる空気に、言葉を呑《の》み込んだ。沙也加もまた、男の存在には気付いているはずだが……そんな些事《さじ》に構う気など一切ない様子で、軽蔑《けいべつ》と怒りに満ちた目で政近を睨んでいた。このテーブルだけ夏の暑さが感じられない異様な空間。明らかに修羅場なその状況に、人懐っこい笑みを浮かべながら近付いてきた男の笑みが引き攣《つ》る。

「……なんでしょうか？」

「え、あ、いや……」

男の存在をガン無視する乃々亜に代わって、有希が苦笑気味に問い掛けると、男は引き攣った笑みのまま視線を泳がせた。そして、明らかにたまたま目に入った、綾乃が持つチュロスを指差す。

「っと……そ、そのチュロスがさ。ウマそうだな～って」

「……あちらに売ってましたよ。シナモンです」

「あ、そっか。どもっす」

そう言うが早いか、男はくるりと背を向けて足早に去って行った。連れらしき男性四人組の下に駆け寄り、「ヤベー、なんかヤベー」と伝える男の声が微《かす》かに聞こえる。

（ま、気持ちは分かるけどな……）

男の声を聞いた政近は、正面右に座る沙也加から目を逸《そ》らすことなく心の中で頷《うなず》く。

無論、政近もず〜っとこうやって、ただ沙也加と睨《にら》み合っていたわけではない。左隣に座る有希と、こっそりテーブルの下で、どのような対応をするか相談していたのだ。相手の手のひらに、指で文字をフリック入力するという形で。

『……まあそんな感じで誤魔化《ごまか》すとして、じゃあしゃべるのは任せた』

『いや、お前がやれよ』

『こういう時、男が何か言うと、女は感情的になってややこしくなるだろ？　女同士の方がスムーズに話が進むって絶対』

『などと、容疑者は身勝手な供述をしており……』

『誰が容疑者じゃ』

『これはいけませんねぇ。言動の端々から女性への差別意識がにじみ出ています』

『おいやめろ』

うん……あと、口火を切る役の押し付け合いもしていた。だって怖いし。我らが頼れる従者様は、先程ナンパ男に指差されて以来、ひたすらチュロスを短くする作業に没頭しているし。その姿はさながら、ヒマワリの種を口に詰め込むハムスターのごとし。

（なんでだよ、誰も取らねーよ）

そして、この中では一番、沙也加を宥《なだ》めてくれそうな乃々亜は……

（おい、スマホいじってんじゃねぇ）

とまあそんな感じで、二人とも超マイペースだった。知ってはいたが、この状況でも一切自分のペースを乱さないことにはいっそ感心を覚える。

『ハァ……この貸しは大きいぜあんちゃん』

『おう……正直貸し借りって言うんなら俺の方が圧倒的に貸してる気がするが、感謝する』

その時、このままでは埒《らち》が明かないと判断したのか、有希が一度目をつぶってから、諦《あきら》めたように政近を一瞥《いちべつ》した。そして、ツインテールを解《ほど》いて軽く頭を振ると、淑女の笑みを浮かべて沙也加に語り掛ける。

「沙也加さん……何か勘違いされているようですけれど、今日わたくしと政近君が一緒に遊んでいるのは、終業式の時の仲直りのためです。選挙のためとはいえ、終業式では友情を無視して戦いましたからね……これはそのわだかまりをなくすためのお出掛けで、それ以上の意味などありませんよ？」

「……」

有希の説明に、沙也加がピクリと眉《まゆ》を跳ね上げ、少し敵意の薄れた視線を有希に向けた。しかし、追及の手自体を緩める気は毛頭ない様子で、冷徹な表情を保ったままゆっくりと眼鏡を押し上げる。

「……嘘」

「？　沙也加さん？」

「嘘、ですね」

囁《ささや》くように断言され、有希が少し笑みを固まらせた。そして、一瞬の内に沙也加がそう断言する根拠が何かを思案し、「そんな根拠はないはず」という結論の下、即座にすっとぼけるという選択をする。

「どうしたんですか？　沙也加さん。わたくしは何も嘘など――」

「では！　なぜ！」

「ぉおぅ」

急に大声を上げ、テーブルに両手をついて立ち上がると、ぐわっと有希の方に身を乗り出してくる沙也加。流石の有希もこれにはちょっと引く。少～し素が出た有希にぐーっと顔を近付け、沙也加は言った。

「……なぜ、お二人から同じシャンプーの匂いがするのですか？」

「⁉」

「お二人だけではありません……そちらの君嶋《きみしま》さんからも同じ匂いがします！」

鋭い指摘と共に、ギロンッと綾乃に目を向ける沙也加。突然向けられた鋭い視線に、綾乃はビクッと肩を跳ねさせると、更にチュロスを食べる速度を上げる。だから取らねえって。

「それに、そのシャツ！」

「っ！　ぇ？」

再び有希の方を振り返り、沙也加は有希の着ている、アニメキャラがプリントされているTシャツに目を向けてくいっと眼鏡を押し上げる。

「三年前にテレビ放送されていた、けいふゆの限定Tシャツですよね？　それも一番人気のかなみんエンディングバージョン。一般販売されていないネットオークションにも出品されていないそれを、オタクでもない周防さんが偶然購入するとは思えません。そもそも、三年前に買ったのであればサイズが合わないはず。しかしそのシャツはそれなりに着古されているように見えます。つまり！」

まくし立てるように早口でそこまで語ると、沙也加は体を起こし、政近と有希両方を視界に収めて宣言した。

「そのシャツは元々久世さんのものであり！　サイズが合わなくなったものを周防さんに譲ったものだということです！」

……名推理だった。政近と有希がとっさに何も言えなくなってしまうくらいには。「いや、むしろなんでお前がけいふゆ（正式名称：軽音部に冬は来ない）を知ってんだよ」というツッコミが出て来ないくらいには。

「それで？」

探偵さながらの名推理を披露した沙也加は、ストンと椅子に腰を下ろしながら静かに言う。

「久世さんのお下がりの服を着て、久世さんと同じシャンプーの匂いをさせて。それでもまだ、ただのお出掛けだと？」

一転して落ち着いたトーンで問い掛ける沙也加。完全に表情が風紀委員のそれになっていた。

「そもそも、仲直りと言うならそれこそ九条《くじょう》さんもお誘いすべきでしょう。九条さんを仲間外れにして三人で仲良しこよしとか……なんなんでしょう？　わたしとの……あに協力をさせておいて？　終業式のあれは全部茶番だったということでしょうか？　しかも同じシャンプーの匂いまでさせて……不純異性交遊ですか？　新聞部が知ったら大喜びしそうなスキャンダル《ネタ》ですね」

沙也加の指摘に、政近は一瞬言葉に詰まった。政近からすると、有希と綾乃が家に泊まることなど特別なことでもなんでもないが……他人はそうは見てくれない。なるほど。たしかに言われてみれば、いくら幼馴染《おさななじ》みとはいえ、女子二人が対立候補の男子の家に泊まるなど、内通してると思われても仕方がないだろう。悪意を持って見れば、政近がアリサ、有希、綾乃の三人をたぶらかして選挙戦を意のままに操ってる……なんて見方も出来る。

(『美貌《びぼう》の転入生をパートナーにした男子生徒A、今度は対立候補の美少女二人とお泊《とま》りデート!?』ってか……週刊誌の見出しとしちゃ上出来だな。うん……こりゃ、たしかに俺の危機感が足りてなかったな。変装もあながち大袈裟《おおげさ》じゃなかったかもしれん)

自分の迂闊《うかつ》さを反省しつつ、政近は改めてこの場をどう切り抜けるか思案する。

別に、沙也加がこのことを他人にペラペラしゃべるとは思わない。だが、一番の関係者であるアリサに報告するということは、十分ありえるだろう。それは……なかなかに、面倒なことになりそうだった。それに、アリサのことを措《お》いておいても、このまま沙也加の疑念を放置するのはデメリットしかない。

(さて……どうする？)

沙也加の指摘を、ひとつひとつ言い訳をして潰《つぶ》していくことは可能だ。しかし、今の沙也加が下手な言い訳で納得するとは思えない。それに、これだけ状況証拠が揃っている状態では、政近が沙也加の立場でも、相手がただならぬ関係で、それを誤魔化すために言い訳をしているのだと判断するだろう。

(どうする……？　どうするのが最適解だ？)

ポーカーフェイスを貫いたまま、高速で脳を回転させる政近。そこへ不意に、完全に意識から外していた人物……乃々亜が、変わらずスマホをいじりながら沙也加に声を掛けた。

「さやっち〜、別にそんな気にするようなことないって〜」

「……？」

ゆっくりと幼馴染みに視線を向ける沙也加。政近と有希もまた、フォローをしてくれるのかと思い、少しそちらに意識を向ける。三人の視線を受け、乃々亜は何気ない口調で言った。

「だって、この二人兄妹だし」

一瞬、政近と有希の中で時間が止まった。直後、再起動すると同時に猛烈な勢いで思考を巡らせる。

（なんで知っ——いや、それは問題じゃない！　今すべきはとぼけること！）

兄妹揃って瞬時に判断を下し、即座に行動に移す。

「はぁ？」

「え、っと？乃々亜さん？　何をおっしゃっているのですか？」

思いっ切り怪訝《けげん》な表情を浮かべる政近と、困惑した半笑いを浮かべて首を傾げる有希。この二人にとって、突拍子もないことを言われた際の最も自然な反応。だが、そんな二人の会心の演技を……乃々亜は、全く見ていなかった。

「その表情見るに、図星なんだ？」

乃々亜が見つめる先にいたのは……政近でも、有希でもなく。

（綾、乃⁉）

それに気付いた瞬間、兄妹は揃ってバッと綾乃の方を振り向いた。振り向いて……チュロスに巻いてあった紙を畳みながら、ぱちぱちと瞬《まばた》きをする綾乃の姿に思考が止まる。

「あっは、いい反応ぉ～やっぱりそーなんだ」

固まる兄妹の耳に、乃々亜の笑みを含んだ声が届く。それを聞いて、二人は同時に自分の失態に気付いた。今の綾乃に対する振り向き方は、明らかに過剰反応だったと。

「え……兄妹？　え、兄妹⁉」

「だぁってさ。目を見りゃ分かるっしょ。ほらそっくり」

混乱した様子で声を上げる沙也加に、乃々亜が相変わらず飄々《ひょうひょう》とした調子で言う。そして、この期に及んでどう言い逃れをするか考える政近に、引導を渡すように告げた。

「必死に言い訳考えてるとこ悪いけど……そもそもアタシ、昔のあんた知ってるかんね？　周防政近クン？」

「！」

ただ事実を告げるその淡々とした言葉に、政近は目を見張り……観念した。ふーっと長く息を吐いて肩を落とすと、有希にチラリと目を向ける。そして、有希が肩を竦《すく》めるのを確認してから、乃々亜に向き直った。

「……マジか。どこで？」

「ピアノの発表会。ってか、やっぱりアタシのこと忘れてたんだ？　これでもあんたにブーケを渡したこともあるんですけど～？」

「…………マジか」

乃々亜との思わぬ接点に、政近は頭を掻《か》きながら記憶を辿《たど》る。しかし、周防家にいた頃の記憶を封じてしまっている身では、そう言われてもパッと思い出せなかった。ん～言われてみれば金髪のちょっと外国人っぽい顔をした女の子に会ったような？　気がしないでもない？　……と、その程度のものだった。

「自覚ないみたいだから言っとくけど、くぜっちあの辺りのピアノ教室に通ってる子供達の間ではかな～り有名人だったかんね？」

「え……なんで？」

「あのさ～……小二でショパンをガンガンに弾いてる子供がいたら、目立たんわけないでしょ」

「……そうか」

そう言われても、特に政近に感慨などない。ピアノなどもうやめて久しいし、当時の自分が周りにどう思われてたかなど、今となってはどうでもいいことだった。

「つまり……お前は周防姓だった頃の俺を知っていて、兄妹って言ったのはカマかけだったと」

「まあ、従兄妹《いとこ》とかの親戚《しんせき》って可能性もあったけど？　ほら、さっきも言ったけど目がそっくりだし。そうなんかな～って」

「……そこまで気付いてたんなら、なんで今まで言わなかったんだ？」

政近の疑問に、乃々亜は再びスマホに視線を戻しながらどうでもよさそうに答える。

「別に、そこまで興味なかったから」

「……さよか」

実に乃々亜らしい言葉に、政近は苦笑を漏らす。と、それまで驚きに目を見開いて様子を見守っていた沙也加が、そこで呆然《ぼうぜん》とした声を上げた。

「え……え？　ほ、本当に？　本当に……兄妹、なんですか？」

「……ああ、まあ」

「……ええ。実は、そうなんです」

もはやこれまでと、政近と有希は素直に頷《うなず》く。すると、沙也加は二人のことをまじまじと見つめ、確認するように問うた。

「名字が違うということは……生き別れの兄妹、ということですか？」

「うん？　そう言われるとなんだか大袈裟だが……まあ、そういうことになるかな？」

「そん、な……」

政近が少し首を傾げながらも頷くと、沙也加が何やら衝撃を受けた様子で言葉を詰まらせた。うっすらと開いた口を震える手で押さえ……なんと、見開いた両目から涙を流し始める。

「た、谷山《たにやま》!?」

沙也加の突然の涙に、政近はぎょっとする。

（な、なんだ？　なんか、無理に仲を引き裂かれた悲劇の兄妹みたいに思われたのか？　互いに兄妹と名乗ることも許されない、酷な境遇みたいな？　いや、そんなショックを受けるほど悲惨な家族事情ではないんだが……）

狼狽《うろた》える政近の前で、沙也加がはらはらと涙を流しながら、喉《のど》の奥から絞り出すように……感極まった声で言った。

「おいっ、しい……っ!!」

「谷山？」

「推せる……っ!!」

「沙也加さん貴女《あなた》もしかして〝分かる〟方なんですか？」

感涙を流す沙也加に、有希がずいっと身を乗り出して問い掛ける。その目は完全に同胞《隠れオタ》を見る目をしていた。その有希の目を見て、沙也加もまた、有希が同じ嗜好を持つ《こっち側の人間》淑女だと悟ったらしい。

「っ！　ええ!!」

力強く頷くと、ガシッと有希の手を握る。この瞬間、二人の間には確かな絆《きずな》が生まれた。理屈ではない。ただ……〝生き別れの兄妹〟、このワードに心震わせるオタクに悪い奴などいないのだ！

「……な～んぞこれ」

突然の超展開に、政近は投げやり気味に呟《つぶや》く。しかし、二人はもはやお互いのことしか目に入っていない様子で、生き別れの兄妹設定の良さについて熱く語り始めてしまった。

「えっと……これマジでどうしよう」

とても入って行けそうにない雰囲気を形成してしまっている二人を見て、政近は救いを求めるように乃々亜に目を向ける。すると、乃々亜は「あぁ～」と言いながら視線を巡らせ、チロッと政近の方を見た。

「じゃあ、アタシとアトラクション回る？」

「いや、なんでだよ……」

反射的にそう答えてから、政近はすぐに「いや、それもありか」と思い直す。オタクが語り出すと長いのは自分もよく知っている。ここで話が終わるのを待っているくらいなら、手持ち無沙汰《ぶさた》な者同士で遊園地を回った方が有意義だろう、と。

「綾乃はどうする？」

「はい？」

右隣を振り向くと、綾乃は少し慌てた様子でパッと政近の方に振り向いた。

「？」

その視線が、直前まで向いていた方向を見ると……そこには、チュロスの屋台があって。政近は、綾乃の気持ちを察した。二本目行くんですかそうですか。

「いや……ここで待ってるか？」

「え、っと……そうですね。わたくしは有希様の従者ですので」

「……そうか」

内心、「こいつこんなにチュロス好きだったのか……いやまあ、普段食べる機会ないけど」などと思いながら、政近は立ち上がる。まだお昼ご飯を食べる前だということは、この際気にしないことにした。

「えっと、それじゃあ俺らちょっと行ってくるけど……」

「ふふふ、それにしても沙也加さんは、プライベートでは乃々亜さんのことを〝ののちゃん〟とお呼びしているのですね？」

「あ、あれは……その……」

「あら、恥ずかしがらなくともよろしいじゃありませんか」

「……聞いてませんね。うん知ってた」

完全に二人の世界に入ってしまっている有希と沙也加に軽く溜息《ためいき》を吐き、政近は乃々亜に目を向ける。

「じゃあ……行くか？」

「りょ〜」

政近の言葉に軽く頷くと、乃々亜もスマホをポケットにしまって立ち上がる。そうして、なぜかその後午前中いっぱい、政近は乃々亜と二人でアトラクションを回ることになった。本当に意味不明な成り行きで結成された奇妙な組み合わせだったが……意外と楽しめたのは、乃々亜の人徳なのかもしれない。

そうして、なんだかんだ小一時間ほど楽しんで、そろそろお昼ご飯の時間だしということでまた三人のところに戻って来たのだが……

「ホンットに、何度も何度も公式に推しカプを否定され続け……わたしの気持ちが分かりますか⁉」

「え、ええ……まあ幼馴染《おさななじ》み純愛推しであれば、そうなりますよね……」

「なんで誰も彼も、ポッと出の転校生や会ったばかりのクラスメートに心惹《ひ》かれるんですか！　そんなどこの馬の骨とも分からない輩《やから》よりも幼馴染みを！　ずっと主人公を見守り続けてきた幼馴染みを！　幸せにしてあげて欲しいのですよ‼」

「あ、あはは……」

そこには、物凄《ものすご》い熱量で幼馴染みキャラの良さを語る沙也加と、若干引き気味でそれを聞く有希の姿。我関せずとばかりにチュロス（テーブルの上の包み紙の数からして恐らく六本目）を食べ続ける、綾乃の姿があった。

そのカオスな状況に少し遠い目になりつつ、政近は隣の乃々亜に尋ねる。

「……なあ、宮前《みやまえ》」

「ん～？」

「俺と有希って、もしかして谷山に推しカプ認定されてたの？」

「たぶんね～」

「……マジか～」

乃々亜の返答に天を仰ぎつつ、政近は納得した。討論会の時の沙也加の怒りは……オタクにとっての最大の地雷のひとつ、〝解釈違い〟に起因するものだったのかと。

（オタクって……めんどくせぇ）

政近が内心でそう独り言《ご》ちた瞬間、有希がパッと顔を上げてすかさず口を開く。

「どの口が言うのですか？　お兄様」

「心を読むな」

「ふむッ、お、お兄様呼び……尊い……」

「……お前、マジでオタクだったんだな」

鼻と口を押さえて何かを堪《こら》える沙也加に、政近はどうしようもない残念さと……少しの共感を覚えて、なんとも言えない気持ちになるのであった。

Иногда Аля внезапно кокетничает по-русски

第3話　え？　マジで？

冷房の効いた室内に、教科書をめくる音とペンを走らせる音が響く。今日も今日とて、アリサと共にリビングで夏休みの宿題をする政近《まさちか》。

絶世の美少女と自宅で二人っきりという、思春期の男子ならどうしたっていろいろと意識してしまう状況だが、この勉強会もこれで四回目になるのだ。今ではもうすっかり慣れて、勉強に集中できている……なんてことは、特になかった。

なぜなら、勉強会の回数を重ねるごとに、アリサからの無言の圧が強まっているから。

どういう圧かというと……端的に言えば、「本当に勉強だけで終わらせるつもりなの？」といった感じの圧だ。

「……」

今こうして無言でペンを走らせている間にも、そのすまし顔から妙に圧を感じる。いや、実は初日から「勉強するだけにしてはなんか気合入った服装だな〜」とは思っていた。

しかし、女性というのは他人に見せるためだけでなく、自分の気分を上げるためにだってオシャレをするものだ。女性が気合の入った服装をしてるからって、即「男に見せるためだ」なんて考えるのは勘違いもいいところ。そう弁《わきま》えているからこそ、政近もこれまでアリサの服装にはツッコまないで来たのだが……今日に至っては、なんとうっすらお化粧までしてきているのだ。おかげで、ただでさえ現実離れしている美貌《びぼう》がますます隙がなくなっていて、ある種の凄《すご》みをまとっていた。これはもう、流石にちょっとスルー出来ない。

(うん、完全におめかししてきてるよな……ただ、夏休みの宿題をやるだけなのに)

いい加減アリサの顔は見慣れている政近だが、ここまで……そう、完全武装なアリサを見ると、思わず見惚《みと》れてしまう。いや、正確には見惚れるというか……「あぁ～眼福。ありがたやありがたや～」って感じだった。見てるだけで幸せというやつだった。これはもはや、拝める。

すると、政近の視線に気付いたアリサが、ふっと顔を上げて小首を傾げた。

「……なに？」

「いや……今日は、珍しくお化粧してるんだなって思って」

「ん……まあ、少しだけね？」

「ああ、そう。いえ、いつにも増して大変お綺麗《きれい》だと思いマスよ？」

「……そ。ありがと」

少しぎこちない政近の褒め言葉に、アリサは言われ慣れた様子で素っ気なく答える。しかし、先程までまとっていたピリピリとした空気は多少緩和されており、わずかに緩んだ口元が、アリサのまんざらでもない内心を表していた。が、政近が照れくさそうに手元のノートに視線を落とした途端、緩んでいたアリサの唇がむっと引き結ばれる。

不満そうな目で政近の頭頂部を睨み、髪を結んでいるおろし立てのリボンを指でいじりながら、ボソッとロシア語で呟く。

【そう思うなら……誘いなさいよ】

「……何か言いました？」

「別に？『褒めるのが遅いから減点』って言っただけよ」

「……そりゃすみませんねぇ、おめかししてるアーリャさんがちょっとふつくし過ぎて、とっさに言葉が出て来なかったんデスよ」

「別に……おめかしって程じゃ……」

いや、どの口が言うのか。アリサの白々しい言葉に、政近は生ぬるい目を向ける。いつもいつも、「お化粧は校則違反？　言われなくても必要ありませんけど？」と言わんばかりにノーメイクを貫いてるアリサが、少しだけとはいえお化粧をしている。これがおめかしでなくてなんなのか。

そんな意思が込められた政近の視線に、アリサは少し視線を逸《そ》らしながら答える。

「これは、そう……練習よ。社会に出た後、お化粧のひとつも出来ないと馬鹿にされるでしょ？　だから、気が向いた時に少し、練習してみてるだけで……」

「ほ～ん、なるほどね～」

「……なによ、その目は」

「いんや〜？　目の保養だなぁって。どの角度から見てもふつくしくって、もうずっと見てられますわ〜」

生ぬる〜い目のまま棒読み気味に言う政近に、アリサは目尻《めじり》をピクッと引き攣《つ》らせる。そして、ふと何かを思い付いた顔をしたと思ったら、何やら挑発的な笑みを浮かべて言った。

【見るだけで……いいの？】

どこか誘うような目で、悩ましげな声を出すアリサ。突然のロシア語での誘惑に、政近は頬《ほお》を引き攣らせる。

「……あんだって？」

「『お化粧の良し悪しなんてホントに分かるの？』って言ったのよ」

小馬鹿にしたようにそう言うと、アリサは胸の下で腕を組んで背もたれに体を預けた。

【ほら、触ってもいいのよ？】

（……どこを？）

政近は真顔で思った。そして真顔で、アリサの腕の上でユサッと存在感を主張する双丘に目を向け掛け……鉄の意志でアリサの顔に視線を固定した。そして、その優越感に満ちた……「何言ってるか分からないでしょふふんっ」な笑みに、ちょっとイラッとした。

（このヤロウ……【じゃあ遠慮なく】って言い返して、おっぱい鷲掴《わしづか》みにしてやろうか）

もしそうした場合、アリサは一体どんな顔をするのか。なかなかに興味深いし、もしセ

ーブ&ロードが出来るなら一度は試してみたい選択肢だったが……どう見積もっても Dead End 直行の選択肢だし、実際にやったらもれなく人生終了してしまいそうなので、頭の中で考えるだけにする。

そんな政近の紳士的（？）な思考など知らぬげに、アリサは右手で髪をファサッと背後に払いながら、なおも挑発的に言う。

【特別に、好きにしてもいいわよ？】

（わぁい、鷲掴みだぁ〜☆）

ロシア語で出されたお許しに、政近は両手をぐわっと開くとアリサのお胸にダイブ……するはずもなく、スイッと顔を背けると窓の外に目を遣《や》った。

（『せっかくの大チャンスなのに、気付けないなんて憐《あわ》れね。バーカバーカ』とでも思ってんだろうなぁ〜……うっせぇ全部気付いた上で見逃してやってんだよ！　俺が紳士であることに感謝しろよバーカバーカ！）

少し赤い頬でニマニマとした笑みを向けてくるアリサに気付かない振りをしながら、政近は心の中でせめてもの反撃をする。負け犬の遠吠《とおぼ》えならぬ、鶏《チキン》の虚勢といったところか。

そこへ、アリサがふぅっと溜息《ためいき》を吐いて追い討ちを掛ける。

「残念、時間切れ」

「……何が？」

チラリと目だけ向ける政近に、アリサは「ふーやれやれ」と言わんばかりに小馬鹿にした笑みを浮かべた。

「あなたは、今絶好のチャンスを逃したわ」

「は？」

「可哀《かわい》そう……もう、今月の運は使い果たしたわね」

「いや、なんの話だよ」

「さあ？　もっと女心を勉強したら分かるんじゃない？」

片眉《かたまゆ》を上げ、鼻で笑いながらそう言うアリサ。それはさながら、朴念仁の坊やをからかう百戦錬磨のおねえさんのようで。優越感たっぷりに上から目線で笑うアリサに、政近は流石にピキッと来た。

（ハァ〜〜〜⁉　ぬぁ〜にが女心を勉強しろだ。ロシア語の間違いだろうが！　言語の壁を挟んだ安全圏から男をからかって、いぃ〜気になってんじゃねーぞこのエセビッチ！　てめぇマジでいっぺん押し倒してその余裕と優越感に満ちた笑みを引っぺがしてやろうか！）

内心で猛《たけ》り狂う政近に、小悪魔姿の有希《ゆき》が「いいぞ〜ヤれヤれ〜！」と声援を送り、天使姿のマリヤが「ダメ！　アーリャちゃんにそんなことしちゃダメよ！」と制止しようとする。その制止の甲斐《かい》あって（？）、政近は蛮行に走ろうとする衝動をぐっと抑え込むと、頬を引き攣らせて言った。

「ほ、ほう？　そう言う割には、お前も男心が分かっていないように思うが……そこはどうなのかな？」

「……男心？」

「家族不在の、実質一人暮らし状態の男の家にのこのこ上がり込むなんて、危機感が足りてないいんじゃないかって言ってるんデスよ」

心のどこかで墓穴を掘っているような感覚を得つつ、政近は皮肉げに笑う。すると、アリサはピクッと眉を動かした後、ツンと顎《あご》を上げてなおも挑発的な笑みを浮かべた。

「……ふ〜ん？　のこのこ上がり込んだら……どうなるっていうのかしら？」

私に何かをするような度胸が、あなたにあるの？

そんな風に内心せせら笑っているのが透けて見える挑発に、政近はますます頬を引き攣らせる。

（ふ、ふふ……完全に舐《な》め腐ってやがるな……いいぜ、俺が乙女ゲー原作アニメで培った、渾身《こんしん》のイケメンムーブを見せてやるよぉ！）

ここまで煽《あお》られては、もう引くに引けなかった。政近は心の中で吠えると、おもむろに席を立ち、机を回り込んでアリサの側に移動する。

そして、腕を組んだままこちらを見上げてくるアリサに、必殺の顎クイからの「部屋に来いよ」をお見舞いしようとして——

（ちょっと待て？　アーリャってプライド高いし、俺様ヒーロー絶対嫌いだよな？　もっとマイルドな方がいいんじゃ……）

直前で、そう思い直した。しかし、右手は既にアリサの顔の近くにまで伸ばされており、今更引き戻せない。顎クイがダメとなると、この手はどこへ――

「……」

迷った末に、政近はとっさにアリサの髪をすくって耳に掛けると、口元に笑みを浮かべて言った。

「部屋で待ってる」

そして、フッと笑いながら踵《きびす》を返すと、自分の部屋に入ってドアを閉める。それから

「やってやったぜ」という風にニヒルな笑みを浮かべ――

(ガチの口説き文句っぽくなってしまったぁぁぁ――――!!)

両手で顔を覆うと、その場に崩れ落ちた。足の指をギューッとしながらもぞもぞとベッドまで移動し、敷布団に顔を埋《うず》めて声にならない声を上げる。

(つーか『部屋で待ってる』ってなんだよ！　そういうセリフは相手が席外すタイミングで言うもんだろ！　それこそ相手がシャワー浴びに行く時とかさぁ！　いきなり席を立って『部屋で待ってる』とか冷静に考えて意味不明過ぎるだろぉぉぉ!?)

現在進行形で黒歴史を刻んでいる感覚に、政近はタオルケットを力いっぱい握り締めながら身をよじった。ぬぎぎぎぎっと全身に力を込め、ふっと脱力する。

(ん……いやまあ、見方を変えればこれでよかったとも言えるか……あと一分くらい待ってから、『なんで来ないんだよ！』ってネタっぽくツッコみながら部屋を飛び出せば、い

つもの雰囲気に戻るだろ)

そう考えて自分自身を慰める政近の耳に……遠慮がちな、ノックの音が届いた。

「⁉ っ、はい」

ビクッと敷布団から顔を跳ね上げると、政近は慌ててベッドに腰掛けながら、平静を装って返事をする。すると、そっとドアが開き、何やら取り澄ました表情を浮かべたアリサが斜め下辺りに視線を向けながら入ってきた。

(なんで来ちゃうんだよ‼)

完全に予想外の展開に、政近は頰を引き攣らせる。しかし、アリサは気付いた様子もなく、左腕を胸の下で組み、右手で髪をいじりながら「まあ? 誘い文句は及第点だったし? 来てあげたけど?」とでも言いたげなツーンとした表情で視線を逸らしている。

そんな、未《いま》だにいい女ムーブを続けるアリサの態度に、政近の中で再び「そっちがその気ならやったんぞ」という対抗心がメラリと再燃した。全身全霊で表情筋を制御し、フッと笑みを浮かべると、自分の隣をポンポンと叩き、優しく誘う。

「ほら、こっちおいで」

(死ぃぃぃぃ――――‼)

そして、瞬で後悔した。自分自身の〝ただしイケメンに限る〟な振る舞いに、羞恥心《しゅうちしん》が限界突破して死にそうになっていた。

「……ふんっ」

表情を凍らせたまま内心で七転八倒《しちてんばっとう》する政近の前で、アリサはツレない態度で鼻を鳴らし――

（なんで座っちゃうんだよ！　ナンデスワッチャウンダヨ!!）

そっと、政近の隣に腰を下ろした。そしてゆるく脚を組むと、相変わらずそっぽを向いたまま髪をいじいじ。

（今のは『キンモッ』ってドン引くところだろ！　そしたら俺も『ヒドイ！』って冗談めかした返しが出来たのに！　いいのか!?　ナニがとは言わんがいいのか!?）

他に誰もいない家の、男の部屋で、並んでベッドに腰掛ける。この状況から導かれるその先の展開など、政近にはひとつしか思い浮かばなかった。

（どどどうする!?　なんかテキトーに冗談言って誤魔化《ごまか》すか!?　いや、この期に及んでそれは絶対にチキったと思われる！　腰抜けの玉無し野郎だと思われる!!）

思われるも何も、ただの事実なのだが。事実として、政近にはアリサを押し倒す度胸もなければ、連れ込んだ女の子をおいしく頂いちゃう肉食性もないのだが。しかし、事ここに至ってそれを認めるのは敗北を認めるのと同義であり、それはかなり癪《しゃく》だった。

（もし、ここで俺が引いたら……）

脳内に、余裕たっぷりに小馬鹿にした笑みを浮かべるアリサの姿が浮かぶ。

『あら？　男心を教えてくれるんじゃなかったの？　いざとなったら怖気《おじけ》づくのが、政近君の男心なのかしら？　ふぅん、そう』

想像上のアリサの煽り文句に、政近は自分の妄想と知りつつイラッとした。もしこれが、本当に恋愛経験豊富なオトナなおねえさんに言われたのなら納得できる。だが……

（恋人はおろか友達すらほとんどいないお前には言われたくねぇ――!!）

燃え上がる反抗心を原動力に、政近は更に一歩踏み込んだ。軽く腰を上げると、アリサと脚が触れ合いそうな距離に座り直す。そして、そっぽを向いているアリサの耳に、軽く笑みを含んだ囁《ささや》きを落とした。

「緊張してるのか？　可愛いな」

（誰か俺を止めてくれぇぇ――!!）

黒歴史語録を次々と更新し続ける自分自身に、政近は脳内で顔を覆ったまま全力でエビ反る。行くも地獄、引くも地獄のまさに生き地獄状態だった。

（有希ぃ！　綾乃《あやの》ぉ！　もうこの際父さんでもいい！　誰か都合よく訪ねて来てくれぇ――!!　こういうシーンでは身内の邪魔が入るのがお約束だろぉぉ!?）

オタク的なテンプレイベントが、この地獄をぶち破ってくれることに期待する政近だが……現実には、そう都合よく邪魔など入らない。いや、都合悪くと言うべきか？

とにかく、不測の事態に邪魔されることなく、政近の言葉はアリサの耳に届いた。そして、その言葉を受けたアリサは……スッと流し目で振り返り、間近にある政近の顔に一瞬表情を固まらせた後、取り繕うように挑発的な笑みを浮かべる。

「緊張？　別にしてないわ。むしろ、政近君の方が緊張してるんじゃないの？」

顎をツンと上げてそう言い放ち、なんとアリサはベッドの上に身を横たえた。

「……ほら、男心を教えてくれるんでしょう？」

横向きに少し体を丸め、下から挑発的に誘うアリサの頰《ほお》は、うっすらと赤くなっていて。不自然に強張《こわば》った肩も相まって、明らかに無理をしていた。

（おまっ、強がりも大概にしろやぁ――――!!　そんなんされたら俺には覆いかぶさる以外の選択肢がないんだが⁉　ないんだが⁉）

状況はもはや、一種のチキンレースと化していた。先にブレーキを踏んだ方が負けな状態だった。

（あぁもう！　こうなったら異世界召喚の召喚陣でもいい！　異世界の皆さ～ん！　ここに女勇者がいますよ～！　ん？　その場合は俺が巻き込まれ召喚者になるのか？　って、あぁ～なんだったら宇宙からの訪問者でも異次元からの侵略者でもなんでもいいから、この状況を打破してくれぇぇ――――!!）

そんな政近の願いが、通じたのかどうか。不意にアリサが何かに気付いた素振りを見せ、ベッドの上のタオルケットに手を伸ばし……表情を消した。

「……ねぇ、政近君」

「ん？」

急に冷たくトーンダウンしたアリサの声に、政近は戸惑いと少しばかりの安堵《あんど》を感じる。

そんな政近を気にした様子もなく、アリサはゆっくりとベッドから体を起こすと……その右手につまんだものを、政近の目の前に突き出した。

「これ、なに？」

そこにあったのは、一本の長ぁ～い黒髪。

（あ、あれか）

つい昨日、有希をタオル巻きにした時のことを思い出し、政近は合点がいく。同時に、

「有希にも同じことやられたなぁ～ハッハッハ」などと軽く現実逃避。

しかし、すぐに気付いた。これこそが、待ち望んでいた、この生き地獄をぶち壊すための爆弾だと。あとは上手《うま》いこと火を点《つ》けてやれば、この心臓に悪いチキンレースを吹き飛ばせると。そう気付いた政近は……無駄に芝居がかった態度で、前髪をサラーンとした。

「ん？　ああそれは……昨日遊びに来た有希と、ベッドでプロレスごっこした時のやつかナ？」

「……ふぅん、そう」

ビンタ待ちのクズ男ムーブで、導火線に着火しようとする政近。すると、アリサはどこか怖気《おぞけ》を誘う笑みを口元に浮かべ、スッと政近の襟元に手を伸ばす。

（あ、襟首摑《つか》まれる――）

そう予感した直後、アリサの手が政近のポロシャツの襟をグイッと引っ張った。ただし……上ではなく、横へ。そして、露出した政近の首筋を、アリサの長く白い指が撫《な》でる。

「あ……」

背筋がゾクゾクと震える感覚に、政近は思わず小さく声を漏らした。そのことに羞恥を覚え、反射的に顔を背けそうになるが……アリサから、目が離せない。妖《あや》しく恐ろしい笑みを浮かべるアリサに、危機感と同時に強烈な魅力を感じ……政近は息を呑《の》んだ。

いつもと違って化粧を施したアリサの、いつにも増して大人びた美貌《びぼう》が、視線を捉《とら》えて離さない。いわゆる、危険な香りがする魔性の女、というやつだろうか？　破滅に近付くと分かっていてなお近付かずにはいられない、オトナな魅力がそこにはあった。

（ひぇえ、オトナなおねえさんだぁ……）

所詮《しょせん》エセビッチと侮っていた同級生の思わぬ一面に、政近は完全に呑まれた。抵抗も出来ずにただ硬直する政近の首筋を、アリサがつぅっと指でなぞり……

「それじゃあ――」

薄く紅の引かれた唇から、暗い笑みを含んだ言葉が……放たれる。

「この噛《か》み痕《あと》は……なに？」

「……え？」

その質問に、政近は我に返った。我に返り、その質問を脳内で咀嚼《そしゃく》して……ドブワッと背中から汗が噴き出す。

（あ、あぁぁ――！　あれ、残ってたのかぁ――!!）

昨日の朝方、有希に噛みつかれた時の痛みが脳裏に蘇《よみがえ》り、同時に脳内で小悪魔姿の有希がケタケタと邪悪な笑い声を上げた。気分はさながら、恋人とベッドインしたところで浮気相手とのキスマークが見付かってしまった二股男《ふたまた》。というか実際、当たらずとも遠からずであった。

(ヤヤヤバい、これどうする⁉)

予想を遥《はる》かに上回る規模の大爆発を予感し、政近の生存本能が激しく警鐘を鳴らす。首筋に添えられたアリサの指が妙に恐ろしい。なんとなく、「首って、急所だよな……」という考えが勝手に浮かんでしまう。

なんとか言い訳しようとするが、噛み痕の言い訳なんてとっさに思い付かない。有希が妹だと暴露してしまえばある程度被害は抑えられる気もするが、そうもいかない。

実は先日、沙也加《さやか》と乃々亜《ののあ》に有希との兄妹関係がバレたことで、政近はアリサにもこの事実を明かそうかと考えていた。政近と有希、その両方と近しい間柄であるアリサには、真実を告げておいた方がいいかと思ったのだ。しかし、それは止められた。他ならぬ有希によって。

『秘密ってさ、明かされる側にとっても負担になるんだよ?』

『……負担?』

思い掛けない単語に戸惑う政近に、有希は真剣な表情で続けた。

『その秘密を明かすことで、お兄ちゃんはスッキリするかもしれない。でも、秘密を明かされたアーリャさんは、その瞬間から強制的に秘密を守る側になるんだよ? お姉さんであるマーシャ先輩相手にも、秘密を抱えなきゃいけなくなるんだよ? そもそも、あたしとお兄ちゃんが兄妹だとバラして、選挙戦に挑むアーリャさんの気持ちはどうなるの？　競争相手がパートナーの妹だと知って、覚悟が鈍らないって言い切れる？』

『！』

流れるように紡がれた問い掛けに、政近は衝撃を受けた。たしかに、妹の言う通りだと思ったからだ。

『そうか……そうだよな。秘密は負担になる、か……なるほどな』

感じ入ったように何度も頷《うなず》く政近に、有希も真面目な表情で頷いて言った。

『そう、どっかの漫画に書いてあった』

『台無しだよ』

そんなやり取りの末に、アリサには、自分達が兄妹であるということを秘密にし続けるという結論に達したのだ。少なくとも、会長選が終わるまでは。しかし、そうなると本格的にこの状況をどう言い訳したものか……必死に考えるも、危機感から来る焦りで脳は空転するばかり。

「あ、あぁ～～それ？　それな～プロレスごっこの最中に、負けそうになった有希に嚙まれたんだよ～まったく、反則はいけないよな～反則は」

結果、政近の口から飛び出したのは、言い訳にもなっていないただの辻褄《つじつま》合わせだった。

「ふ～ん……」

不穏な雰囲気がするその声に、チラリとアリサの様子を窺《うかが》うと……アリサは口元に怖気を誘う笑みを浮かべたまま政近の首から手を離し、グッと拳《こぶし》を握り締めた。

「ねぇ……私が今、何を考えてるか分かる？」

……どうやら、爆弾処理には失敗してしまったらしい。そう察すると同時に政近は覚悟を決め、再び無駄に芝居がかった態度を取った。

「フッ、もちろん分かるさ……俺は女心の分かる、紳士だからな」

ハードボイルドな笑みを浮かべてそう言い……政近はゴロンとベッドに横になると、かわい子ぶった乙女っぽい表情でアリサを見上げる。

「優しく、してね？」

そして、政近は昇天した。優しかったかどうかは……記憶がないので分からない。

「それじゃあ、行きましょうか」

「うっす。女心、学ばせてもらいます。うっす」

ふと気付けば、政近はいつの間にか宿題を中断して、アリサと出掛けることになっていた。スマホで時間を確認してみれば、時刻は午後三時二十分。……明らかに、二十分くらい記憶が飛んでいた。加えてマンションの廊下で、なぜか体育会系みたいな口調でアリサに答える自分自身。

「……ねぇ、なにその口調」

「自分でも分かんないす。うっす」

そう、全く分からない。ただ、なぜかアリサに視線を向けられると勝手に背筋が伸びる。

べきか。

明らかに、記憶が飛んでる間に何かを刷り込まれていた。あるいは、刻み込まれたと言う
「気持ち悪いから、いつものに戻って」

「うっ……あ、はい」

アリサの冷たい視線に、政近は一回自分の頬を叩いて普段の態度に戻った。そうして改めてこの状況を振り返ってみれば……どうやら、アリサに「女心を学ぶ」という名目でデートに誘われたようだった。

「……」

冷静になるといろいろとツッコみたいところはあるが、もう家を出てしまっている以上仕方ない。大人しく姫のご要望に従うことにして、政近は恭しく頭を下げた。

「それで？　わたくしめはどのようにすればよろしいのでしょうか？」

まるで執事か何かのように芝居がかった振る舞いをする政近に、アリサは少しイラッとした表情をしながら、つっけんどんに言う。

「まずは、エスコートして？」

「……はい」

命じられるまま軽く肘《ひじ》を上げてアリサの隣に立つと、アリサは慣れない手つきでその肘の内側に手を入れる。そして……露骨に眉根《まゆね》を寄せた。

「……いや、やれって言っておいて『これなんか違う……』みたいな顔すんなよ」

「そ、そんな顔してないわよ！」

「……さよか。まあいずれにせよ、普通に暑いからこれはナシで」

実際、近付いた互いの体温が夏の暑さに拍車を掛けていたので、政近はひょいっと腕を上げてエスコートを解除する。

(ま、アーリャは大人しく男にエスコートされるようなキャラじゃないわな)

内心そう思いつつ、政近はどこか不満そうにしているアリサを横目で窺った。

「それじゃあ……どこ行きます？」

「それはあなたが考えることでしょう？」

「え？　いや……お前がどこか行きたいところがあって、そこに俺が付き合うって流れじゃないの？」

「違うわよ。女心を学ぶためのデー……お出掛けって言ったでしょう？」

「……つまり、お前が行きたいところを頑張って察しろと？」

「まあ、そういうことね」

ファサッと髪を払いつつそんな無茶ぶりをした後で、アリサは軽く胸を張ると、どこかドヤ顔で語り始める。

「いい？　別に正解を引けなくてもいいの。相手を喜ばせよう、楽しませようと、一生懸命頑張る。その気持ちが、女の子は嬉《うれ》しいものなのよ」

「なるほどな。少女漫画の知識で語ってない？」

「そっ、んなわけないでしょ……」

　間髪容《い》れず「少女漫画の受け売りだろ？」とツッコまれた途端、分かりやすく視線を泳がせて尻《しり》すぼみに声を細めるアリサに、政近は生ぬるい目になる。が、政近はそれ以上追及することなくエレベーターの方に足を向けた。

「それじゃまあ、行きますかね……テキトーに」

「ちょっと……適当って何よ」

「言葉の綾《あや》だよ。安心しろ、ちゃんと考えてる」

「そ、そう？　ならいいけど……」

　ふざけた様子もなく言い切った政近に、アリサは引き下がるが……その政近の考えはというと、

（ま、駅の付近をぶらぶら歩いて、アーリャが入りたそうにしてる店があったらそこに入るって感じで……最後にどっか甘味処《かんみどころ》に連れて行けば、そうそう外さないだろ）

　という、なんとも安直で悪い意味でテキトーなものだった。しかし……歩き始めて早々に、政近は嫌な予感がし始めていた。なぜなら……

（見られてる……めっちゃ見られてる……）

　当のアリサが、ビックリするほど周囲に目移りしないのだ。雑談しながら駅の方に歩いているのだが、アリサの視線は前方と政近の方を行き来するだけで、周囲のお店には一切向かない。

（アーリャちゃんは、ちゃんと人の顔を見てお話し出来るえらい子なんだネ！）

真横からビシビシと感じるアリサの視線に、政近はそんな風に考えて現実逃避する。

【……上書きしようかしら】

そこへ飛び込んで来たロシア語の呟きに、政近は内心首を傾げた。本気で意味が分からず、政近は思わずアリサの方を振り向く。

「なんだって？」

「別に……ちょっと、『痛そう』って思っただけ」

微妙に口ごもりながら、政近の襟元から覗《のぞ》く首に、チラリと目を向けるアリサ。それで、政近はようやく、アリサがやたらとこちらを見ていた理由に気が付いた。

（あ、ああ！　顔を見てたんじゃなく、首の噛み痕を見てたのか！　やっべ俺、超自意識過剰じゃん！）

てっきり顔を見られていると思っていた政近は、自分の勘違いに猛烈に恥ずかしくなる。

（うっあぁあ～っ、な～んだそっかぁ……………ん？　じゃあ【上書き】って……？）

何気なくその意味を考察し……瞬間、政近は別の意味で凄《すさ》まじい羞恥心《しゅうちしん》に襲われた。堪《たま》らずアリサの顔から上に視線を逸《そ》らし、無意味にその向こうのショーウィンドウを睨《にら》む。

（んもぉぉぉ――――!!　ホントそれ、どういう感情で言ってんの!?　あれか？　一時期流行《はや》った、消しゴムに好きな人の名前を書くおまじないみたいな？　あれ、バレなければ恋が叶《かな》うとか言われてたけど……どちらかと言えばバレるかバレないかのドキドキを楽しむ

のがメインだったよな。別に好きでもない相手の名前書いてる奴とか、わざとバレるようにケース外す奴とかいたし……って）

「うおっ⁉」

アリサの顔を直視できず、苦し紛れに見ていた服屋のショーウィンドウで……突如見知った人物が目に飛び込んできて、政近は驚きにのけ反った。

「どうし――え、宮前《みやまえ》さん⁉」

政近の視線を追って振り向いたアリサも、同じように驚きの声を上げる。なんと、ショーウィンドウに並ぶ数体のマネキンの、奥にある壁面。そこに、外国人モデルに交じって乃々亜のポスターが貼られていたのだ。大通りに向かって堂々とポーズを取る同級生の姿に、二人は思わず立ち止まる。

「う、おお……すげぇな。雑誌の読モとかとは別次元だ……」

「そう言えば、ご両親のブランドのモデルをしてるんだったわね……」

「ああ……でも、こうして写真を見ると実感が湧くなぁ。なんか芸能人みたいだ」

オシャレな服に身を包み、ミステリアスな表情で流し目をする乃々亜の姿は、その他のプロのモデルと比べても一向に引けを取らない。むしろ、事情を知らなければ普通にプロだと勘違いしてしまいそうなほどに堂に入っていた。

その姿に、感心したように見入る政近の頰《ほお》が、不意にむぃっとつねられる。

「……ぁんふか」

「政近君？　なんでつねられたか分かる？」

振り向けば、アリサの咎《とが》めるような顔。その質問に、政近はこれが〝女心を知るためのデート〟だということを思い出した。内心「しまった」と思いつつ、つねられた頬を押さえて答える。

「……デートの最中に、他の女の子に目を奪われたからです」

「正解。これが本当のデートだったら大減点よ？　ま、これはデートじゃないし、私はそこまで気にしないけど」

そう言うと、アリサはパッと身を翻して先を行く。その後を追って隣に並びながら、政近はアリサにつねられた頬をさすった。

（気にしないって言う割には、力が強かった気がするんだが……俺の気のせいか？）

こうしている間にも、頬に感じる視線がさっきより険しくなってるような……これも、果たして政近の気のせいなのか。

【なんで私は見ないのよ】

（あ、気のせいじゃねーなこれ）

【ずっと見てられるって、言ったくせに】

（怒ってる……めっちゃ怒ってる……！）

髪の毛をいじいじしながら、ぶつぶつとロシア語で不満を口にするアリサに、政近は内心冷や汗を搔《か》く。なんで見ないも何も、この状況でアリサの顔を直視する度胸は政近にはなかった。美人の怒り顔は怖いのだ。

「えぇっと、なんか言い訳っぽくなるが……さっきは『目を奪われた』って言ったけど、別に見惚《みと》れてたわけじゃないぞ？　ちょっと感心しちゃっただけで……」

「別に？　気にしてないわよ？　美人に目を引かれるのは仕方ないわよ。それがお、と、こ、ご、こ、ろ、ってものなのでしょう？」

「そうだな。お前のこともつい目で追っちゃうことがあるしな」

「な、なにを言うのよ……」

当てこするような言い方に大真面目に返すと、途端にアリサは恥じらうように目を逸らした。安定のチョロさに政近も思わずほっこり。

【私も……あるけど】

（んんッ！）

そして、安定のチョロシアに思わずごっぽり（吐血）。気をゆるめた瞬間刺しに来るのはずるいと思う。

（そっか……アーリャでもイケメンはついつい目で追っちゃうのか……光瑠《ひかる》とか、カナ？）

脳内で吐いた血をふきふきしつつ、政近は自己防衛のための現実逃避。意味深な視線がチラッチラ向けられてるけど気にしない。気にしないったら気にしない。

「ま、それはさておき……俺が宮前に目を奪われるとかはありえんから。あったとしてもそれは警戒心だから」

「警戒心？」

「ああいや……」

思わず言わなくてもいい本音が漏れてしまい、政近は口ごもる。政近が乃々亜に抱いている警戒心を、他の人に説明するのは難しいいし、恐らく説明したところで共感は得られない。

彼女を知る多くの人にとって、乃々亜は見た目に反して大人しい……というか常に気だるげな、人畜無害ギャルだろう。政近もその評価には同意するし、同じめんどくさがり屋だからこそ、乃々亜は基本的に面倒事は避け、下手に波風立たせるようなことはしないと信頼もしている。だが……一方で、乃々亜の行動を縛るものが、一部の例外を除いてその〝面倒《めんどう》さ〟以外に存在しないということも知っていた。

法律で禁じられているからしない、道徳に反するからしない、でもない。ただ、面倒だからしないだけ。乃々亜の中で〝必要性〟が〝面倒さ〟を上回れば、彼女は法律も道徳も無視して行動に移す。それを経験と直感で理解しているからこそ、政近は乃々亜に対してどうしても恐怖心と警戒心を抱かずにはいられない。

だが、そんな事情をアリサに話すつもりはなかった。陰口を叩《たた》くみたいで気が引けるし、悪い先入観を刷り込むのもよくないと思うから。だからこそ、政近はとっさに誤魔化《ごまか》す。

「あぁ～その、あいつに話し掛けられるとさ。取り巻きにめっちゃ睨まれるんだよ。別にあいつは悪くないんだけど……軽くあいさつされただけで睨まれるから、あいつを見掛けるとつい反射的に警戒しちゃうんだよな」

「ああ、そういう……」

「うん。あとまあ、単純にあの金髪が目立つからな。つい見ちゃうよね」

「ふうん、私の髪よりも？」

「あ、いや、もちろんお前の銀髪も綺麗《きれい》だと思うけどさ……」

「冗談よ」

そう言って小さく笑みを漏らすと、アリサは自分の髪をつまみ上げながら続ける。

「それに、私だって昔は金髪だったのよ？」

「は、昔は……？　……って、ああ！　もしかして、それってあれか？　外国の子供が、成長に伴って髪や瞳《ひとみ》の色が変わるってやつか⁉　うわっ、マジであるんだ！」

興奮気味に目を輝かせる政近に、アリサは少し気圧《けお》されたようにぱちぱちと瞬《まばた》きをした。

「え、ええ……私みたいに、色が抜けるのは珍しいみたいだけど」

「へぇ～！　……そっかぁ、金髪のアーリャかぁ……」

「……なに？　興味あるの？」

「まあ正直、見てみたくはある」

「そ、そう……だったら、今度写真を見せてあげるわ」

「おお、マジか。楽しみにしとく」

今でも妖精《ようせい》じみた美しさを持つアリサだが、幼少期ともなればそれこそ天使のような愛らしさだったのだろう。その姿を想像し、政近は頰を緩めた。

（有希も昔は天使みたいだったんだけどな……今じゃあ）

脳内で「ケーッケッケ」と邪悪な笑い声を上げる小悪魔有希に、政近は時の残酷さを感じて遠い目になる。純真無垢《じゅんしんむく》だったあの頃の妹は一体いずこへ。いや、まあ出て来たら出て来たで古傷をえぐられるのだが。

「……その」

「ん？」

「……政近君は？」

「？」

「政近君は……昔、どんな子供だったの？」

突如、遠慮がちに発せられた予期せぬ質問に、政近は自分でも表情が硬くなるのが分かった。

「……どうした？　いきなり」

とっさに気の利いた返しも出来ず、政近は表情と同様に硬い声で問い返す。すると、アリサも政近の態度が硬化したことを悟ったようで、小さく「あ……」と漏らしてから、ますます遠慮がちに続けた。

「その、私あなたの誕生日を知らなかったじゃない？　考えてみれば、選挙戦のパートナーのことをあまり知らないのは問題かと思って……」

「ああ……そういう」

アリサの萎縮《いしゅく》した様子に、政近はデート中に妙な雰囲気にしてしまったことを反省する。そして、意識して明るい声で答えた。

「ん……まあ、今の俺よりはだいぶ真面目だったぞ？　授業中に居眠りとかせんかったし、忘れ物もなかったし」

「そうなの？」

「ああ、なんせ当時はオタクじゃなかったからな～……フッ、中学で目覚めたオタク趣味が、真面目だった俺を狂わせたのだよ……」

「あ、そう……」

政近の冗談めかした言い方に少し視線を冷たくしながら、アリサはちょっと考える素振りを見せる。

「それじゃあ……好きな食べ物は？」

突然当たり障りのない質問になったことに、政近は内心苦笑しつつ……そこにアリサの気遣いを感じて、素直に感謝した。

「ん……まあ知ってると思うが、辛い料理は好きだぞ？　あとは……まあみんな大好きラーメンとかカレーとか？」

「辛い料理……」

「アーリャは苦手か？」

「そう……そんなことないわよ。前、一緒に辛いラーメン食べたじゃない」

「あ、うん」

その時の様子から、苦手なんじゃないかと訊《き》いているのだが。どうやらアリサは未《いま》だに、激辛ラーメンを前に死にそうになっていたのがバレてないと思っているらしい。

（いやまあ、苦手じゃないって言い張るんならあえて追及はせんけどさ……）

何を意地になっているのかと内心首を傾げる政近に、アリサは続けて問う。

「それじゃあ、逆に嫌いな食べ物は？」

「特にないなぁ。昔っから好き嫌いはしないように言われてたし……」

「そうなの……」

「あ、でもじいちゃんが作ったボルシチは苦手だったなぁ。土臭くって」

「土臭い……？」

「たぶん、ビーツの調理が下手だったんだと思う……でも、だからこそこの前アーリャが作ってくれたボルシチは割と革命的だったわ。すごいおいしかった」

「そ、そう？　それはどういたしまして」

政近の真っ直ぐな賛辞に、アリサは照れた様子で視線を逸《そ》らす。そして、指で髪をくるくると弄《もてあそ》びながらツンと顎《あご》を上げて言った。

「まあ、なんだったら？　またご馳走《ちそう》してあげてもいいわよ？　今度の勉強会の時にでも」

「え、いや……そりゃ流石に申し訳ないよ。四時間掛かるんだろ？　作るのに」

「もちろんあなたにも手伝ってもらうわよ。出来るんでしょ？　料理」

「ああ……なるほどね」

「じゃあ決まりね。次回の勉強会で……そうね、買い物から手伝ってもらいましょうか」

「あ～……うんまあ、りょーかい」

政近が苦笑気味に頷《うなず》くと、アリサは上機嫌そうにふふんと笑い、急にハタと何かに気付いた表情を浮かべると、一転して少し顔を俯《うつむ》けた。

【ふ、夫婦みたい、ね？】

（……ソウダネ）

そわそわチラチラ髪の毛いじいじ。もういつものことなので、政近は遠い目でスルー。触れない訊かないツッコまない。

（夫婦……ねぇ？）

だがなるほど。改めて考えてみれば、一緒に買い物をして一緒に料理をして、二人で食卓を囲むというのは、夫婦とまでは行かずとも同棲《どうせい》中のカップルっぽくはあった。そして、その光景を想像して……自然と「悪くない」と思う自分自身に、政近は驚いた。

（まあ、アーリャと一緒にいるのは……嫌じゃない）

真面目で、プライドが高くて、事あるごとに小言を口にするし、変にマウント取ろうとしてくるけれど……それを、煩わしいとは思わない。そういう真面目なところも、少し見《み》栄《え》を張っちゃうところも、素直に可愛いと思える。……愛《いと》おしいとさえ、思う。

（ああ……なんか、ふわふわする）

心が静かに浮き立つ感覚に、気付けば政近は笑みを浮かべていた。そして、胸に湧き上がる優しく温かな気持ちが赴くままに、そっとアリサの手を握る。

「！……なに？」

突然手を握られ、アリサがピクッと手を震わせながら足を止めた。目を見開いて表情を固まらせるアリサに、政近は穏やかな笑みで振り向く。

「なんとなく、手を繋《つな》ぎたくなって。ダメか？」

「え、あ……」

政近の直球なセリフに、アリサは激しく視線を泳がせ……数秒経ってからすまし顔になると、ツンと顎を上げて言った。

「ま、まあ？　女の子も、少し強引なのは嫌いじゃないし？　もちろん、あくまで一般論だけど？……そうね。今回は特別に、手を繋ぐことを許してもいいわ。このお出掛けを提案したのは私だし？」

なんだかすごく言い訳っぽく許可を出すアリサに、政近は小さく笑みを漏らした。

「それはありがたいな。それじゃあ、行こうか？」

「う、ん……そうね？」

軽く受け流され、優しく手を引かれ……アリサは、目に見えてしおらしくなる。先程までのお高くとまった態度はどこへやら、繋いだ手と政近の顔を交互にチラチラと見ながら、大人しく政近に付いて歩く。そして、ちょっと顔を背けながら、ロシア語でボソッと。

【なによ、もう……】

そう呟《つぶや》き、キュッと軽く手を握り返してくるアリサ。それに、政近は内心悶《もだ》え……ることなく、静かに苦笑した。なんだか今はとても穏やかな気持ちで、アリサのデレも動じずに受け止めることが出来た。そうして、どこまでも優しげで穏やかな笑みを浮かべる政近の横顔を、アリサはじっと見つめていた。

両脇にテナントショップが建ち並ぶ駅近の商業区を、二人は手を繋いだまままゆっくりと歩く。二人の間に会話はなく、繋いだ手から伝わる相手の体温だけを、ただ感じていた
……が、そのまま五分ほど経ったところで。だんだん手繋ぎに慣れて来たらしいアリサがおもむろに周囲を見回し、少し眉《まゆ》をひそめながら口を開いた。

「……ねぇ」

「ん？」

「もしかしなくても、さっきっから目的なく歩いてない？」

突然の鋭い指摘に、政近の心臓が跳ね上がり、背中につーっと汗が流れる。図星だった。あまりにも図星だった。もっと言えば、今自分がどこを歩いているのかもよく分かっていなかった。

元々政近は、たくさんお店があるところを歩いていれば、そのうちアリサが「あ、あのお店……」とか言い出すんじゃないかな～という思惑の下、テキトーに歩いていた。それ

に加えて、今は「このままただ歩いてるだけでもいいかな〜」という若干お花畑な思考でふわふわ歩いていたので……いつの間にか、一度も来たことがないところに来てしまっていたのだった。

（ここ、マジでどこだ……？　くっそ、ぽわーっとした気持ちのままふらふら歩いてたせいで、全然分からん！）

我に返ってみれば、完全に迷子状態である。しかし、そんなことを正直に言えば、現在進行形で斜めに傾き始めているアリサのご機嫌が急転直下地の底まで落ちるのは目に見えていた。なにしろ、デート開始時には「安心しろ、ちゃんと考えてる」とか言って歩き出した身であるからして。実はノープランでしたなんて、とてもではないが言えなかった。

だからこそ……苦肉の策として、政近は内心冷や汗を掻《か》きながら賭《か》けに出た。平静を装い、むしろ疑われて心外だという表情を浮かべながら答える。

「そんなことあるわけないだろ？　ちゃんと目的地はあるさ」

「……ホントに？」

「ああ、そこの角を曲がったところに……」

とっさにすぐそこの曲がり角を指差すが、当然その先に何があるのかなど知らない。

だが、問題はない。なぜなら、「目的地がある」とは言い切っていないから。「階段がある」「案内板がある」なんなら「あれ？　もうひとつ向こうの角だったたっけ？」でもいい。曲がってみてから、後出しでいくらでも修正が利く。

そんな政近の姑息《こそく》な考えは……実際に角を曲がった瞬間、打ち砕かれた。

なんと、その通路は曲がってすぐのところで行き止まりになっており、突き当たりには一軒のお店しかなかったのだ。そして、そのお店とは……まさかの、ランジェリーショップだった。
（オワタ）
自身の引きの強さ（？）に、表情を引き攣《つ》らせて立ち尽くす政近。その隣でゴウッと激しいブリザードが発生し、繋いだ手がギューッと、それこそ「逃がさないわよ」とでもいう風にギューッと握られる。

「ねぇ」

「ハイ」

「ここが、お目当てのお店？」

永久凍土の底から響くような恐ろしい声に、政近はこれが最後の質問であることを理解した。この質問に対する答え次第で、今後の自分の運命が決まると……そう悟った政近は、真摯《しんし》な表情でアリサに向き直ると、その目を真っ直ぐに見て言った。

「最近、サイズが合わなくなって来てるんじゃないかと思っ――」

その言葉を最後に、政近は本日二度目の昇天をした。やはり記憶はないが……とりあえず、優しくなかったのは確かだった。

【……なんで知ってるのよ】

第4話 いや、そうはならんやろ

「暑《あ》っちぃ……」

大きなボストンバッグを肩に下げながら、政近《まさちか》はじりじりと照り付ける太陽の下を歩く。まだ午前八時過ぎだというのに、八月の太陽は残酷なまでに元気だった。歩いている内はまだいい。しかし、横断歩道などで立ち止まったタイミングでドッと汗が噴き出てきて、それが政近にとってはたまらなく不快だった。

「ま、こんくらいの方が海入る分にはきもちーだろうけどな」

そんな風にでも思わないとやってられない。そう、今日は生徒会長である統也《とうや》企画の、生徒会合宿の出発日なのである。

八時半に学園の最寄り駅集合で、そこから電車とバスを乗り継いで剣崎《けんざき》家所有の別荘に向かうことになっている。どちらかと言えばインドア派の政近にとっても、久しぶりの海水浴はなかなかに楽しみで少し浮足立っていた。が……待ち合わせ場所が見えてきて、政近の足は自然と止まった。

「熱い……」

気温が、ではない。いや、空気という意味では間違っていないかもしれないが。

原因はただひとつ。既に待ち合わせ場所には統也と茅咲《ちさき》が来ていたのだが……二人のまとう雰囲気が、遠目にもアツアツなのだ。明らかに恋人との旅行に嬉《うれ》し恥ずかしってるのだ。だって、なんか正面から見つめ合いながら手なんか握っちゃってるんだもん。しかも両手。あ、指絡め始めた。

「近付きにきぃ～……」

このまま他のメンバーが来るまで待っていようか……と思ったその時、不意に振り向いた茅咲と目が合った。……まさか、視線を察知したのだろうか？　この距離で？

「……行くしかないか」

観念して、政近は軽く手を上げながら二人に近付く。そこへ、見覚えのある高級外車が政近を背後から追い抜いて行き、駅前のターミナルに停車した。そして、後部座席から降りてきた二人組が、トランクにしまってあったキャリーバッグを手に先に統也と茅咲に合流する。言わずもがな、有希《ゆき》と綾乃《あやの》の二人であった。

（ナイスタイミングだ有希。これであの二人の間で居た堪《たま》れない気分を味わわないで済む）

内心ガッツポーズをしながら、政近は四人と合流した。

「おはようございま～す」

「おう、おはよう、久世《くぜ》」

「おはよ～」

「おはようございます、政近君」

「おはようございます、政近様」

各々あいさつを交わし、今日の予定について軽く話し合っていると、待ち合わせ時間の十分前に最後の二人が姿を現した。

「お待たせ～」

「お待たせしました」

ふわふわとした笑顔で手を振りながら歩いてくる姉と、生真面目に会釈をしながら歩いてくる妹。実に対照的な雰囲気でやってきた九条《くじょう》姉妹を加え、メンバー全員が揃った。

(いや、顔面偏差値！)

集まった私服姿の女性陣を見て、政近は内心でツッコむ。

(マジでみんな、滅茶苦茶《めちゃくちゃ》オシャレだな⁉)

アリサ、有希、綾乃の私服がオシャレなのは知っていたが、茅咲とマリヤも全然負けていなかった。こうしている間にも、周囲からすごい注目されているのが分かる。耳を澄ませば、「え、何かの撮影？」「芸能人？」「どっかのアイドルグループか？」といった声があちこちから聞こえていた。

(ただの生徒会役員です……いや、でもこうしてみるとマジで芸能人のオフショットみたいだな)

実に華やかな女性陣を前に、特にブランドものでもないシャツとスラックスを身に着けた政近はなんだか居た堪れなくなる。と、そこでアリサが政近の方を向き、気持ち大きめな声であいさつをした。

「政近君も、おはよう」

「……おう、おはよう」

周囲に他の生徒会メンバーが全員いるこの状況で、恐らくあえてやったであろう名前呼びでのあいさつ。これに……やはりと言うべきか、有希が食いついた。

「あら？　アーリャさん……政近君に対する呼び方を変えられたのですか？」

「ええ」

下世話なニヤーッとした笑みをお淑《しと》やかな笑みに隠しながら訊《き》いた有希に、アリサはしかし動揺した風もなく答える。

「考えてみれば、一緒に会長選に立候補するのに、片方だけ名前呼びというのはなんだかよそよそしい感じがするでしょう？　それに、対立候補である有希さんを名前呼びしているのに、パートナーである政近君を名字で呼ぶのもおかしな話だもの。だから、この前から私も政近君を名前で呼ぶことにしたの」

よどみなく、立て板に水といった様子で言葉を紡ぐアリサ。間違いなく、突っ込まれることを予想してあらかじめ答えを準備しておいたのだろう。

「そうですか」

口元に少し得意げな笑みを浮かべ、そこはかとなく言い切った感を漂わせるアリサに、有希は意外にもあっさりと納得を示した。そして、どこか神妙な顔で続ける。

「たしかに……対立候補となった後も、政近君に馴《な》れ馴《な》れしく振る舞っていたのは、わたくしが無神経だったかもしれませんね……」

「え!? い、いえ、そんなことは気にしないでいいわよ？ ふ、二人は幼馴染《おさななじ》みなんだもの。仲良くするのは自然なことだわ」

「ですが、アーリャさんの気持ちを思えば、無神経なことをしてしまったのは事実ですし……」

「本当に気にしてないから！」

予想だにしない有希の申し訳なさそうな反応に、アリサは大慌てでフォローをする。その様子を見ていて、政近はなんとな〜く嫌な予感がしていた。

「……本当に、気にしてませんか？」

「ええ、そ、その、二人の友情を邪魔する気とかは、全然ないから……」

「そうですか！ よかったです！」

嬉しそうにそう言って、有希はパッと表情を明るくすると、微笑みを浮かべながらアリサの手を取る。

「わたくし達は、学園では次期生徒会長の座を争うライバルですけど……この合宿の間は、そういったことは忘れて過ごしましょうね？ そう、停戦協定というやつです」

「あ、ええ……そうね、そうしましょう」

少し戸惑いながらも頷《うなず》くアリサに、笑みを深める有希だが……政近はその淑女の笑みの裏に、はっきりと「言質は取ったぜ！」という悪い笑みを感じ取った。そして内心、「戦い仕掛けんのはいつもお前の方だろ」とも思った。水を差すのもなんなので、あえて何も言わないが。

「よし、それじゃあそろそろ行くぞ」

と、そこで統也が声を上げ、駅へと足を向ける。すると、有希が上機嫌な様子でくるりと振り返り……

「では政近君！　行きましょう！」

タタッと政近に駆け寄ると、その手を摑《つか》もうと……するが、そう来ると予期していた政近は、ひょいっと手を上げて避ける。が、有希はお構いなしに、半ばタックルするような勢いで強引に腕に抱き着こうとし――

「それじゃあ有希ちゃん、行きましょうか～」

「え、マーシャ先輩？」

反対側からスッと距離を詰めてきたマリヤに、するりと腕を搦《から》め捕られた。

「え、ど、うしたんですか？」

「だぁって、アーリャちゃんは腕組んでくれないんだも～ん」

有希の質問に、ぷぅっと頰《ほお》を膨らませて答えるマリヤ。いや、だからと言って、なんで有希の腕を取るのか。そう思ったのは政近だけじゃなく有希もだっただろうが、マリヤがぎゅっと有希の細腕を抱き寄せた瞬間、有希は一発でその疑問を呑《の》み込んだ。

その目が一瞬おっさんの目になり、自分の腕に触れるマリヤの胸をガン見したのを、政近は見逃さなかった。ついでに、「うおっ、すっご」という有希の心の声も、政近にはハッキリと聞こえた。

「ふふっ、合宿楽しみ～♪　ねぇ有希ちゃん、有希ちゃんはタコのスミっておいしいと思う？」

「えっ、と？　た、タコのスミ、ですか？　マーシャ先輩、召し上がった経験がおありなのですか？」

「ないわよ～？」

「う、うん？」

そして、有希はそのままマリヤに引っ張られるようにして駅へと向かっていく。その後ろ姿を数秒見送ってから、政近は残っているアリサと綾乃に声を掛けた。

「……行くか」

「はい」

「そうね」

そうして、三人でその後を追う。三人の胸に去来する思いはただひとつ。「マーシャ強し」だった。

◇

　そうして、電車を乗り継ぐこと二時間ほど。とある地方の私鉄に乗り込んだ政近は、その車内の光景に少し驚いた。

「おお、すごいですね。なんか昔ながらの電車って感じで。席も、ボックス席？　って言うのが正しいのか分かりませんが、席同士が向かい合ってますし」

「ふむ、たしかに都会では、一部の急行電車でしか見ないかもな」

「わ、見て見て！　ドアが自動じゃなくてボタン式だよ！」

「あらホントね～……これ、走ってる最中に押したらどうなるのかしら～？」

「開かないとは思うけど、絶対押さないでよ、マーシャ」

「あ、写真撮りますね。綾乃、アーリャさんの隣に立って」

「こちらでよろしいですか？」

　いい感じに寂れた旧式の電車に、興味深そうに車内を見回す一同。生徒会広報用のデジカメを持って、記念写真の撮影係を請け負った有希の前で、各々思い思いにポーズを取る。しかしそこで、地元の人らしきおばあちゃんが微笑ましそうにこちらを見ているのに気付き、統也が軽く咳払《せきばら》いをした。

「ん……じゃあ写真も一通り撮ったところで、ここはあえて普段一緒にならないメンバーで、四人と三人に分かれて座ろうか。役員同士の交流も兼ねてな」

「お、いいね！　じゃあ……一年生組のパートナー同士をバラす？」

生徒会長と副会長の提案によって、四十分間の移動中、前半と後半に分けて交流が行われることになった。通路を挟んだ二組の席に、それぞれ分かれて座る。

「というわけで、よろしくぅ～」

「よろしくお願いいたします」

「いや、お見合いか」

前半二十分、政近の隣に座ったのは有希。対面の席には統也と茅咲が座った。

（普段一緒にならないメンバーって言うなら、会長と副会長もバラすべきでは？　……ってツッコミは、しちゃいけないんだろうなぁ）

正面に座る茅咲がまとう、「あたしと統也はペアだから」という有無を言わさぬ雰囲気に、政近はツッコミを呑み込む。所詮《しょせん》は庶務。副会長様の持つ拳力《けんりょく》……いや、権力には逆らえない。

「……えっと、ご趣味は？」

「いや、それこそお見合いじゃないか」

有希が黙っているので、なんとなく自分が口火を切ったのだが……統也に苦笑気味にツッコまれ、政近はおどけるように首を縮める。

「そうですよね……じゃあ、お二人の馴れ初めは？」

「結婚記者会見か」

「え、えぇ～？　それ訊いちゃう？」

「んん？　まさかの意外と乗り気か？　茅咲」

両手で頬を押さえてにへらっとした照れ笑いを浮かべる茅咲に、統也が半笑いで片眉《かたまゆ》を上げた。しかし、茅咲はそんな恋人の様子を気にした様子もなく、記憶を遡《さかのぼ》るように視線を彷徨《さまよ》わせる。

「そうだね～あたしが統也に興味を持ったのは……う～ん、これを話すには子供の頃の話からしないとなぁ」

「いいですね。更科《さらしな》先輩の話、聞きたいです」

政近が興味深そうに軽く身を乗り出すと、茅咲はまんざらでもない様子で口元をゆるめた。そして、車窓の外に目を向けながら、懐かしそうな口調で語り出す。

「そうだね……あれは、あたしがまだ気弱で、虫も殺せないような女の子だった時……」

「おっと幻聴か？」

あまりにも予想外な語り出しに、思わず真顔で失礼なツッコミをしてしまう政近。しかし、茅咲は全く意に介さずに続ける。

「当時のあたしは、自分で言うのもなんだけど、すっごく大人しくて可憐《かれん》な美少女でね……小動物系っていうの？」

「なるほど、猛獣だって赤ちゃんの頃は一応小動物ですもんね」

「いつもビクビクしてる、声も小さければ気も小さい女の子で……当然のように、学校ではかまってちゃんの男子共にいじめられまくるわ、街に出れば怪しいおじさんに話し掛けられるわストーキングされるわ誘拐されそうになるわで……一時は男性不信と対人恐怖症で、不登校になっちゃったくらいだったんだよ」

「……え？　マジですか？」

流石に茶化すのが躊躇《ためら》われるシリアスな内容に、政近もふざけた態度を引っ込める。そして、統也の方に視線を向けると、統也は真面目な表情で肩を竦《すく》めた。どうやら、その場で考えたテキトーな作り話というわけではないらしい。

「ま、お母さんがいつも守ってくれたし、そこまで決定的なトラウマを植え付けられることはなかったんだけど……引きこもりになるには、十分だったよね」

「……」

「それである日……知ってるかな？『フレイムソード』ってアニメ」

「え？　ああ、知ってます。名作アニメって言われてたんで、パソコンで観たことあります」

フレイムソードとは、数年前にやっていたオリジナルアニメだ。神子《かみこ》と呼ばれ、世界の命運を握る存在であるヒロインと、幼少期に敵国に攫《さら》われた彼女を救うべく、冒険の旅に出る主人公の少年。旅の中で、主人公は仲間との出会いや敵との戦いを経て、やがてヒロインに隠された秘密と世界の真実へと近付いていく……といった感じのストーリーの、王

道ファンタジーである。

「あれ、当時あたしリアルタイムで観ててね〜……すっごい衝撃的だったんだよね。ほら、辺境の砦《とりで》での戦いの後に、ラスボスの皇帝とヒロインが話し合うシーンがあるじゃん？」

「あの玉座の間のシーンですか？」

「そうそう」

「ああ、あれは名シーンでしたよね」

それは、ヒロインがただ主人公の助けを待つだけの非力な少女ではなく、はっきりとした意志と正義感を持った強い女性であると印象付ける、最初のシーンだった。力で世界を支配しようとする皇帝に、ヒロインは真正面から食って掛かり、自らの身の危険も顧みずに自分の理想を語る。ラスボスである皇帝もまた、「弱者の青臭い理想だ」と鼻で笑いながらも、ヒロインに対する評価を改める……あのシーンには、政近も思わず「ヒロインかっけぇ━━！」と歓喜したものだった。

なるほど、あのヒロインを見て茅咲は変わったのか……と頷く政近の前で、茅咲も当時のことを思い出した様子で感慨深そうに頷く。

「あれ観て思ったんだよね……ああ、そうか。結局、力なんだなって」

「ん？」

「力がないから男に舐《な》められるし、攫われるんだって。意思を通すには、まず相手を黙らせるだけの暴力が必要なんだって……理解したよね」

「うわぉ、まさかのヒロインを反面教師にしちゃったか。ラスボスの方に影響受けちゃったのか」

「それからあたしは、それまで長かった髪をバッサリ切って、男に舐められないよう心と体を鍛えまくったよ……親戚《しんせき》が運営してる古武術道場で一年間ミッチリしごかれて……その結果」

「滅茶苦茶《めちゃくちゃ》魔改造されてしまったと」

隣で「ラスボス……いいよね。分かる」みたいな顔でうんうん頷《うなず》いてる妹にジト目を向けながら、政近は正直な感想を口にした。そのあんまりな評価に、茅咲は苦笑を浮かべる。

「いや、言い方。そこは普通に成長したと言ってよ……まあおかげで、か弱い美少女オーラを打ち消す程度には、覇気をまとえるようになったよね」

「なんという魔改造悲劇的ビフォーアフター。いや、喜劇的か？」

「そんな過去があったもんだから……統也が頑張って自分を変えようとしてる姿に、なんだか他人事《ひとごと》だとは思えなくって」

「おおう、いきなり馴れ初め話に切り替わったな。あまりの急展開に感情が追い付かないぜ」

急に恥ずかしそうに統也をチラチラし始めた茅咲に、政近は呆《あき》れ気味に頰《ほお》をひくつかせ、有希も困ったように笑みを漏らす。しかし、そんな後輩達の反応などどこ吹く風で、恋人同士は熱く見つめ合い始めてしまった。

「とはいえ、ほぼ初対面のところをいきなり告白されたのは驚いたけどね～」

「おいおい、それは言わないでくれよ」

「まあまあ……あれがあったからこそ、統也の変化を実感できたのは確かだし？」

「うん……まあ、自分でもだいぶ先走った自覚はある」

「だよね～すっごいどもってたし？」

「あぁ～もう！　それは言わないでくれって！」

ニヤニヤ笑いながらからかってくる茅咲を、恥ずかしそうに睨《にら》み返す統也。しかし、ギスギスしている感じは全然なくて……むしろ甘々な雰囲気で、政近と有希は揃って遠い目になってしまった。

「(居た堪《たま》れねぇ～……)」

「(どうする？　あたしらもいちゃついとく？　がばちょしたろか、がばちょ)」

「(いらんいらん)」

前を向いたまま小声で会話する兄妹だが、目の前のカップルは気付いた様子もない。そうこうしている間に二十分が経過し、メンバー交代。政近の隣には有希の代わりに綾乃が、正面にはマリヤが座った。

「よろしくね～？」

「よろしくお願いいたします」

「……どもです」

いつも通り、ふわふわとした笑みを浮かべているマリヤ。そしてこちらもいつも通り、無表情のまま早速空気になっている綾乃。

（いや、会話よ）

普段聞き役に回ることが多いマリヤと、空気になることがほとんどな綾乃。およそ会話の生まれにくい組み合わせに、政近は内心ツッコむ。そして、仮にも交流という名目なのにも拘《かかわ》らず、既に空気になろうとしている綾乃に、少し咎《とが》めるような目を向けた。

「綾乃、こういう時くらい自分から何か話題を振ったらどうだ？」

「！　そうですね、失礼しました」

政近の指摘にもっともだと思ったのか、綾乃はピクッと肩を揺らし、頭を下げる。そうして顔を上げると、少し視線を彷徨わせてから無表情のまま口を開いた。

「マリヤ様は、どのようなメイド服がお好みですか？」

「初球大暴投」

「そうね～わたしはどちらかと言うと、クラシックなタイプが好みかしら～？　ロングスカートのメイド服、可愛いわよね～」

「打ち返された、だと……!?」

「左様でございますか」

「うん。でも、すっごくミニなスカートも、それはそれで可愛いと思うけどね～？　わたし、アニソンとかも好きだし」

「おっと？　打ち返されたと思ったボールが斜め上な方向にかっ飛んでったぞ？」

「そうなのですか？　わたくしも多少はアニソンを勉強しておりますが」

「そしてそれを当然のようにキャッチする。異次元の会話だぜ……！」

「勉強？　綾乃ちゃん、アニソン歌手になりたいの？」

「いえ、特にそういうわけでは」

「そうなの？」

「はい」

「……」

「………」

「……いや、キャッチしたボールは投げ返せよ」

「！　そ、そうですよね。えっと……」

あまりにシンプル過ぎる回答で会話を終わらせてしまった綾乃に、政近はジト目でツッコむ。すると、綾乃はピクッと肩を跳ねさせて忙《せわ》しなく車内に視線を巡らせ始めた。

「ふふ、そんなに焦らなくても大丈夫よ～？」

「いえ、その……えっと」

明らかに今話題を探している様子の綾乃に、マリヤがふわふわとした笑みを浮かべながらフォローを入れる。しかし、綾乃はそんな先輩の気遣いに恐縮した様子で肩を縮めると、何度も瞬《まばた》きを繰り返しながら話題をひねり出した。

「えっと、電車はお好きですか？」

「Theに入ったもの」

「う〜ん、わたし普段は電車に乗らないのよね〜」

「そして間髪容《い》れず打ち返してくれる先輩。聖母かよ」

「綾乃ちゃんは？」

「わたくしは特に……」

「だからリリースしろと……ハァ」

全く話が展開していかないその回答に、政近は呆れと労《ねぎら》いを込めてポンポンと綾乃の頭を撫《な》でる。そして、この会話を盛り上げるのが下手な幼馴染《おさななじ》みに代わって、自分が会話を回すことにした。

「えっと、普段電車に乗らないって、自転車とかバスを使うってことですか？」

「ううん、わたし歩くのが好きなの。でもそうね〜遠出する時は自転車を使うかしら？」

「へぇ、なんだかちょっと意外です。マーシャさんが自転車かっ飛ばしてる姿とか、あまり想像できないですし」

「あらそぉ〜？　わたし、結構健脚なのよ？　電車三駅分くらいなら普通に歩くし、自転車ならもっと行くわね〜」

「それはすごいですね。でも、それくらいなら普通に電車使った方が早いと思いますけど……嫌いなんですか？　電車」

「ううん、そういうわけじゃないんだけど……街を見るのが好きなのよね。普段歩かない道とかちょっと入ってみるだけで、また新しい表情が見えるじゃない？」

「あぁ……」

マリヤの言葉に、思い当たる節があった政近は頷《うなず》く。以前アリサとの誕生日デート（？）のため、相応《ふさわ》しいお店を探して街を歩き回った時には、自分の生活圏内でも意外と行ったことがない場所が多いことに気付き、驚いたものだ。

納得感を覚える政近に、マリヤは少し眉《まゆ》を下げて続ける。

「それに……電車って、危ないじゃない？」

「？　危ない？」

「ほら、時々吊革《つりかわ》に摑《つか》まってて手首を怪我《けが》する人がいるし」

「んん？　吊革で、ですか？」

聞いたことがない話に、政近は綾乃に目を向けるが、綾乃も聞き覚えがない様子で首を左右に振る。考えてみれば、そもそも綾乃は普段車を使うので、マリヤとは別の理由であまり電車に乗ることがなかった。

「吊革で手首……？　電車が揺れた時に、急に引っ張られて、とかですかね……？」

「どうなのかしら？　わたしはなったことないし、茅咲ちゃんもなったことないみたいだけど……男の人だけがなるのかしら？」

「ん？　更科先輩？　……ん？　男の人だけ？」

マリヤの言葉の断片に、政近は引っ掛かりを覚え……なんとな～く浮かんだ想像に、頬を引き攣《つ》らせた。

「えぇっと、マーシャさん。その現象って……更科先輩と一緒の時に起きたんですか？」

「え？　うん、そうね～……茅咲ちゃんと遠出した時に、三、四回くらい？」

「……もしかして、満員電車で？」

「ん～どうかしら？　でも、そこそこ混んではいたわね～吊革が埋まるくらいには」

「……その怪我をした人って、マーシャさんの隣あるいは後ろに立ってた男の人じゃないですか？」

「ええ！　どうして分かるの⁉」

「……あ～ね」

目を丸くするマリヤと対照的に、政近は目を細める。つまり、その怪我をした男というのは恐らく……改めて考えてみれば、マリヤはいかにもそういう人間に狙われそうであった。アリサは警戒心が強いし、良くも悪くも目立ち過ぎてしまうので逆に狙われなそうだが。以前一緒に電車に乗った時など、同じ車両内の乗客がほぼ全員アリサの方を盗み見ていたくらいだ。あんな衆人環視の状況で、犯罪行為に走る男はいないだろう。

しかし一方で、マリヤは色彩的にアリサほど目立つ外見ではないし、まとう雰囲気的にも不埒《ふらち》な人間を引き寄せそうであった。

（そして、引き寄せられた結果……手首をメキョられたと）

大体の事情を察し、通路の向こう側にいる茅咲の方へと戦慄《せんりつ》に満ちた視線を向けつつ、続けて訊《き》く。

「その時、更科先輩ってどういう反応してました？」

「え？　ああ……それがね～茅咲ちゃんったらすごいのよ？　いつも率先して怪我した男の人に付き添って、駅長室まで連れて行くの。わたしも手伝おうとするんだけど、怪我の手当てに関しては素人だから、茅咲ちゃんに任せるしかないのよね～」

「……なるほど」

「？　ねぇ、どういうこと？　久世くん、何か分かったの？」

「ああいえ、ただ……うん。そうですね。これからも、混んでる電車に乗る時は更科先輩と一緒に乗った方がいいと思います」

「あ、それ茅咲ちゃんにも言われたわぁ。まあ言われなくても、一人では滅多《めった》に電車に乗らないけど……」

そこで、ふと気になったことがあった政近は、話を逸《そ》らすのも兼ねてマリヤに尋ねた。

「そう言えば、彼氏さんはどうなんですか？　一緒に出掛ける時とか……」

「え？　ああ……今、わたし遠距離恋愛中だから。一緒に出掛けたりする機会はないのよ～」

「あぁ～お相手はロシア人なんでしたっけ？　風の噂で聞いたんですが」

「んん～？」

「あれ？　違うんですか？」

「（……あ、名前……そっか）」

「？　え、なんですか？」

「ううん、なんでもないの。それより、二人はどうなの？」

「え？」

「二人はぁ……好きな人とかいないの？」

胸の前で両手の指を絡め、少し身を乗り出して楽しそうに尋ねてくるマリヤ。女の子大好き恋バナを向けられた二人は、しかし同時に首を傾げる。

「いや、俺は……二次元に生きる男なんで。三次元はあんまり……」

政近が冗談めかしてそう言うと、それを額面通りに捉《とら》えた綾乃が不思議そうに目を瞬かせた。

「そうなのですか？　たしか、小学校時代にはお付き合いまで行った方がいらっしゃったと……」

「いや！　それは……子供の頃の話だし。そもそも、その頃の俺はオタクじゃなかったし」

思い出したくない過去を何の悪気もなく掘り返され、政近は少し顔をしかめる。そして、興味深そうに見てくるマリヤの視線に気付かない振りをして、綾乃に話を振った。

「綾乃はどうなんだよ？　好きな人とかいないのか？」

「わたくしはおふた……りがご存知《ぞんじ》の通り、有希様が最優先ですので。そのようなお話はお断りしております」

「……え、ちょっと待って。お断りって……告白されたことあんの？」

「はい、過去に二回ほど」

「……マジか」

予想外に飛び出してきた驚きの情報に、政近は素で意表を衝《つ》かれる。この幼馴染みに告白した男がいるという情報が、訳もなく政近の胸をざわつかせた。

「気になられますか？」

「う、まあ、そうかな？」

「政近様が気になられるようでしたら、その二人の名前をお教えしますが……」

「それはやめて差し上げろ。墓場まで持って行け」

サラッとむごいことをしようとする綾乃を止め、政近はガリガリと頭を掻《か》く。

「いや、まあたしかに気になるが……それはその、昔から知ってるお前が、色恋に関わるようになったんだなぁという……感慨みたいなやつだ。誰目線なんだよって話だけどな」

「特に関わるつもりはないのですが……」

「ああ、うん……それ、一歩間違うとモテ自慢に聞こえるから気を付けろよ？」

そう言って軽く溜息《ためいき》を吐くと、政近はマリヤに向き直って肩を竦《すく》めた。

「とまあそんなわけで、俺らには浮いた話なんかないですわ」

「……ふぅ～ん、じゃあ、二人は恋をするつもりはないの～？」

「俺はあまり……」

「わたくしもありません」

「そっかぁ……ざぁ～んねん」

そう言って、少し乗り出していた体を席に沈めたマリヤに、政近は内心ほっとする……が、安心するのはまだ早かった。

「それじゃあ、その久世くんの昔の彼女さんについて、詳しく聞かせてもらおうかしら～？」

「え、いやちょ、勘弁してください……」

首を縮め、政近は助けを求めるように綾乃を見る。その目をしっかりと見返し、綾乃は頷いて言った。

「正直、わたくしも興味があります」

「なんでぃえ⁉」

幼馴染みのまさかの裏切りに、素っ頓狂《とんきょう》な声を上げる政近。

結局、その後十分間に亘《わた》って、恋バナに食いついた女子二人による、政近にとって地獄のような追及が続くのだった。

第5話 あれは相撲ではない

「すっご……」

目の前に広がる砂浜と海を見て、政近《まさちか》は思わずそう声に出す。

学園の最寄り駅から電車で約三時間。駅を出たところで昼食と買い出しを済ませ、バスに揺られること三十分。バス停から十分ほど歩いて辿《たど》り着いた剣崎《けんざき》家の別荘は、白塗りの壁が眩《まぶ》しい二階建てのコテージだった。七人どころか十人でも二十人でも集まれそうなそのオシャレで広々とした別荘にも面食らったのだが、それ以上に驚きだったのがプライベートビーチだ。

一階リビングの窓……というかガラス張りの引き戸を開け、テラスを通るとそのままビーチに行けるのだが、これが思ったよりプライベートビーチだった。どういうことかというと、まず別荘の、砂浜に面している面以外は木々に覆われていて見通しが利かない。そして、横幅八十メートルほどの砂浜の両脇は岩場……というか崖《がけ》になっていて、これまた人が立ち入れない。つまり、この横幅八十メートル奥行き十五メートルほどの砂浜が、林と崖によって外界と隔離された状態なのだ。正直、プライベートと言っても一般の観光客も使うビーチと地続きになっているのだろうと予想していた政近は、なんとも秘境感漂う目の前のビーチに驚愕《きょうがく》するしかなかった。

「マジで貸し切りじゃないですか……いや、この言い方は変ですけど」

「ははっ、まあ気持ちは分かる」

政近の隣に立つ統也《とうや》も、砂浜を見渡して頷く。現在、水着に着替えた二人は一足先に砂浜に出て、女性陣を待っている状態だった。ちなみに、別荘には二人部屋が二つ、三人部屋がひとつあったのだが、相談の結果男子二人、二年生女子二人、一年生女子三人に分かれることになった。政近は、アリサが対立候補である有希《ゆき》と綾乃《あやの》の二人と同室になることに軽い懸念を覚えたのだが、他ならぬ当のアリサが有希綾乃ペアと同室になることを希望した（というか、マリヤと同室になるのを拒否した）ので、こういう部屋割りになったのだ。

「にしても……こうして見ると、会長、なかなかの筋肉ですね」

海パン姿の統也に目を向け、政近は感心したように言う。前からかなり分厚い体をしているとは思っていたが、脱ぐと想像以上にガッチリとした体をしていた。胸板は厚く、腕も脚も太い。百八十センチを優に超える身長に、普段掛けている眼鏡を使い捨てコンタクトレンズにしていることもあり、まるでプロレスラーのような迫力があった。

後輩の称賛交じりの視線に、統也は照れくさそうに笑う。

「まあ、見た目ほどゴリゴリマッチョってわけでもないんだけどな。元から骨太なんだ、俺は。昔はずんぐりむっくりとか言われていたな」

「骨太……なるほど？」

スタイルのいいドワーフみたいなもんかと、オタク的な納得をする政近。なんだか微妙に失礼な気がしないでもない解釈だが、統也は気付いた様子もなく感心した目で政近を眺めた。

「そう言うお前も、結構しっかり鍛えてるみたいじゃないか。なかなかいい腹筋だ」

「はぁどうも……まあ、毎日二十分ほど筋トレしてるだけですけどね。腹筋は割ろうと思えばすぐ割れますし」

先輩の称賛に、しかし政近は今ひとつ気のない返事をする。実際、結構体力勝負なところがある生徒会に入るに当たり、筋力と体力の低下を自覚していたこともあって、ずっとサボっていた筋トレを再開したのがつい一カ月ちょっと前。政近には自分の筋肉が付け焼き刃である自覚があったので、称賛されても反応に困るのだった。

「……っと、そうだ。先にビーチパラソルやらビーチベッドやらを設置しといたほうがいいよな」

「え、ビーチベッドあるんですか？　ってか、テラスが日陰になってますし、パラソル要りますかね？」

「まあ、こういうのは気分の問題だろ。ちょっと待ってろ。探してくる」

「あ、はい」

言うが早いか、統也はテラスに上がり、別荘の中に戻って行ってしまう。出来れば手伝いたいが、人の家で家探しするのも躊躇《ためら》われた政近は、若干の身の置き所のなさを感じながらも統也を待つことにした。しかし、一分も待たない内に再びリビングの窓が開かれる。姿を現したのは、ピンクのチェック柄のビキニを身に着けた有希だった。砂浜で待つ政近を視認し、周囲に他の人がいないことを確認するや、ビーチサンダルをパタパタと鳴らしながら政近に向かって駆け寄ってくる。

「おにぃたんたまおにぃたんたまおにぃたんたま」

「おうどうした、いつにも増して口調バグってんぞ」

小声で奇妙な呼称を連呼しながら駆け寄って来た妹に、政近は苦笑を浮かべる。すると、有希が政近の目の前で立ち止まり、いかにも恐ろしいものを見たといった様子で震え声を漏らした。

「バケモンじゃあ……バケモンがおるぅ……」

「は？　バケモン？」

「スゴ過ぎるんじゃよぉ～あんなん純日本人じゃ太刀打ちできないんじゃよぉ～」

続く有希の言葉に政近が事情を察したところで、噂のバケモンがリビングの窓から姿を現した。

夏の日差しに眩しい白い肌。風になびく銀の髪。レースの付いた水色のビキニに包まれた豊満なバストに、鋭く切れ込むようにして芸術的にくびれたウエスト。腰にはパレオを巻いているが、そんな薄布一枚ではその悩ましいヒップラインをほとんど隠せていない。そして、そのパレオのスリットから覗《のぞ》くむっちりとしたふともも、驚くほど長い脚。

「ボンキュッボ〜ン」

「表現が古いわ」

「あ、あれがリアル砂時計体形……!!」

「今度はちょっと斬新過ぎて付いていけん。いや、言いたいことは分かるけども」

「実際ヤバ過ぎでしょあのボディーライン……特に、腰からお尻《しり》にかけてのライン。何食ってどう鍛えたらああなんの？」

「……とてもお前と同い年には見えんな」

「あっちが異次元なんだよ。あんなトップアイドル涙目な超絶ボディーを持つ十五歳がそうそういてたまるか」

「いやいや、お前も負けてないぞ？　なかなかいいあばらだ」

隣で戦慄《せんりつ》に震える有希を見下ろし、政近がからかう。すると、有希がフッと自嘲《じちょう》気味な笑みを浮かべた。

「そう思うじゃん？　でもね、アーリャさんもああ見えてうっすらあばら浮いてるんだよ？　すごいよね、あんなにおっぱいおっきいのに。マジで付くべきところにしか脂肪付いてないって感じ」

「……いや、マジレスすると、俺は別にあばらに魅力は感じんが」

兄妹でそんな風に話し合っていると、こちらに視線を向けたアリサがテラスから脚を踏み出そうと……して、誰かに呼び止められた様子で背後を振り返る。すると、その視線の先、テラスへ続く窓からマリヤと茅咲《ちさき》が姿を現した。

「デッッ⁉」

「おいやめろ」

マリヤの方を見て、あまりに遠慮のない反応をする有希に、政近はジト目でツッコミを入れる。そして、先輩二人の方に視線を向け直しながら、内心「まあ気持ちは分かるが」と付け加えた。

実際、白いフレアビキニを身に着けたマリヤは、ある意味で妹以上に凄《すさ》まじいスタイルだった。そのふわふわとした笑みを浮かべるあどけない童顔に反して、凶悪なまでのグラドル体形。青年漫画誌の表紙を飾っていても全く違和感がなさそうな、とんでもなくグラマラスな肢体であった。

「ドカンシュッドカン」

「いや効果音」

「G……いや、もしかするとHか……？」

「やめろやめろ」

「いや、早まってはいけない。相対評価だけでなく絶対評価もしなければ。そう……一見、他とのバランスでさもマーシャ先輩の方がデッカイかのように見えるが、身長差がある分、質量という絶対評価ではアーリャさんもなかなか——」

「やめんかこの馬鹿」

「あだっ」

大真面目な顔で大馬鹿な分析をする有希の後頭部を、スパンとはたく政近。しかし、有希は懲りた様子もなく、すぐにまた九条《くじょう》姉妹に不躾《ぶしつけ》な目を向ける。

「むむ、しかしこうして姉妹並べて見ると、マーシャ先輩は少しお腹《なか》周りにお肉が付いてるような……」

「十分痩《や》せてるだろうが。アーリャが滅茶苦茶《めちゃくちゃ》引き締まってるだけだっつの」

「へへ、でもそんな風にちょっと体形に隙があるところが、これまたエロいよな」

「感想が女子高生のそれじゃないんだわ」

下卑た目で完全にエロおやじの感想を漏らしてから、有希は茅咲の方に目を向ける。

「片や……バキッメキッボキィ」

「最後折れてない？　というか、二の腕お腹ふとももの順番で見ただろお前」

ツッコみつつ、マリヤの隣に立つハイネックタイプの水着を着た茅咲に目を向け、政近は表情を引き攣《つ》らせる。

実に、マリヤとは別方向に凄まじい体だった。遠目にも分かる。もうあれは、アスリートとかいう次元じゃない。お腹なんて、政近以上に見事なシックスパックである。全体的に、女性らしい柔らかさよりもむしろ逞《たくま》しさを感じさせる、猛獣のような肉体だった。

「……女戦士と僧侶《そうりょ》？」

「……まあ、言いたいことは分かる」

ファンタジーのテンプレ勇者パーティーを思い浮かべ、頷き合う兄妹。と、その視線の先でパラソルとビーチベッドを抱えた統也が姿を現した。

「あ、盾職が来た」

「……もしかしなくても、アーリャを勇者枠として扱ってるか？」

「そりゃそうでしょ。会長はどう見てもハーレム系勇者って感じじゃないし」

「謝れ。先輩に謝れ」

オタク談義を続ける二人の視線の先で、四人が何やら言葉を交わしている。が……

「スゲーな。あの二人が横にいるのに、マジで更科《さらしな》先輩しか目に入ってないぞあの人」

男であれば目を奪われずにはいられない、恐ろしくセクシーな美少女姉妹が左右にいるにも拘《かかわ》らず、統也の視線は見事に茅咲ただ一人に固定されていた。完全に「君しか目に入らない」状態になっている統也に、政近は尊敬度を高め、有希もまた感心したように唸《うな》る。

「恋は盲目……いや、単純に貧乳派か？」

「失礼なこと言うな」

有希の頭に軽くチョップを入れ、政近はふと、残る一人を捜して周囲を見回し……反対隣に音もなく立っている綾乃の姿を認め、ビクッと肩を跳ねさせた。

「……いたのか、綾乃」

「はい」

一体、いつからそこにいたのか。長い黒髪をお団子にし、いつも通りの無表情でじっと見上げてくる綾乃に、政近は若干の気まずさを感じながら言う。

「あぁっと……似合ってるな、その水着」

「ありがとうございます」

他の女性陣とは違い、綾乃はワンピースタイプの水着を着ていた。肌の露出は控えめながら、綾乃のスタイルの良さが引き立つ大人っぽい水着に、政近は素直に賛辞を送る。すると、反対側の有希がちょちょっと綾乃の横に移動し、悪戯《いたずら》っぽい笑みを浮かべた。

「おいおいブラザー。この水着の真価はこんなもんじゃないぜ……？　綾乃、後ろ向いて」

「はい」

「ほ〜ら、ふわぁ〜お〜ぅ」

くるりと振り返った綾乃に、有希がセクシーさを煽《あお》るような声を上げる。しかしなるほど、たしかになかなかのセクシーさだった。

なんと、綾乃の水着は背中側がガバッと開いていて、交差する紐《ひも》で多少隠されてはいるものの、うなじからお尻の上までがほとんど丸見えになっていたのだ。他の露出が抑えめになってる分、そこだけ剝《む》き出しになっている背中が妙に蠱惑的《こわくてき》な雰囲気を放っている。

そのキレイな背中を指差し、有希がニヤッとした笑みを浮かべた。

「どうよこれ」

有希の「セクシーだろ？　んん？」という得意げな顔を前に、政近は綾乃の背中の上を、さながら靴紐のように交差する紐をじっと見つめ……

「なんか、チャーシューみた――」

「殺すぞてめぇ」

「ああいや、なんだかハリウッド女優が着るドレスみたいだな、うん」

割とガチめの殺意が込められた妹の視線に、政近はとっさに取り繕う。それでも数秒は政近に殺し屋じみた目を向けていた有希だったが、話を終えたらしい四人組がこちらに向かってくるのを察し、表情を淑女モードに戻す。

「というわけで、これからあたしはお腹を。綾乃は背中を推していくんで、そのつもりでよろしく」

「何がよろしくなのか知らんが、好きにすればいいのでは？」

そう言い置き、政近は統也の下に駆け寄ると、男二人で協力して砂浜にパラソルを刺した。その間に女性陣はビーチベッドを設置し、ビニールシートを広げる。

「っし、こんなもんだろ」

「ふぅ、結構大変でしたね」

二人掛かりでなんとかパラソルを固定し、政近は全身にじんわりと汗をにじませながら顔を上げた。すると、何か言いたげな様子でこちらを見ているアリサと目が合う。途端、パッと視線を逸《そ》らし、髪をいじいじ。さも「パラソル刺してるのを見てただけですけど？」

みたいな顔をしながら、しかし体の向きは変えないアリサ。

実に分かりやすいその態度に、政近は苦笑気味に言った。

「可愛い水着だな、アーリャ」

「！　そう？　ありがと」

政近の方を見るでもなく、素っ気なく答えるアリサ。その腕に、マリヤの腕が絡みつい
た。

「ふふ、よかったわね～アーリャちゃん」

「なんっ、暑《あ》っつい！」

「ああん」

ピッタリと体を寄せてきたマリヤの腕を鬱陶《うっとう》しげに振り払い、アリサはササッと姉から距離を取る。その弾みにたぱたぱと大きく揺れるマリヤの特定部位に、政近は思わず視線を奪われてしまう。仕方ないよね。水着の真ん中が紐なせいで、谷間が全部見えてるんだもの……な～んて脳内で言い訳するも、直後アリサにつららのような視線を突き刺され、政近はサッと視線を上げた。

「マーシャさんも、よくお似合いです」

「ふふ、ありがと～」

直前の政近の視線に気付いているのかいないのか、マリヤは無邪気に喜んでみせる。その無邪気な笑顔に、政近の罪悪感がチクチクと刺激された。

「政近君政近君」

その政近のふとももを、つんつんとつつく指。政近が視線を下ろすと、そこにはビニールシートの上に座りながら、こちらに背中を向ける有希の姿があった。首の後ろに手を回して髪を持ち上げ、背中を露出させながら流し目で誘うように言う。

「日焼け止め、塗ってもらえますか？」

「そのまま焼かれろ」

「あら辛辣《しんらつ》」

政近のツレない反応に肩を竦め、有希はスッと立ち上がった。

「冗談ですよ、もう日焼け止めは塗ってきました」

「じゃあやんなし」

「お約束かと思いまして」

「別に、お前にお約束されても動揺せんわ」

「あら、ではアーリャさんにやられたら動揺するのですか？」

「え？」

突然名前を挙げられ、アリサが驚いた声を上げる。思わず政近も反射的にそちらを振り向き、パチッと目が合う。すると何を思ったのか、アリサは視線を鋭くし、半身になってサッと自分の体を両腕で隠した。

「いやいや、塗ろうとせんって。というか……そもそもアーリャって日焼けするのか？

なんとなくのイメージ、ロシア人とかって肌が赤くはなっても黒くはならんイメージあるんだけど」

「私だって多少は黒くなるわよ。中にはならない人もいるけど……でも、赤くなるのも日焼けには違いないし」

「ま、そりゃそうか……」

話を逸らそうとするも変わらず警戒心に満ちた目で見られ、政近は気まずさから統也の方に顔を向ける。

「えっと、それじゃそろそろ行きますか？」

「ああ、そうだな……だが、その前に……」

目を向けられた統也は少し気恥ずかしそうに視線を彷徨《さまよ》わせながら、躊躇《ためら》いがちに口を開いた。

「せっかくだ。みんなで海に向かって、『海だ――!!』ってやらないか？」

「……え？」

統也の思わぬ提案に、政近は素で眉間《みけん》にしわを寄せる。途端、統也がなんだかしゅんとしてしまい、慌てて茅咲がフォローに入った。

「ま、まあお約束だもんね！　この合宿は生徒会メンバーの親睦《しんぼく》も兼ねてるわけだし、せっかくだしやろっか！　息を合わせて、ね？」

「はあ……」

統也の態度から、なんとなく憧《あこが》れ的なものがあるんだろうなぁと察したその場の一同は、互いに視線を交わしながら優しい気持ちでその提案に付き合うことにした。

「あ、ではせっかくなので写真も撮りましょうか。タイマーで。えっと、どこか置ける場所……あ、あのテラスのテーブルを使いましょうか」

「え……と、撮るの？」

有希がデジカメを取り出すと、アリサが少し気後れした様子で、両腕で体を隠す。それを見て、有希は安心させるように優しく微笑んだ。

「記念ですから。大丈夫ですよ？　希望があれば、水着姿の写真は本人にしかお渡ししませんから」

「そ、そう……ならいいけど……」

有希の説明に、アリサも頷《うなず》く。政近はその言い方に少し引っ掛かるものを覚えていたが、あえて追及はしなかった。そうしてカメラのセットが終わり、全員ビーチサンダルを脱いで裸足《はだし》になると、ビーチに横一列に並ぶ。そして、統也の音頭で一斉に――

「「「「海だぁ――!!」」」」

「う、海だー！」

「海だー」

ノリよく叫ぶ五名。ノリ切れないのが約一名。素で棒読みなのが約一名。真夏のビーチになんとも言えない空気が流れ、その中でカシャッというシャッター音が虚《むな》しく響いた。

直後、アリサが居心地悪そうに肩を縮め、綾乃が無表情で小首を傾げる。

「……ん、よし。それじゃあ行くか！」

「いや、この空気どうしてくれ――」

「よ～っし、競争しよ統也！　あの沖の岩まで！」

「わたくし達も行きましょうか、綾乃」

「畏《かしこ》まりました、有希様」

政近のツッコミも無視して、四人は「これ以上こんなところにいられるか！　俺は海に行くぞ！」と言わんばかりに駆け出してしまう。残されたのは微妙な空気と、政近と九条姉妹。

「えっと……俺らも行くか？」

「……」

遠慮がちにアリサに声を掛けるも、アリサは気まずそうに顔を背けたまま。やむなくマリヤの方に目を向けると……マリヤはなぜか、パラソルの下に戻ってしまっていた。

「マーシャさん？　行かないんですか？」

振り返って声を掛けると、マリヤはビニールシートに腰を下ろしてマイペースに笑う。

「気にしないで～？　これ膨らませてから行くから～」

そう言って荷物から取り出したのは、小さく折り畳まれた浮き輪。それを広げながら、マリヤは明るい笑顔で驚きの告白をする。

「わたし、泳げないのよ〜」

「…………え？」

衝撃のカミングアウトに、政近は虚を衝《つ》かれた表情でアリサの方を向いた。

「えっ、と……？　あ、もしかしてロシアでは水泳ってあまり一般的じゃない？　海凍るから？」

「そんなことないわよ。普通に学校で水泳は習うし、私が以前住んでたウラジオストクでは、夏には海水浴が出来たわ」

「……なのに泳げないの？」

思わず「あんなに浮きそうなのに？」と付け加えそうになり、とっさに言葉を呑《の》み込む。しかし、アリサはなんとなく言いたいことを察した様子で目を細めると、蔑《さげす》み交じりに政近を見つめてきた。

「……私達は、あまりプライベートで泳ぎに行ったりしなかったから」

「な、なるほど。ああいや、日本人でも泳げない人いるしな？　マーシャさんにも出来ないことくらいありますよね！　いいと思いますよ、個性で！」

取り繕うようにそう叫ぶと、口の中で「じゃあ遠慮なく……」などと言いながら、政近はそそくさと海に向かおうとし……背後からガッと手首を摑《つか》まれた。

「えっと、アーリャさん……？」

不吉な予感に、恐る恐る振り返る政近。その政近を真っ直ぐに見つめ……アリサは言った。

「先に、準備運動」

「あ、ハイ」

◇

比較的穏やかな海の中を、政近は自由気ままに泳ぐ。

海は政近の想像を超えた透明度で、ゴーグル越しに三メートルは先にある海底がはっきりと視認できるほどだった。

（おっ、結構魚いる。すごいな、これ見てるだけで飽きないぞ）

シュノーケルを持って来なかったことを少しばかり後悔しながら、政近はしばし、ゆっくりと泳ぎながら海中の景色を楽しんだ。

「ぷはっ」

少し苦しくなってきたので、一旦《いったん》浅瀬に戻ることにする。平泳ぎでビーチを目指し、少し泳いだところで……視界に入ったそれに、政近はぎょっとした。

なぜなら……そこには、後頭部と背中を海面に露出させてゆらゆらと波に揺れる、見た目完全に水死体な綾乃がいたからだ。

「ちょっ、綾乃⁉」

「？　はい？」

慌ててクロールで近付きながら声を掛けると、綾乃は何事もなかったかのように頭を上げる。そして、顔に掛かった髪を掻《か》き上げ、咥《くわ》えていたシュノーケルを外すと、不思議そうな目で政近を見返した。

「あ……っと。その、大丈夫か？」

「？　何が、でしょうか？」

「いや……」

その反応に、どうやら溺《おぼ》れてたわけではなさそうだと察した政近は、笑みを引き攣《つ》らせながら問い掛ける。

「……楽しいか？」

「はい、とても」

「……そうか。ならいいんだ。邪魔したな」

「いえ、邪魔などということは」

「じゃあ、俺一旦ビーチに戻るから……」

「はい、それでは」

軽く会釈をし、シュノーケルを咥え直すと、綾乃は再びぷかーっと浮かび始めた。自ら泳ぐでもなく、ただひたすら波に揺られてゆ～らゆら。

その、あまりにも独特な海の楽しみ方に少し首を傾げつつ、政近は浅瀬まで戻る。そして、波打ち際にゴロンと寝転がると、寄せては引いていく波と砂の感触を楽しんだ。

「あぁ〜きもち〜」

上空には、目を閉じていてもなお瞼《まぶた》を赤く照らす太陽。燦々《さんさん》と照り付ける太陽が剝《む》き出しの肌をじりじりと焼くが、その一方で脚や脇腹に触れる海水が冷たくて心地いい。波が寄せてくれれば、体が頭の方に押し上げられる感覚と共に、パシャパシャと飛沫《しぶき》が頰《ほお》に掛かる。そして波が引けば、逆に体が海に引っ張られる感覚と共に、体の下の砂がざざざざっと流されて背中がわずかに砂に埋まる感触がする。

そのなんとも言えない心地よい感覚にしばし浸っていると、突如近くで水を叩《たた》く音が響いた。直後、寝転がっていた政近の顔面に海水が降り注ぐ。

「ぶぇあっ！　あぷっ、なんっ」

ガバッと上体を起こし、思いっ切り鼻から息を吐き出しながら手で顔を拭《ぬぐ》う。そうしてなんとか海水が鼻の奥に侵入するのを防ぐと、政近はバッと音がした方を向いた。

「うぇ〜い、楽しんでるかい？　マイブラザー」

「てめぇ……」

そこにはやはりと言うべきか、ニヤニヤとした笑みを浮かべる妹の姿。

「ったく……いいのか？　そんな素の表情出してよ」

「大丈夫っしょ。他の人み〜んな遠くに行ってるし」

そう言いながら海の方を見渡して、有希は不思議そうに首を傾げた。

「しっかし……いつになったら巨大ダコ出現するんだろうね？　ずっと待ってるんだけどなぁ」

「いくら待っても出て来ねーから安心しろ？」

「バッカな！　海と言ったら巨大ダコなり巨大クラゲなり巨大イソギンチャクなりが出現して、あ〜れ〜でいや〜んな触手プレイが開始されるのがお約束だろ!?」

「ファンタジーならな！　現実世界であんなもん出現したらパニックだわ！」

「そん、な……じゃあオレは、一体なんのために海に……」

「海水浴《ば》じゃね？」

　四つん這いで崩れ落ちた妹にジト目を向けつつ、政近は冷静にツッコむ。すると、むくりと立ち上がった有希が溜息《ためいき》交じりに言った。

「仕っ方ない……エロいテンプレイベントが起きないなら、自分で出来るイベントを消化するしかないか……ほら、あれやろうぜあれ」

「なんだよどれだよ」

「バッカヤロウ！　海でやるあれと言ったら、水の掛け合いに決まってんだろうが！」

「知らんわ！　いや、まあお決まりではあるけども！」

　漫画やアニメでよく見る、「そ〜っれ！」「きゃっ、冷た〜い！　やったなぁ〜、え〜い！」ってシーンを思い浮かべ、政近も「たしかにテンプレではあるか」と考える。

　すると、有希は早速体を屈《かが》めて両手を海に突っ込むと、政近に向かって勢いよく水を撥《は》ね上げた。

「くらえっ！」

……その掛け声は、テンプレとちょっと違ったが。

「うぃッ……っつ」

正確に顔面目掛けて飛んできた水飛沫に、政近はパッと顔を背け……びしゃりと掛かった水に少し頬をひくつかせると、振り向きざまに右腕で思いっ切り水を撥ね上げた。

「うわぉーい！」

弧を描いて襲い掛かって来た水飛沫に、有希が妙な声を上げながら顔を手で庇《かば》う。そして、すぐさま腕を振り抜いて反撃に移った。

そのまま何度か応酬が続き、やがてそれはターン制など無視した容赦のない水の掛け合いに発展する。互いに中腰のまま、至近距離で水を掛け合う兄妹。

「そんな小さな手で、俺に勝てると思うなよっ！」

「ぁブッ、どりゃぁ！」

「ちょっ、足使うなおまっ」

「アハハハッ」

「ふっ、はははっ」

「アハッ、アハハハッ……………………ハァ」

「冷めんなや……」

急に朗らかな笑みを消して溜息を吐いた有希に、政近は手を止めてジト目を向ける。水の掛け合いが途切れた瞬間、なんだか髪やあごから滴る水滴が途端に哀愁を帯び始めていた。

「いや……思った以上につまんないねこれ」

「やり始めたお前が真っ先に我に返るなや。居た堪《たま》れねぇだろ俺が」

「こんなん延々と楽しめるの、恋愛で頭沸いたバカップルだけだろ」

「言い方言い方」

「頭が、沸きました」

「誰がお風呂《ふろ》が沸いたみたいに言えっつったよ。表現の問題だってん——」

「うるせー！」

「ちょっ、なん——⁉」

突然、距離を詰めた有希に思いっ切り飛び掛かられ、砂と波に足を取られた政近は仰向《あおむ》けに派手に転倒した。水面に背中を強《したた》かに打ち付け、バッシャ——ンと盛大に水飛沫が上がる。

「ぶがっ、ボへっ！」

この辺りは精々膝下《ひざした》程度の水深だったが、ひっくり返れば普通に溺れる。慌てて水底に手をついて上体を持ち上げると、政近は鼻から強く息を吐き出しながら、首にしがみついている有希を横目で睨《にら》む。

「いきなり何すん――」

「オラァ！　沈め沈めぇ！」

「なっ、バッ！」

が、有希に抱き着かれたままグイグイと押され、腕を突っ張っていなかった政近は呆気《あっけ》なく押し倒された。再び背中から着水し、頭が海の中に沈む。

「ッンのっ、ボケェ！」

今度こそ完全に鼻に水が入ってしまった政近は、鼻の奥がじんじんとする痛みに涙を堪《こら》えながら力任せに起き上がると、有希を全力で押し返した。

「うぬっ……ふ、ふふっ、甘いね。いかなる戦いにおいても、相手の上を取った方が強いんだよ……っ！」

「の、割には力が入ってるみたいだが？　くっ、妹は兄には勝てないってことを教えてやるよ……！」

体格差と筋力差に物を言わせ、大人げなく妹に反撃しようとする政近。グググッと上体を完全に持ち上げると、そのまま逆に有希を押し倒そうとする。有希も脚を突っ張って耐えようとするが、流石にここまで押し返されてからの反撃は難しい。

勝利を確信した政近がニヤリとした笑みを浮かべ……その瞬間、有希が耳元で叫んだ。

「綾乃！　今よ！」

「その手には乗ら――」

「政近様、失礼します！」

「だからなんでいるのぉ⁉」

さっきまで水死体してたはずの綾乃の声がすぐ後ろから聞こえた……のも束《つか》の間、政近は背後から羽交い締めにされた。

その事実以上に、政近は、剝き出しの背中に薄布一枚隔ててむぎゅっと押し付けられたやわらかな感触に激しく動揺する。突然の美少女サンド。まあ前の妹はどうでもいいのだが、後ろの幼馴染《おさななじ》みには政近も平静ではいられない。その隙を衝《つ》いて、有希が政近の体をグンッと真横に押し倒した。堪《たま》らず肩から着水した政近は、耳の中に水が入る感触に顔をゆがめる。

「くぬっ！」

「綾乃！　右腕ぇ！」

「失礼します！」

「謝るならすん――」

二人掛かりで手足を取られ、のしかかられ引っ張られて繰り返し沈められる政近。

水着姿の美少女二人にじゃれつかれるという、男にとっては夢のようなシチュエーションだが、やってくることが加減を知らない悪ガキ並みにタチが悪いので楽しめない。割と真剣に、水中から逃れるべく足掻《あが》くしかない。

数分後、なんとか二人の拘束を振り切ってビーチに逃れた政近は、四つん這いの状態で荒く息を吐いていた。

「なんで、海に来てまで……レスリングを、しなきゃならんのだ……」

「大丈夫ですか？　申し訳ございません、やり過ぎました」

「いや、綾乃はいいよ……悪いのは全部有希だから。おい、つんつんすんな」

隣にしゃがみ込んで背中を撫《な》でてくれている綾乃に気遣いを向けてから、政近は反対側にしゃがみ込んでニヤニヤしながらほっぺたをつんつんしてきている妹をじろりと睨む。

「レスリングじゃねぇ、美少女だらけの水着相撲だよ」

「なに真っ当に海でやってくれてんだ」

髪からぽたぽたと水を滴らせつつジト目を向けてくる兄に、すっかり満足した様子の有希は悪びれた風もなく片眉《かたまゆ》を上げた。

「そんなこと言って、オレ達の柔肌の感触を思う存分楽しんでたんだろ～？　そんなに真っ赤な顔してよぉ」

「いや、これただの酸欠だから」

政近の冷静なツッコミを、しかし有希は気にした様子もなく華麗にスルーして立ち上がる。

「さってと、お兄ちゃんと思う存分いちゃついたところで、もっかい海行きますかね～。あ、なんかさっき、でっかいボード型の浮き輪あったよね？　あれ膨らまそうよあれ」

「え、っと……」

「ああ、綾乃は有希に付き合ってやれ。俺はもうしばらく休んでるから」

「……左様でございますか。では」

ぴゅーっと楽しそうに別荘の方に駆けて行く有希と、遠慮がちにその後を追う綾乃を見送ってから、政近は砂浜に腰を下ろして海の方に目を向けた。

「あれ？　会長と更科先輩がいない……？」

パッと視界に入った中に九条姉妹しかおらず、政近は小首を傾げる。先程二人が目指したはずの岩場に目を凝らすが、そこにも姿がない。

「……ま、あの二人に関しては捜すだけ野暮《やぼ》ってもんか」

あの二人に限って、よもや溺《おぼ》れているということはないだろう。もしかしたら、あの岩場の向こう側で逢瀬《おうせ》を楽しんでいるのかもしれない。それこそ詮索《せんさく》するだけ野暮というやつだ。

そう思い直し、政近は何気なく左の方で泳いでいるアリサに目を向け、続いて反対側に目を向ける。すると、少し沖の方で、浮き輪を装着したマリヤがぷかぷかと浮いて……浮いて……ん？　流されてないか？　あれ。

「え、大丈夫かあれ」

泳げないと言っていたマリヤの言葉を思い出し、政近は若干の焦りと共にクロールでそちらに向かった。

「マーシャさん！」

「ああ、久世《くぜ》く～ん。とっても泳ぎが速いのね。わたし、驚いちゃった」

「いや、まあそれはいいんですが……大丈夫ですか？　流されてません？」

いつも通り、ふわふわとした笑みで迎えるマリヤに少し拍子抜けしつつも、政近は立ち泳ぎをしながらそう問い掛ける。すると、マリヤは右手を頬《ほお》に当てて少し困ったように首を傾げた。

「やっぱりそうよねぇ」

「流されてんのかい！」

「さっきっから頑張って浜辺に戻ろうとしてるんだけど……なぜかどんどん遠ざかっちゃうのよね～」

「いやいや笑い事じゃないでしょ」

「ん～でも、泣いたって仕方ないでしょ～？　海水が甘くなっちゃう」

「はい？」

「ああ、でもそうしたらアザラシさんみたいになって助かるかも？」

「マーシャさん？」

「きっと、アーリャちゃんビックリするわね～」

「なんで急に会話が成立しなくなるんですかマーシャさん！」

「え、何が？」

きょとんとした表情で小首を傾げるマリヤに、政近は眉間《みけん》に手を当てる。そして、マリヤの突飛な発言を理解するのは諦《あきら》め、話を元に戻した。

「……とにかく、マーシャさん泳げないのに、こんなところでひっくり返って浮き輪を手放したりしたら死にますよ？」

「う〜ん、その内誰かが気付いて、助けてくれるかなぁって」

今ひとつ緊張感の感じられない様子で困り笑いを浮かべるマリヤに、政近は「この人ホントに大丈夫か？」と少し心配になる。

「もう少し早くに、助けを求めてくださいよ……」

「ごめんなさ〜い……でも、こうして久世くんが助けに来てくれたでしょ？」

「……たまたまですよ」

「ふふふっ、だとしてもありがとう。助かったわ」

ふにゃりと、なんだか信頼し切ったような笑みでお礼を言われ、政近は照れくさくなった。

「はぁ……まあいいんですけど」

スッと視線を逸《そ》らして素っ気なく答える政近に、マリヤはますます笑みを深める。まるで微笑ましいものを見るようなその笑みに、政近は内心を見透かされているようで落ち着かない気持ちになった。

「じゃあ、まあビーチに戻りますけどいいですよね？」

「うん、お願〜い」

「え、っと……」

いざマリヤを浜辺まで連れて行こうと考え……政近は、どこを掴《つか》むべきかで迷う。これが男相手なら、遠慮なく浮き輪の内側に片腕を突っ込んで引っ張るところだが、流石に女性相手にそれは躊躇《ためら》われた。浮き輪に紐《ひも》でも付いていれば話は簡単なのだが、残念ながらそういったものも見当たらない。

「それじゃあ、エスコートお願いね～？」

「あ、はい……」

迷う政近の前に、マリヤが右手を差し出す。その手を、政近は遠慮がちに握った。自分のよりも小さく、柔らかな手。ひどく繊細で、強く握ったら折れてしまいそうな……それでいて、なんだか落ち着く感触。

「ふふっ」

「な、なんすか」

「ううん、な～んでも」

意味深な笑みをこぼすマリヤの顔から視線を逸らし、政近はビーチを目指して泳ぎ始めた。マリヤを蹴飛《けと》ばさないよう、脚の動きは控えめにして、片腕のみの平泳ぎでグイグイとマリヤを引っ張っていく。

「すごぉい、速ぁい。久世くん、とっても力持ちねぇ～」

マリヤの感心半分歓声半分の声が背中に掛かり、政近は背中がカッと熱くなるのを感じた。政近だって男の子だ。可愛い女子にこんな風に無邪気な歓声を浴びせられれば、「よし！　いっちょ頑張るか！」という気持ちになってしまう。

と、そこで、ふとマリヤが少し心配そうな声を上げた。

「あら……？　久世くん、肩のところにあざが……」

「え……？　ああ」

マリヤの指摘に、政近は「そんなものもあったな」と思いながらチラリと振り向く。

「昔のあざです。別に痛くもないんで」

「そう……？」

マリヤは心配そうにしているが、実際痛くはなかったし、肩の背中側にあるので、普段はそこにあることも忘れてしまうくらいのものだった。

「何か、事故に遭ったの？」

「いやいや、そんな大袈裟《おおげさ》なもんじゃないですよ。ちょっと犬に噛《か》まれまして……」

前に向き直りつつそう言った瞬間、マリヤと繋《つな》いだ手にぎゅっと力が込められるのが分かって、政近は少し焦る。

「いや、ホント大したことないんです。ただ、見栄《みえ》を張ってしっかり治療しなかったせいで、ちょっと痕《あと》が残っちゃってるだけで……」

それは、政近があの子と一緒に過ごしていた頃のこと。いつも通り二人で公園で遊んでいると、何かの弾みで興奮したらしい大型犬が、突然あの子に襲い掛かって来たのだ。

政近はとっさに彼女を庇《かば》い、その犬にタックルをかましたのだが、なんとか押さえ込もうと格闘している内に右肩に噛みつかれてしまった。幸い、直後に駆け付けた飼い主が力《ちから》尽《ず》くで犬を引き剝がしたので、傷痕はそこまで深くならずに済んだのだが……当時の政近は、あの子に心配を掛けたくないという見栄と、あまり大事《おおごと》にすると父方の祖父母が厳清《げんせい》に責められるのではないかという危惧《きぐ》から、最低限の治療しかしなかったのだ。

当時医師には、成長と共に徐々に傷痕も目立たなくなると言われていたが、結局背中側に灰紫色のあざが少し残ってしまった。政近自身は、本当にもう気にしてはいないことだが。

「別に女の子と違って、男は多少あざがあってもどうってことないですし。むしろウチのじいちゃんは『男の勲章だな！』なんて言って笑ってましたね。ああこれ、一応友達を庇った怪我《けが》なんで」

「……そう」

いつになくトーンの低いマリヤの声に若干の気まずさを感じつつ、政近は前を向いたまま、腕の疲れをおくびにも出さずに泳ぎ続ける。そうして微妙な空気の中ビーチまでの距離を半分以上詰め、そろそろ足が着くようになるかな〜と思った、その時。政近の手の中で、マリヤの手がピクッと強張《こわば》った。

「？　マーシャさん？　何かありました？」

くるりと背泳ぎに移行しつつ、背後のマリヤを振り返る。しかし、マリヤは政近の問い掛けに答えることもなく、肩越しに水中を注視していた。

「マーシャさ──」

「ひやっ──」

引き攣るような、小さな悲鳴。直後、マリヤは政近の手を離し、浮き輪に両手を置くと、足をばたつかせながらググッと伸び上がるようにして浮き輪から体を抜こうとし始めた。

「ちょ、何してんですか！　危な──」

ぎょっとした政近が忠告を発するが、遅かった。前方に体重が掛かった浮き輪は、ぐわっと後ろ側が浮き上がり、マリヤはそのまま前のめりにひっくり返ってしまったのだ。

大きな水飛沫《みずしぶき》が上がり、ひっくり返った浮き輪の内側でマリヤの脚が激しく空を蹴る。

そして、そのまま海中に沈んでいく。

「え、ちょ、大丈──」

慌てる政近の首に、海中からにゅっと伸びた両腕が絡みついた。「え？」と思う間に、額や頬に髪を張り付かせたマリヤが水中から飛び出してきて、思いっ切り抱き着か──いや、しがみつかれる。

「な、なん──!?」

頬に触れる、髪の張り付いたマリヤの頬。首と肩に触れる、マリヤのふにふにとした腕。

そして何より……胸やお腹《なか》にこれでもかと押し付けられた、すんごくやわらかい生肌の感触。

あまりにも刺激的過ぎる感触に、政近はカッと体の奥が熱くなるのを感じた。しかし直後、口元まで海面が迫ってきて慌てて立ち泳ぎを再開する。

「あっぷ──」

「く、クラゲ、クラゲぇ！」

「え、く、クラゲ⁉」

耳元で悲鳴交じりに叫ばれ、政近はとっさに海中に目を向けた。するとたしかに、水中に白い半球状のものが揺蕩《たゆた》っており、政近は体を硬くする……が、よく見るとそれは、自分で泳いでいるようには見えない。むしろ、波に合わせて頼りなく揺れるだけで……

「……ん？　マーシャさん、あれクラゲじゃなくてビニール袋じゃ……」

「え？　び、ビニール？」

「えっと、たぶん……」

「たぶんじゃヤ──‼」

自信なげに言葉を濁した途端、一瞬腕を緩めたマリヤが再びギューッと抱き着いてくる。

「うおぉ⁉　じゃあ絶対！　絶対ですからぁ⁉」

「Ааа！Помогиии！Она меня ужалила！」

「あ！　パニックになるとロシア語出るんだ！」

「～～～～⁉」

完全にパニクったマリヤの叫びに、変な感心をする政近。政近自身も、別の意味でパニ

ック状態だった。しかし、それも無理ないだろう。

ひんやりとした海水の中で、異様に熱く感じられるマリヤの素肌。やわらかい。とにかくやわらかい。特に政近の胸で押し潰《つぶ》されている母性の塊が。おまけに日焼け止めのにおいに混じって、マリヤ自身のにおいが鼻腔《びこう》を満たす。

（ヤ、ヤバい、マジで溺《おぼ》れそう……！）

マリヤの母性に……ではなく、もちろん海に、だ。じわじわと沈む体に危機感を覚え、政近はとっさに浮き輪を捜し、数メートル先に揺れているそれを見付ける。マリヤが激しく暴れたせいか、向こうに押し流されてしまっていた。

「お、落ち着いて、ね？」

「Я боюсь медуз! Са-кун, помогиии!」

なおも何かわめくマリヤの背に、落ち着かせるように手を当てて、政近は浮き輪を目指す。そうして、なんとか浮き輪を手繰り寄せてホッと一息吐いたところで……近くから呆《あき》れたような声が掛けられた。

「何してんの君ら」

パッとそちらに顔を向けると、茅咲がゴーグルを額に上げながら呆れた顔をしていた。

その表情に、現在進行形でマリヤに抱き着かれている我が身を顧みて、政近は焦りを覚える。

「あっ、いやその……クラゲが、出まして」

「クラゲぇ……？　ああ」

怪訝《けげん》そうな顔をした茅咲は、海中にサッと視線を巡らせると、おもむろに手を伸ばして何かを掴み上げた。

「……これのこと？」

そう言って茅咲が掲げたのは……たしかに、クラゲだった。ビニール袋ではなく。まごうことなきクラゲ。

思わず政近が身構え、その首に回されたマリヤの腕にもギュッと力が入る。が、茅咲はそれにますます呆れた表情を浮かべた。

「いや、そんなに警戒しないでも大丈夫だって。もう死んでるから」

「え、し、死んでる？」

言われてみれば、動かないし……なんかデローンとしてる。ただのゼラチンの塊みたいにも見える。

「さっき泳いでる時に何匹か見掛けて、サクッと仕留めといたんだけど……たまたま死体が流れて来ちゃったみたいね」

事も無げにそう言うと、茅咲はゴミでも扱うかのようにべしゃっとクラゲの死骸《しがい》を放り捨てた。なんという圧倒的強者感。

「で？　いつまで抱き着いてんのよマーシャ」

「あ、そ、その……」

茅咲の冷たい視線にマリヤは目を泳がせ、気まずげに笑った。

「腰が、抜けちゃって……」

「脚が攣ったんじゃなくて？」

「水中で器用ですね」

茅咲と一緒に生ぬるい目になりながら、政近はマリヤに浮き輪を渡すと、茅咲と協力してマリヤを浅瀬まで連れて行く。そうして足が着くところまで来ると、ようやくマリヤはふらつきながらも自分の足でビーチに向かい始めた。

「ごめんね久世くん、ありがとう」

「いえ、まあ無事でよかったです。じゃあ俺はもうひと泳ぎしてくるんで」

申し訳なさそうに眉《まゆ》を下げるマリヤに小さく手を上げ、政近は再び沖の方に向かう。

……今、水中から上がるわけにはいかなかった。理由は察して欲しい。政近だって健全な男の子なんだから仕方ないのだ。

第6話　私はカメになりたい

「あれ？　アーリャはどこ行きました？」

政近《まさちか》が海で頭とかを冷やしてビーチに戻って来ると、そこには二年生組しかいなかった。後ろを振り向けば、大きなフロートを抱えた有希《ゆき》が綾乃《あやの》を伴ってちょうど海から上がって来る様子が見えたが、アリサの姿は見当たらない。

「九条《くじょう》妹だったら、さっき釣り竿《ざお》を貸したら向こうの岩場に行ったぞ？」

「釣り竿？　へぇ～……ところで、この絵面にはツッコんだ方がいいですか？」

政近が見下ろすその先。政近の疑問に答えた統也《とうや》は、現在進行形で茅咲《ちさき》にせっせと埋められていた。ビーチに仰向《あおむ》けになった統也の上にどんどん砂が盛られ、その周りに、なぜかマリヤが木の棒で妙な文様を描いている。……何かの儀式？

「……出来ればスルーしてもらえると助かる」

「……了解です」

なんとなく、触れたらめんどくさそうな気配は感じていた政近は、統也のお願いに言葉少なに頷《うなず》く。すると、そこへ有希がやって来た。そうして、目の前の光景に立ち止まり、考えること数秒。急にハッとした表情を浮かべると、隣の政近にだけ聞こえる小さな声で呟《つぶや》く。

「(まさか、ここから出るのか？　触手)」

「(出ねーよクトゥルフじゃねんだから)」

「(なるほどな？　『出ぬのなら　喚《よ》んでみせよう　巨大ダコ』と、そういうわけか)」

「(喚ぶな喚ぶな)」

「面白そうなことをなさってますね？　わたくしも参加させていただけますか？」

「あらぁ、いいわよ～？」

政近のツッコミを華麗にスルーし、有希は嬉々《きき》としてマリヤのお絵描き（？）に加わった。

「綾乃は……綾乃？」

そんな妹に呆れつつその従者の方を振り返れば、そこには綾乃はおらず。周囲を見回せば、有希が持っていたフロートをコテージの方へと運んでいく後ろ姿が見えた。本当に、実によくできた従者である。

「……」

急に手持ち無沙汰《ぶさた》になった政近は、少し考えてからアリサが向かったという岩場に向かうことにした。途中、パラソルの下でビーチサンダルを足につっかけると、砂浜を岩場に向かって歩く。そして、いざ上ろうと岩に足を乗せた途端、ズッと片足が滑り、政近は軽くよろけた。

「っと、結構不安定だな足場」

岩自体が割ともろく、ボロボロと崩れやすいのに加えて、表面に湿り気を含んだ藻のようなものが付着しているため非常に滑る。おまけに今は、滑り止めなどほとんどないビーチサンダルだ。足元を注視して慎重に歩かないと、ふとした拍子に派手に転倒してしまいそうだった。

慎重に慎重に慎重に歩を進め……岩の上の平らな部分に出たところで、政近はアリサの姿を発見した。

「おっ、いたいた……お〜い、釣れてるか〜？」

そう呼び掛けながら近付く政近だったが……釣れていないのは、険しい表情で海面を睨《にら》むアリサの顔を見れば明らかだった。

「……なに？」

「いや、ちょっと様子を見に来ただけだけど……」

こちらに目を向けることすらないアリサの集中し切った姿に、政近は「邪魔をするのもあれか」と立ち止まり、頭を掻《か》く。

そして、とりあえず様子を見守ろうか……と、アリサが見つめる海面の浮きを一緒に見守る。だが、ピクリとも動かない浮きに一分ほどで興味は薄れ、手持ち無沙汰になった政近はふらふらと視線を彷徨《さまよ》わせると、何気なくアリサの方に目を向けた。

（あ、ホントだ。うっすらあばらが見える）

ビキニの下にうっすらと浮かび上がるあばら骨のラインに、政近は妹が言っていたことを思い出す。そのまま視線を下ろすと、なるほど有希が驚くのも無理ない、両手でほとんど摑《つか》めてしまうのではないかと思うほどに細い腰。

「どこ見てるのよ」

冷たい声に目線を上げれば、アリサが氷のような目でじろりとこちらを見ていた。決して下心ではなく、純粋な感嘆の目で見ていたのだが、見咎《みとが》められると後ろめたくなってしまう男心。

「いや、本当に腰細いなぁって」

「あ、そう」

せめて、素直に称賛することで「下心はないよ～。見てたのはお尻《しり》じゃなくて腰だよ～」とアピールするも、アリサの反応は冷たい。

「そんなの、去年一緒に踊ったんだから知ってるでしょ？」

「去年……？　ああ、学園祭の」

後夜祭のフォークダンス（？）で、アリサの腰に手を回したことを思い出し、政近は気恥ずかしくなる。当時は暗かったしアリサのダンスに付いて行くのに必死だったしであまり意識していなかったが、改めてこの腰を抱き寄せたのだと思うと、なんだかすごく大胆なことをした気になってしまったのだ。

「ま、その、ね……改めて見ると、つくづく実感するというか、ね」

視線を逸《そ》らしながらしどろもどろにそう言うと、アリサも少し動揺した様子で後ずさる。

「ちょっと……変な反応しないでよ。あんなのただのダンスでしょ？」

「いや、まあ……んんッ、ただのダンスって言うには、かなり斬新だったけどな？　誰かさんが暴走したせいで？」

「あれは……あなたが、挑発したからじゃない……」

少し気まずそうな顔をしてから、アリサはふと何を思ったか視線を鋭くすると、少し頬《ほお》を赤らめながら政近を睨んだ。

「言っておくけど、あの時はダンスだったから特別に許しただけで、今触ったら許さないわよ？」

「いや触らんよ。そんなセクハラせんから」

両手を上げ、そんな目では見てないとアピールする政近だが、アリサは疑わしそうに鼻を鳴らして視線を前に戻すと、つんけんとした態度で言う。

「どうだか……マーシャの胸にも、ずいぶんと目を奪われてたみたいだし？」

「あ、いや……まあ、それは男の本能というか……」

「会長は見てなかったじゃない」

「あれは俺も驚いた。あの人マジで紳士だよな」

真顔でそう言ってから、政近は慌てて弁解する。

「いやもちろん会長は紳士だけど、あれは更科《さらしな》先輩という彼女が側にいたからで……だからこそ他の女に目移りしなかったわけで、そこと比較されるのは少々つらいと言いますか……」

なんだか話せば話すほど立場が悪くなる気がして、政近は小さくなって俯《うつむ》いた。そこへ、小さなロシア語が届く。

【私達だって、パートナー同士じゃない】

パートナーの意味が違う。恋人と相棒を一緒にしないで欲しい。

【私だけを、見なさいよ】

(……見ていいの？)

その立派なお胸を……？　と、思わず心の中でそう返し、すぐに自分で否定する。アリサのロシア語を、いちいち真に受けてはいけない。ついさっき、「どこ見てるのよ」と冷たい目で見られたばかりではないか。アリサのロシア語は、話半分……いや、三分の一くらいで聞いておくべきなのだ。

これは……そう、姉にいやらしい目を向けるくらいなら、せめて自分にしとけという意味だろう。ぽやぽやしてる姉を守ろうとする、尊い姉妹愛なのだ、うん。

(ま、ついさっきそのお姉さんに、水着姿で思いっ切り抱き着かれたわけですが)

連鎖的に先程のハプニングと言うかラッキースケベイベントと言うかを思い出してしまい、政近はぷるぷると頭を振る。そして、海面に目を向けてとっさに話題を変えた。

「えっと……海は、楽しいか？」

言ってしまってから、自分で「何を言ってるんだ」と思う。パッと思い付いた質問を口走ってしまっただけだったが、しかしアリサは特に気にした様子もなく頷いた。

「ん……そうね。こういう風に友達と旅行するのは初めてだけど、楽しいと思うわ」

「そっか……その友達ってのは、有希や綾乃もか？」

「？　ええ」

少し不思議そうに、当然のように頷いたアリサに、政近はささやかな感動を覚えた。学園で〝孤高のお姫様〟などと呼ばれているこの同級生が、あの癖が強い二人を何の躊躇《ためら》いもなく〝友達〟と呼んでいる。あのアリサに、迷いなく友達と呼べる相手が出来たのだ。

（別に……人嫌いってわけじゃないんだよな。自分が傷付けてしまわないように、周りの人と距離を取ってるだけで……本当は、優しくて情が深い奴なんだよな）

その優しさが自分以外の人間にも向けられたことが、政近は妙に嬉しかった。思わず、その事実を噛《か》み締めるように何度も頷いてしまう。

「そうか……うん、そうか」

「なによ」

「いや……」

アリサの疑問の視線に、政近は言葉を濁し……軽く咳払《せきばら》いをしてから言った。

「ちょっと、真面目な話していいか？」

「……いいわよ？」

「うん。その、生徒会長選挙の話だけどな？　俺は、どこかのタイミングでお前の社交性を上げないとなぁって考えてたんだよ……支持者にも塩対応続けるようじゃあ、当選は覚《おぼ》束《つか》ないしな」

「……」

暗に「お前には社交性が足りてない」と言われ、アリサは無言になる。自覚してはいても、衝《つ》かれると痛い部分というやつだろう。

「でも、必要なかったかなって思ってさ」

しかし、押し黙るアリサに、政近は明るくそう言ってのけた。再び疑問の視線を向けるアリサを、政近は真っ直ぐに見返す。

「俺が変にお節介を焼かなくても……お前は、自分で自分の交友関係を広げていけるんだなって。そう思ったら、なんだかホッとするというか……なんか、嬉《うれ》しくてさ」

そう言って照れくさそうに笑う政近に、アリサはスッと視線を前に戻した。そして、言葉少なに言う。

「……有希さんや君嶋《きみしま》さんは、優しいから」

「うん、お前もな」

政近が間髪容《い》れず返した一言に、アリサは言葉に詰まった。その口がピクリと開き、半ば反射的に否定の言葉を紡ごうとする。それより先に、政近は付け加えた。

「生徒会のみんなは、とっくに気付いてるよ。……あと、谷山《たにやま》と宮前《みやまえ》もな」

「……」

「言っとくけど、俺が終業式の時に言ったことは本心だからな？　お前のことをよく知れば、きっとたくさんの人が応援してくれる。だから……もっと、自分から歩み寄ってもいいと思うぞ？　お前は、お前が思ってる以上に、人に好かれる人間だからさ」

「……そう」

政近の言葉にアリサが小さく頷き、それきりしばらく沈黙が続いた。二人共海の方に目を向けたまま、ただ波の音だけが響く。

【あなた、も】

「ん？」

「……なんでもないわ」

小さくこぼされたロシア語に目を向けるも、アリサは頭を振って、再び口を噤《つぐ》む。漂うなんだかしんみりとした空気に、政近は「旅行先でする話じゃなかったか」と頭を掻くと、少し声のトーンを上げて言った。

「あぁ～……っ、にしても、全然釣れないなぁ～？　えっと、今これ、何釣りをしてるんだ？」

あえて大袈裟《おおげさ》にグーッと伸びをしながら、海面の浮きを視線で指すと、アリサは軽く眉《まゆ》をひそめながら振り向く。

「……何釣り？」

「ん？　いや、エサは何使ってるんだ？」

「……付けてないわ」

「え、まさかルアー釣りか⁉　それは初心者には難しいんじゃ……って、初心者だよな？」

「……そうよ」

どこか不満そうにそう言うアリサに、政近は自身も素人ながら漫画から得た知識でアドバイスをする。

「えっと、ルアー釣りはただ待ってるだけじゃ釣れないぞ？　ルアーが生きてる魚に見えるよう、上下に動かしてやらないと……」

「……こう？」

「いや、もうちょっと動かした方がいいんじゃ……」

「そう言うなら、あなたがやってみなさいよ」

少しむっとした様子で釣り竿《ざお》を差し出してくるアリサに、政近は「俺も初心者なんだけど……」と呟きながら竿を受け取った。

そして、テレビで芸能人がやっていた釣りの光景を思い出しながら、それっぽく竿を揺らす。すると、十数秒後。

「あ、なんか来たっぽい」

「⁉」

手に伝わる微《かす》かな振動に、政近は軽く竿を引く。すると、微かな反応は確かな抵抗に変わり、政近は即座にリールを回した。すると間もなく、海面を割って小ぶりのアジが飛び出す。

「！」

「いっちょあ～がり。フッ、自分の才能が怖い……」

目を見開くアリサの前で、ナルシストっぽい笑みを浮かべる政近。しかし、アジが弧を描いて岩場の上に揚がってきたところで……不意にその笑みを固まらせた。

「……で、これどうすりゃいいんだろ」

「え、ど、どうするって……逃がせばいいんじゃないの？」

「いや、どうやって？」

「どうやってって……針を外すしかないでしょ」

「いやだからそれがどうやって⁉」

宙吊《ちゅうづ》りになりながらビチビチと激しく身をくねらせるアジを前に、政近は引き攣《つ》った顔で軽くのけ反る。とりあえず片手では無理だと、竿ごと地面に下ろすが……そこでもまたビチビチ。二人共ちょっと後ずさる。まさかの、どちらも生きてる魚触れない人だった。

「は、早く助けてあげなさいよ」

「え、か、噛まないかな？」

「噛まないでしょ！」

「マジ？　え、というか、どこ摑《つか》めばいいんだろ」

「知らないわよ」

釣り上げた魚を前に、二人でおろおろ。しかしそうしている間にもお魚さんの死期が迫っているので、政近は心の中で謝りながら軽くアジの胴体を踏んづけて押さえると、釣り針をくいっと回して外し、すくい投げるようにして海に帰した。

「……なんかごめんなさい」

「……」

海に落下したアジを見送り、自然と政近の口から謝罪がこぼれた。なんだか、無性に申し訳ないことをした気分になってしまっていた。それはアリサも同じだったようで、微妙な表情で海の方を眺めている。

「……帰る？」

「……そうしましょうか」

アリサはまだ一匹も釣れていないが、流石にもう、ちょっと釣りを続ける気分にはなれなかったらしい。政近が釣り竿を持ったのを確認すると、ビーチに向かって岩場を歩いていく。

政近もその後を追い、最後の下り坂に差し掛かった辺りで、前を歩くアリサに注意喚起をした。

「そこ滑るから、下る時は気を付け――」

念のため、政近が声を掛けたその瞬間。

「ぁ！」

「おい——!?」

斜面を下ろうとしたアリサのサンダルがザジャッと音を立て、アリサの体がぐらっと揺らいだ。

（やばっ、あんな格好で岩場で転んだらシャレにならら——!!）

膝《ひざ》や手を擦りむく程度ならまだいい。精々海に入れなくなるくらいだ。だが、あんな防御力ゼロな格好で派手に転倒したら、尖《とが》った岩で体をザックリ切ったりするかもしれない。

「っ!!」

危機感を覚えた政近はとっさに空いてる左手を伸ばすと、アリサのお腹《なか》に腕を回し、背後からアリサを抱きとめようとした。先程触るなと言われたばかりだが、そんなことを気にしている場合ではなかった。

しかし、ここでいくつかの誤算。ひとつ目は、お互いに服を着ていなかったせいで、アリサの脇腹に回した左手が文字通り摑みどころがなかったこと。二つ目は、海水が乾燥して塩分と砂の付着した素肌は、想像以上に滑りやすかったこと。そして三つ目……滑った拍子に、アリサの足元の岩がガガガッと派手に崩れたこと。崩れたのは表面だけだったが、その上に立っていたアリサは完全に足を取られてしまう。

「ちょ——」

ガクッと急角度に滑り落ちるアリサの体。しかし、摑み止めようにも摑むところがなく、塩と砂で摩擦係数の低減したアリサのお腹は、ズズッと政近の腕の中をすり抜ける。

「──っ⁉」

凄《すさ》まじい危機感に衝き動かされるまま、政近は右手に持っていた釣り竿を放り出すと、右腕もアリサのお腹に回した。更に、後ろに体重を掛けながらとっさに左手で摑めるところを探す。

(──！　脇だ！)

瞬間的にそう判断し、政近はぐっと左手を上げ、アリサの右脇に手を差し込もうとした。同時に後ろを振り向いて、自分の後方の地面を確認する。

(石も突起物もなし……いける！)

……たしかに、単純にアリサの体を持ち上げようと思うなら、脇に手を入れるのは最適解だったかもしれない。だが、政近は失念していた。女性相手にそれをした場合、脇《そこ》に手が辿《たど》り着く前に大きな……そう、大きな障害物があるということを。

(ん？)

左手を持ち上げた瞬間、親指が何かやわらかいものにめり込み、指先に何かが引っ掛かる感覚がした。その何かは、政近の手とアリサの体の動きに従って、呆気《あっけ》なくペロンとめくれ上がる。直後、政近の左手がやわらかな肉に埋まり、指にひも状のものが引っ掛かった。

（んん⁉）

ちなみにこの時点で、政近は事態を正確に把握していなかった。政近の頭の中にあるのは、予想外の感触への困惑と、アリサの脇に手が届かないことへの焦燥。左手が何かに引っ掛かって動かないことに動揺しつつも、後方の安全確認をした政近は、とにかくアリサの身の安全を確保すべく、左手の中のそれをしっかりと摑んだ。

「いたっ！」

瞬間、アリサが微かな悲鳴を上げるが、政近は気にすることなく歯を食いしばると、えいままよとアリサを体ごと後ろに引っ張った。

「あぐっ！」

後先考えずに後ろに全体重を掛けた結果、政近は思いっ切り尻《しり》もちをつく。覚悟していたとはいえ、薄い海パンに緩衝性など皆無で、お尻から脳天に突き抜けるような痛みが走って視界が一瞬飛ぶ。更に、続けてふとももの上にひと一人分の体重が落下してきて、脚が圧《お》し潰《つぶ》される。

「いっ！　つうう〜〜……アーリャ、大丈夫、か……？」

脚とお尻を苛《さいな》む目も眩《くら》むような激痛に苦鳴を漏らしながら、政近は腕の中のアリサを見下ろし……そこでようやく状況を正しく認識した。アリサのお腹をしっかりと抱き締める右腕。これはいい。ふとものの上に乗っかるアリサのお尻とふともも。これもまあいい。むにむにとした感触が素肌に密着しているが、これはまだマシだ。問題は……

「うィっ⁉」

「な、な――っ⁉」

アリサの右胸を、しっかりと掴んでいる左手だった。手のひらに吸い付く生肌。指の形に沿ってぐにりと形を変える柔肉の感触と、手の付け根辺りに当たるくにっとした感触。

「ごめ――っ‼」

「あ――！」

状況を認識するや否や、政近は素早く左手を離した。親指と人差し指に引っ掛かる水着を振り払い、弾かれるように手を離す。その結果、

「⁉」

「～～～っ‼」

全部、見えてしまった。まあ当然のことだった。水着の代わりに、政近の手で隠していたようなものなのだから。アリサが声にならない悲鳴を上げ、ガバッと両腕で胸を隠すと、政近の脚の上でジタバタとしながら立ち上がる。

「死ね！　死ねぇ！」

そして、怒りと羞恥《しゅうち》で顔を真っ赤にしながら、倒れ込む政近の脚をげしげしと蹴《け》りつけた。

「痛っ！　ごめっ、ごめんて！」

いくら履いているのが柔らかいビーチサンダルとはいえ、剝《む》き出しの脚を思いっ切り蹴

られれば普通に痛い。しかし、今のは全面的に自分が悪いので謝るしかない。服の上から軽く触れたくらいならまだしも、わざとではないとはいえ、水着の下に手を突っ込んだ挙句に思いっ切り握ってしまったのだから。どう考えても普通に通報案件だった。おまわりさんこいつですだった。

「バカ！　変態！　痛いって言ったのに！　あ、あんな、力いっぱい……っ！」

「ごめっ、イタッ！　すねは痛い⁉」

自分で言ってて怒りと羞恥が増してきたのか、アリサはその目にうっすらと涙を浮かべながら、政近の脚を蹴りつけ、踏みつける。

（ブヒィ――！　我々の業界ではご褒美ですぅ‼）

降り注ぐ容赦ない暴力に、政近は脳内でアホな叫びを上げながらドMになり切ろうとするが、残念ながらこの状況に悦《よろこ》びを見出《みいだ》せるほど政近は悟っていない。

というか政近としては、蹴りで怒りを発散させるより先に、早いとこずれた水着をなんとかして欲しかった。図らずも手ブラ状態になっているアリサの姿が、激しく目のやり場に困ったので。下から見るとね？　思ったより隠せてないんだよ？

「ふぅっ、ふぅ、うぅぅ〜〜〜……」

「いや、その、ごめんなさい。本当にごめんなさい」

食いしばった歯の間から唸《うな》り声とも嗚咽《おえつ》ともつかない声を上げながら、涙目で見下ろしてくるアリサに、政近は平謝りする。すると、アリサはパッと身を翻してタタッと数歩離れてから、政近に背を向けてうずくまった。

「あの、わざとじゃ……いや、うん。ごめん。ごめん……」

思わず言い訳しそうになり、すぐに見苦しいと思い直して繰り返し謝罪する。しかしそれ以上何を言ったらいいのか分からず、政近は視線を彷徨《さまよ》わせた。

「……政近君」

「は、はひっ！」

「水着、直すから……向こう向いてて」

「あ、はぃ……」

数秒間の気まずい沈黙の後、押し殺したような声で告げられた言葉に、政近は凄まじい罪悪感と共に無言でアリサに背を向けると、岩場に正座をした。何が心苦しいって、それはもちろんアリサの……を触ってしまったこともそうだが、その事実を実感した今、申し訳なさ以上に興奮を覚えている自分が心苦しい。気付けば勝手に先程の感触を思い出そうとしてしまう、この脳みその節操のなさよ。

（おいマジでやめろ。海パン姿で反応したらシャレにならんぞ）

先程の感触が残っている（気がする）左手でゴッゴッと額を小突きながら、政近は必死に煩悩を追い出そうとする。「あのくにっとした感触ってもしかして……」とかいう不埒《ふらち》な思考を痛みで強引にせき止め、ついでに脳内で「揉《も》みゃーがった！　揉みゃーがった！揉めないEカップを揉みゃーがった！」と叫ぶ小悪魔姿の有希を握り潰しておく。と、その時。

【責任……】

なんか、怖い単語が聞こえた。男が女に言われてドキッとする（意味深）単語第一位が聞こえた。ロシア語で。ボソッと。そして、例に漏れず政近もドキッとした。嫌な意味で。

（責任……生乳を触った責任ってなんすか。付き合えばいいんすか？　告白すりゃいいんすか⁉）

脳内でやけくそ気味に叫ぶ政近に、再出現したリトルデビル有希が「抱～けっ、抱～けっ」と囃《はや》し立ててくる。うざいのでとりあえず叩《たた》き潰しておく。

（ンン～っん、落ち着け～？　大丈夫。アーリャも本気で言ってるわけじゃない。俺がオタク的発言をする時、いつも本気で言ってるか？　なんとな～く思い付いちゃったことを、冗談で口にしちゃってるだけだろ？　それと同じ……アーリャも、なんとな～く思い付いた言葉を、そのままロシア語で言っちゃってるだけで――）

【責任取って……結婚】

（だから落ち着けぇ――――⁉）

背後から襲来した凄まじい破壊力の単語に、政近は額ゴッゴツを通り越してこめかみグリグリに移行する。

（ンン～落ち着け俺。図らずも、先程の俺の推測が証明されたじゃないか。あのアーリャが、本気で〝結婚〟なんて言うと思うか？　そう、これこそが、アーリャのロシア語が冗

談だっていう証明で……】

【誰にも……触らせたこと、なかったのに】

「誰にも」「触らせたこと」「なかったのに」。必殺の三連コンボが、ドスドスドスと政近の心臓に突き刺さる。とどめに、脳天に「責任！」と書かれた巨岩が直撃し、政近は撃沈した。

頭の周りにピヨピヨとひよこを飛ばす政近の脳内で、リトデビ有希が「ファーストパイタッチだ、ファーストパイタッチだ」とはしゃぎながらガニ股《また》にした脚をパタパタさせる。マジでうるさいなこいつ。まさか無限湧き仕様なのか？

【誰にも……！ 見せたこと、なかったのに……っ！】

ハイ追い討ち。ピヨッてるところの投げ技は即死コンボ。震え声で絞り出すように言われたロシア語に、政近は頭を抱えてうずくまるしかなかった。頭の中でリトデビ有希がお腹を抱えて爆笑しているが、もう構う余裕もない。私はカメ。間違えて陸に上がってしまった、ただのウミガメ。これから海に還《かえ》るところなの。

「ハァ……まさち、政近君⁉」

ようやく立ち上がり、政近の方を振り返ったアリサは、小さく丸まったままのそのそと岩の端に向かう政近に目を見開く。

「ちょ、何してるのよ？」

「いや……ちょっと禊《みそぎ》をしようかと」

「褫って……ああもう、いいから立ちなさいみっともない！」

死に体のところに「みっともない」という言葉で更に死体蹴りを食らいつつ、政近はのっそりと立ち上がった。そのしっかりと落ち込んでいる姿に、アリサは眉間《みけん》に怒りと困惑を同時に浮かべると、数秒視線を彷徨わせてから迷いを振り切るように声を上げる。

「ああもう！　なんだか気まずくなるのもイヤだから言うけど……まず、助けてくれたことはありがとう。……政近君は、怪我《けが》とかしなかった？」

「ああ、うん……まあ、それは大丈夫」

「……そう、それはよかったわ。あと、脚を蹴ったことも……ごめんなさい。でも、わざとじゃなかったとはいえ私のお……ムネ、を、触ったんだから、当然の罰よね？」

「あ、はい。それはもう……本当に申し訳ないです……」

「ん……じゃあ、左手を出して」

「？　はい」

赤い顔でこちらを睨《にら》むアリサに言われるまま、政近は大人しく左手を出す。すると、アリサはその手を左手で受け取ってから、右手で思いっ切り政近の手の甲をつねった。

「！　痛《い》ってててて⁉」

「これは！　私の……を、見た罰！」

力を込めてそう言うと、アリサは最後にぎゅいっとひねりを加えてつねり上げてから、政近の手を解放した。

「はい！　これでもう終わり！　これ以降、もうさっきのことはお互いに気にしないこと！　いいわね⁉」

「あ、ハイ……」

「ん……ほら、みんなのところに戻るわよ」

小さくそう言うと、アリサはふいっと顔を背けて歩き始める。今度は慎重に岩場を下り、砂浜に向かうアリサ。政近もまた、釣り竿《ざお》を持ち直すと、悄然《しょうぜん》と項垂《うなだ》れながらそのあとを追う。

そうして砂浜に戻り、しばらく進んでから、アリサはチラリと斜め後ろの政近を振り返った。そして、相変わらずズーンと暗雲を背負いながら落ち込んでいる政近に、ちょっと拗《す》ねたように唇を尖《とが》らせる。

【そんなに……落ち込まなくてもいいじゃない】

不意に聞こえてきたロシア語に、政近はピクッと少し顔を上げる。すると、アリサが自分の胸に手を当てながら、何やら不満そうな顔でチラッチラこちらを見ているのが分かった。

【なによ……何か、変だったの？　私の胸……】

変なんてことは何もないです大変に素晴らしく貴重な体験をさせていただきました。アーリャさんのおっぱいは摑《つか》めるおっぱいなんですねすごいですね。

（うわー死にてー）

この期に及んでゲスな思考を巡らせる自分の脳みそに、政近は猛烈に死にたくなった。

幼少期に周防《すおう》家で植え付けられた政近の紳士的な部分が、政近の良心を全力で殺しに掛かっていた。

「〜〜っ、あぁもう！」

ますます項垂れる政近に、アリサは苛立《いらだ》ち交じりに振り返ると、両腕を組んで政近を睨《にら》みつけた。

「さっき気にしないって言ったわよね⁉　なのに、そんな風にうじうじするのは私に失礼よ！」

「え、あ、はい」

アリサに告げられた「私に失礼」という言葉に、政近はうたた寝から覚めたかのようにパッと顔を上げた。

「ほら！　しゃんとする！」

「はいっ」

アリサの鋭い声に、ビクッと背筋を伸ばす。それに厳しい目で頷《うなず》くと、アリサは政近の隣に並んでスパンと背中を叩いた。

「ほら……行くわよ」

「痛《い》っ……あいよ」

そのなんだか男前な態度に、政近も思わず笑みをこぼしてしまう。それにじろりとした目を向けられ、慌てて弁解する。

「あ、いや……アーリャは心が広いなってね……」

「……ふんっ」

政近が苦笑気味にそう言うと、アリサはプイっと顔を背ける。そして、毛先をいじりながらボソッと言った。

【責任は……取ってもらうけど】

(うん……それ、どういう意味？)

男前な態度からの突然の乙女な発言に、政近は遠い目で夏の空を見上げるのだった。

第7話　浮いてたようです

「あぁ～サッパリ！」

海水と日焼け止めをシャンプーとボディーソープで洗い流し、茅咲《ちさき》が爽快《そうかい》感に満ちた声を上げた。そして、いそいそと湯船に向かうと、お湯に足を浸《つ》けて気持ちよさそうに目を細める。

「あったか～い……海から上がってすぐにお風呂《ふろ》入れるとか最高～」

「そうねぇ～なんだか高級リゾートホテルみたいね～」

六人くらいは同時に入れそうな広い湯船に浸かって、至福の表情を浮かべる茅咲。その言葉に、マリヤも体を洗いながら同意する。ここは剣崎《けんざき》家の別荘内にあるバスルームなのだが、普通のバスルームと違って、屋内に繋《つな》がる扉とは別に屋外に繋がる扉が付いており、ビーチから直接浴室内に入れるようになっているのだ。そのおかげで、海から上がった後にすぐ体を洗え、塩が付着した体のかゆさや気持ち悪さに悩まされることもない。

「戦いの後のお風呂って、一番のご褒美だよね～……はぁ～疲れが吹き飛ぶぅ～」

「あらぁ戦い？　クラゲとの？」

「ううん、サメ二頭」

「あらワイルドぉ～」

流石にシャワーは三台しかなかったので、五人同時とはいかず順番待ちが必要だったが。本当は先輩二人が後輩に先を譲ろうとしたのだが、主に有希《ゆき》が「わたくし達は髪が長い分時間が掛かりますから」と遠慮したので、茅咲とマリヤも「先輩が待ってると思うと落ち着いて体を洗えないか」と考え、自分達が先に入ることにしたのだ。ちなみに、野郎二人はそれより先にちゃちゃっとシャワーだけ浴びて場所を空けている。そこは紳士として女性陣に気を遣った形である。

「先輩方、よろしいですか？」

「あ、どうぞ～」

そこで屋外に繋がる扉の向こうから有希の声が掛かり、ちょうど体を洗い終えたマリヤは、返事をしながら場所を空けた。

「失礼します」

マリヤが湯船に入ると同時に、一年生組の三人が浴室内に入ってくる。そして、各々その場で水着を脱ぐと、脱いだ水着を石鹸《せっけん》などが置いてある棚の上に置いた。

「……」

シャンプーやボディーソープのボトルの横に並ぶ、脱ぎ捨てられた色とりどりの水着。それらをまじまじと眺め、有希は思った。

(なんか……エロい)

淑女の仮面をかぶった、ただのおっさんがそこにはいた。おっさんはしれっと三台あるシャワーの真ん中を選ぶと、シャワーを浴びながら横目でアリサの裸体をガン見する。

(すげぇ)

すごかった。脱いでなくてもすごかったが、脱いだらもっとすごかった。同性でも思わず唾《つば》を呑んでしまいそうないっそ芸術的な裸体に、有希の淑女の仮面が剝《は》がれそうになる。

(おっと、いかんいかん。あんまり見てたら、後ろにいるマーシャ先輩や更科《さらしな》先輩に気付かれるかもしれん)

そう思い、有希は前に向き直る。そして、チラリと鏡越しに背後の先輩二人を確認し……

(いや、向こうは向こうですっげぇな)

鏡に映る二人の先輩の裸体に、目が釘付《くぎづ》けになった。なんというか……筋肉量と脂肪量を足して二で割ったらちょうどよくなりそうな二人だった。どちらも別方向に人並み外れた肉体を持っている。

(ラブコメ世界の住人と、ファンタジー世界の住人だ……)

マリヤのむっちりとした体と茅咲のみっちりとした体を鏡越しに見ながら、オタク的な評価を下す有希。そうしながら洗った髪をタオルでまとめていると、バンスクリップで髪をまとめた綾乃《あやの》が声を掛けてきた。

「有希様、お背中をお流ししましょうか」

「ん？　大丈夫よ、綾乃……」

「？　有希様？」

何気なくそちらを振り向き、綾乃の体を見て……

（あ、なんだか落ち着く）

内心、そんな風に思う有希だった。

◇

「ん？」

政近《まさちか》がトイレに行こうとリビングから廊下に出ると、ちょうど脱衣所から出て来た有希&綾乃と目が合った。すると、有希が周囲にサッと視線を走らせ、手に持っていたビニール袋を綾乃に押し付けて何か小声で指示を出す。有希の意を受け、綾乃はスススッと音もなくリビングのドア横に移動して中の様子を窺《うかが》い、続いて二階に移動してそちらの様子も窺うと、上から指で丸サインを送ってきた。それを確認し、有希は素の表情でニヤリとした笑みを浮かべる。

「あ」

「兄者兄者」

「なんだどうした」

小声で呼び掛けながらステテテっと小走りで駆け寄ってくる有希に、政近は少〜し嫌な予感を感じながらも、苦笑気味に耳を傾ける。すると、有希がちょこっと背伸びをして政近に耳打ちをした。

「(すっごいおっぱい浮いてた)」

「んなこったろうと思ったよ!!」

予感通りにロクでもない報告をされ、政近は両手で有希の頭を挟んだ。そのままこめかみをグリグリする……と思いきや、真面目な表情で有希の顔を見下ろす。

「ちなみに、誰の？」

「アーリャさんとマーシャ先輩。しかもめっちゃ綺麗《きれい》な形してた。それはもう、まあるいキレーな半球がだっ⁉」

「そこまで言えとは言っとらん」

「あだだっ⁉　聞くだけ聞いといて理不尽!!」

手のひらの付け根部分で、こめかみを左右から万力のように締め付けられ、有希は悲鳴を上げる。

「まったく、お前ってやつは……」

五秒ほど妹の頭部を圧迫し、政近は呆《あき》れた表情で手を離す。すると、有希がこめかみをさすりながら恨みがましく言った。

「痛《い》てて……だって、あまりにも圧巻の光景だったから、この感動を共有したくって」

「圧巻って……こう言っちゃなんだが、修学旅行とかでも似たような光景は見る機会あるだろ？」

「いや、まあそうなんだけど……やっぱり、なんというか……こう、肉付きが違うよね。生粋の日本人とは。言葉にするのは難しいけど、うん、とにかく違うんだよ」

「単にお前らが痩《や》せ過ぎてるだけでは？　いや、知らんけど」

「痩せてるのはあの二人も一緒だけど……あの二人はさ、こうウエスト細い割に、お尻《しり》がプリッとしてんのよ。おっきいのに全然垂れてなくて……やっぱり日本人とは骨盤が違うんだろうなぁ」

「知らん知らん」

　政近にシラーっとした目で見下ろされながら、有希はふっと遠くを見る目で明後日《あさって》の方向を向く。

「おじいちゃんが言ってたよ……水に浮くおっぱいこそが、真の巨乳だって」

「孫娘になんてこと吹き込んでやがるあのエロジジイ」

「あと、つむじが見えない髪と、寝ても形が崩れないおっぱいは偽物だとも言ってたね」

「なにその知らなかった方がいい知識……」

「ゲヘへ、ご安心を旦那《だんな》。あの二人は間違いなく、貴重な天然モノですぜ？　あっしが保証しますわぁ」

「いや、そこは気にしてねーよ？」

「ホントにぃ〜？　まあ、実際作りもんなんじゃないかと思うほど綺麗な形してたけど……あの揺れ方、あの質感は間違いなくモノホンだったね。めっちゃ柔らかそうでした」

「お前実は中年おっさんの前世持ちだったりしない？」

無駄にキリッとした表情でグッと力強くサムズアップする有希に、政近はジト目でツッコみつつ内心で「たしかに……」と同意してしまう。実際、先程その柔らかさは体感した身であるからして。

（っと、やばいやばい）

思わずその時のあれこれを思い出しそうになり、政近はとっさに思考に蓋《ふた》をした。しかし時すでに遅く、兄の思考に鋭《するど》過ぎる妹が、「んん〜？」と何やら疑《うたぐ》るような目を向けてくる。

「……ところで兄者。アーリャさんと何かあった？」

「……何が？」

核心を衝《つ》く質問に、政近は必死に平静を装って首を傾げた。すると、有希は腕を組んで訳知り顔で頷《うなず》く。

「水着姿の男女。ビーチ脇の岩陰。何も起きないはずがなく」

「お前が想像してるようなことは何も起きてねーよ？　そもそも岩場ではあっても岩陰ではなかったし」

「ほう？　ということは、別の何かが──」

「あらへんあらへん」

かぶせ気味に否定する兄に、有希はなおも野次馬《やじうま》根性丸出しな目を向けていたが、意外にも「そっか」と一言漏らすとあっさりと引き下がった。

「ところで、そんな兄者に朗報だ」

「あん？」

「今、お風呂にはアーリャさんが一人だけ残ってる」

「覗《のぞ》かねーよ？」

「勧めねーよ？」

先回りして覗きを拒否してきた兄に、有希は心外そうな表情を浮かべて腰に手を当てる。

「まったく、あたしをなんだと思ってんだ」

「最愛の妹だと思ってるよ」

「いやん、あたちも愛ちてる♡」

「即落ち二コマか」

途端に甘えた声を上げて抱き着いてくる妹を引きはがし、政近は疲れた様子で続きを促す。

「で？」

「む……まあ、話は簡単だ」

すると、有希はただでさえ小さく抑えていた声量を更に抑え、右手を口に添えて政近に囁《ささや》きかけた。

「（湯上がり姿のアーリャさん、見たくないか？）」

「！」

「（ほんのりと上気した肌、しっとりと水気を含んだ髪。見たくないか？）」

まるで悪魔のように囁くと、有希は返事を待つことなく体を離し、政近の横を通り抜けざまにポンと肩を叩《たた》く。

「ま、好きにしたまへ。わたしは会長の相手をしておくし、綾乃にはマーシャ先輩と更科先輩の相手をさせておく。ここにはしばらく誰も来ない。どうするかは……兄上殿の自由だよ」

そう言い残し、有希はさっさとリビングに入って行ってしまう。二階に目を向ければ、綾乃もまたマリヤと茅咲が泊まっている部屋に入って行くところだった。

「……」

政近はそれらを見送った後、数秒その場に立ち尽くしてから、まず予定通りトイレに向かった。

（まったく、有希のオタク脳には困ったもんだな……）

トイレで用を足しつつ、こんな時でもイベント回収をさせようとする妹のオタク脳っぷりに内心溜息《ためいき》を吐く。

（そんな風にお膳立《ぜんだ》てされて、『じゃあ遠慮なく』って乗っかるわけないだろ？　思春期男子はシャイなんだぜ？　そんな露骨な振りをされたら、『べ、別に興味ねーし！』って強がってしまうものなんだよ）

手洗いを済ませ、政近は二階に上がりながらやれやれと首を左右に振る。

（でもまあ……）

そして、階段を上り切ったところで足を止めると、キリッとした表情で振り返った。

（オタクとして、振られたイベントは回収しないとな！）

階段の上に身を隠し、アリサが二階に上がってきたところへの「お、ちょうどいいところに」を狙う政近。仕方がない。政近は思春期男子である前にオタク男子であるので、仕方がないのだ！

◇

「なんで……え、なんで？」

一方その頃、お風呂《ふろ》から上がったアリサは一人、脱衣所で困惑と焦燥に襲われていた。

脱衣所がそこまで広くなかったのと、ドライヤーが一台しかなかったのもあり、女性陣はお風呂から上がる時も二人ずつ上がることになった。そこで、普段から割と長風呂のアリサは、有希と綾乃を先に上がらせて自分が最後まで残ることにしたのだが……いざお風呂から上がり、体を拭《ふ》いて服を着ようとしたところで、愕然《がくぜん》とした。

海に行く前に、ビニール袋に入れて脱衣所に持ち込んでおいた着替え。なんとその中に、下着が上下とも入ってなかったのだ。シャツとショートパンツは入っているのに。

「え？　持って来たわよね？　持って来たはずよね？」

何度記憶を遡《さかのぼ》っても、たしかに自分は下着をビニール袋に入れたはずだ。なのに、現実として今ビニール袋の中には下着がない。ありうべからざる事態に、アリサはどこかに落ちてるんじゃないかという一縷《いちる》の望みに賭《か》けて脱衣所中を捜すが、どこを捜しても下着は見当たらない。

「嘘でしょ……忘れて来ちゃったの？　あるいは……ここに来るまでに落とした？　ありえない……」

どうやら自分がミスしたようだと判断し、アリサはバスタオルを巻いたままの姿で頭を抱える。……どこかの誰かさんが悪戯《いたずら》で持ち去ったという発想が浮かばない辺りに、アリサの人の好《よ》さがよく表れていた。もっとも、誰かさんの本性を知らなければ、そんな発想が浮かんだとしても自分で打ち消すだろうが。

「……どうしよう」

下はまあいい。多少の気持ち悪さを我慢すればいいだけだ。だが……上は、確実に浮く。下着なしだったら絶対に浮く。部屋までは十秒もあれば辿《たど》り着けるだろうが、その間に誰かに気付かれたら……特に、男子二人に見られたらもう死ぬしかない。

（……政近君には、さっき見られちゃったけ、ど……っ！　っ‼）

連鎖的に先程のハプニングを思い出してしまい、アリサの頬《ほお》がカッと熱くなる。

「ううう〜〜〜」

頭を抱えていた両手で顔を覆い、指の間で前髪をぎゅーっと握り締める。政近本人には気にしないよう伝えたし、アリサ自身も意識しないよう努めていたが……一度思い出してしまうとダメだった。

アリサはガードが固い。世間一般の基準からすると、潔癖と言われても仕方ないほどに固い。他人に頼ることを良しとせず、自分の足で立つことを誇りとしてきたアリサにとって、他人に身を委《ゆだ》ねるなど敗北と同義。恋人なんてもってのほか。自分が誰かに甘え、媚《こ》び、愛を乞うてる姿なんて想像しただけで鳥肌が立つ。

最近は多少緩和されたものの、つい一年ほど前までは本気でそう思っていた。だからこそ誰にも隙を見せなかったし、軟派な気持ちで近付いてくる男子は頑として拒絶した。

……まあ、そんなスタンスを貫いていたからこそ、異性相手《政近》にロシア語であえて隙を見せるのが今までにないスリルで、ちょっと癖になっちゃってる部分があるのだがそれはそれとして。

とにかく、そんな軽薄な連中には髪の毛一本だって触れられたくなかったし、実際馴《な》れ馴《な》れしく触れられそうになれば容赦なくその手を振り払い、しつこければビンタだって見舞ってきた。それこそ、本物のお姫様ばりにガッチガチのガードを張ってきたのだ。なのに……

「ういぃ〜〜ぬにぃいぃ〜〜〜〜」

触られた。というか、鷲掴《わしづか》みにされた。胸を。しかも直《じか》に。果てには全部見られた。というか今冷静に考えると、剝《む》き出しのお腹《なか》を抱き締められた上に、脚の上に乗っけられたのだ。もうこんなの結婚するしかない。一生をかけて責任取らせるしかない。

「ふぅっ、ふぅっ、あれは事故。あれは事故……」

しきりに結婚を主張する自身の貞操観念に蓋をし、呪文のように何度も自分に言い聞かせるが、たとえ事故だとしても許せない行為であることも確かだった。これが見も知らぬ男にやられたことなら、相手の記憶が飛ぶまで殴り続けた上で自分の記憶が飛ぶまで地面に頭を打ち付けているところだ。

許せない。許せない、はずなのに……なのに、アリサはあの時、政近の腕に身を委ね掛けた。お腹に回された力強い腕に、背中に感じた硬く大きな体に、鼓動が狂って……上手《うま》く、息が出来なくなった。倒れた後に、すぐ動けなかったのはそのせいだ。図らずも背後から抱き締められ、なんだか安心感が――

「――違う！」

自分自身の思考を、口に出して否定する。あんなことされた相手に、体を預けそうになるなんてありえない。ちょっと助けられたくらいで、心臓が跳ねるなんてありえない。マリヤが大好きな少女漫画の主人公じゃあるまいし。男の子に助けられただけであっさりときめいてしまう、お姫様根性が染み付いたか弱い女の子とは違うのだから。

あれは予想外のハプニングに混乱してしまっただけ。混乱して、体がフリーズして心が誤作動起こしただけ。そうに違いない。

「……やっぱり、許しちゃダメじゃないかしら」

考えている内に、なんだか女性としての尊厳とプライドを激しく傷付けられた気がしてきて、アリサは前言撤回して政近に記憶処理（物理）を施すことを真剣に検討し始めた。

しかし、それもこの窮地を脱してからだ。そう、状況は何も変わっていない。下着がないという、この危機的状況は。

「……」

危機感で一旦《いったん》頭をリセットし、アリサは今一度どうするべきか思案し始めた。

一番安全なのは、女性陣の誰かが通り掛かったところに声を掛け、下着を持って来てもらうことだ。そうすれば誰かにノーブラ姿を見られる危険性はなくなるが、しかしこれはこれでかなり恥ずかしい。バカ丸出し、黒歴史確定だ。それに、そんなこと頼まれた方だって困るだろう。

と、なると……リスクを承知で、部屋まで駆け抜けるべきか。

（今の時間だったら、有希さんと君嶋《きみしま》さんは部屋にいる？　いなかったらその場で着替えればいいし、いたら……下着だけ持って、トイレで着替える？　かなり難しいけど……でも、やるしかないわ）

どちらにせよもう時間はない。あまり長くここに留《とど》まっていれば、不審がった誰かが様子を見に来るかもしれないのだから。だから……

「……っ、よし！」

アリサは覚悟を決めると、素肌に直接シャツとショートパンツを身に着け、手早く髪を乾かすと、バスタオルと水着をビニール袋の中にしまった。

「……これで胸を隠せばいいんじゃ？」

ふとそう思い立ち、ビニール袋を両手で抱える。が、どう見ても不自然だった。ならバスタオルだけ取り出して……とも思ったが、これはこれで、ビニール袋に水着が透けていてなんだか恥ずかしい。そもそも、濡《ぬ》れたバスタオルを胸に抱えるのは普通に嫌だった。そう、それだけだ。決して、リアル露出癖に目覚めたわけではない。決して。

「……大丈夫。誰にも見られない内に、部屋に戻ればいいだけなんだから」

アリサはそう呟《つぶや》くと、ビニール袋を右手に提げ、そっと引き戸を開けて外の様子を窺《うかが》った。廊下の左右に目を向け、誰もいないことを確認する。そして、リビングから漏れ聞こえる統也《とうや》と有希の話し声に、アリサは内心ガッツポーズした。

（よし！　有希さんがリビングにいるということは、きっと君嶋さんも一緒にいる！　それに会長がいるということは政近君も……ん、行ける！）

大きな懸念がなくなったことに歓喜しながら、アリサは素早く脱衣所を飛び出した。リビングから誰も出て来ないことを祈りつつ、二階に繋《つな》がる階段に足を掛け——

「お、アーリャ。ちょっといいか？」

上から聞こえてきた声に、アリサは頭が真っ白になった。

◇

「？　アーリャ？　どうかしたか？」

「な、んでもないわ」

さりげなく「今たまたま通り掛かりましたよ」感を演出しつつ、政近は階段に足を掛け……アリサのどこかそわそわとした態度に、違和感を覚えた。斜め下辺りにせわしなく視線を彷徨《さまよ》わせながら、落ち着きなくバスタオルが詰め込まれたビニール袋を手で弄《もてあそ》んでいる。

その服装は、無地のシャツにシンプルなショートパンツという、着る人によってはずぼらに見えてしまいそうなコーディネートだったが、アリサが着ると不思議とオシャレに見えた。飾らないかっこよさというのだろうか？

(美人って、ずるいなぁ……)

そんなことをしみじみと感じつつ、何か気がかりなことがあるらしいアリサの様子を、政近は怪訝《けげん》に思いながら階段を下り――

(ん？)

何気なく見ていた、アリサが弄んでいるビニール袋から視線を上げ、ピタリと足を止めた。眉間《みけん》にしわを寄せて、二度見し、三度見し……そのままスィーっと視線を上に逃がす。

そして、頭の中で力いっぱい叫んだ。

(なんっで下着つけてないんだこいつはぁぁぁ――!?)

瞬間、脳内にテヘペロしてる妹の顔が浮かぶ。何の根拠もなく、政近は有希が犯人であることを確信した。

(妹ぉぉぉぉぉ――!!)

そして、先程有希が口にした「あまりにも圧巻の光景だったから、この感動を共有したくって」という言葉が脳内に蘇《よみがえ》る。

(共有の仕方ぁ!!)

視線を上に向けたまま、歯を食いしばって脳内で怒声を上げる政近。その政近を見て、アリサもまた、気付かれたことに気付いたらしい。

「ちょっと」

「え？　うぉ!?」

突然手を掴まれたかと思うとグイグイと二階に引っ張られ、政近はたたらを踏みながらアリサの後を追う。そして、連れ込まれたのは一年生女子が泊まっている部屋。

「そこに寝て」

「は？」

「いいから！」

「はいっ！」

なんとなく漂う男子禁制の雰囲気に落ち着かない気分になる政近だったが、アリサに鋭い声でベッドを指差され、ビクッと肩を跳ねさせるとおずおずとベッドに上がった。すると、政近が遠慮がちに仰向《あおむ》けに寝転がったところで、カチャンと鍵《かぎ》を閉める音がする。

「ア、アーリャさん？」

「……」

頭だけ持ち上げてドア前に立つアリサに声を掛けるも、アリサは返事をすることなく振り返ると、右腕で胸を隠しながらゆっくりと近付いてきた。そして、無言でベッドに上がると、なんと政近のお腹の上に馬乗りになる。

「お、おおぅ？」

「……」

鍵の掛かった密室。ベッドの上に男女二人。これだけ聞けばなんだか色っぽいシチュエーションのようだが、俯《うつむ》いたアリサがまとう不穏な空気に、政近の心臓は跳ねることなくむしろ縮こまった。

「政近君……」

「は、はい」

ここでようやく口を開き、伏せていた顔をゆっくりと上げたアリサは……なんだか、危うい雰囲気の半笑いを浮かべていた。顔全体を赤く染め、据わった目で政近を見下ろしながら、口元にだけ引き攣《つ》れたような笑みを浮かべている。

（あ、なんかデジャヴ）

現実逃避気味に「ついさっきもこんなことあったなぁ～」などと考える政近に、アリサは不規則な呼吸音を漏らしながら言った。

「ごめんなさい、先に謝っておくわ」

「な、なんででしょ――」

「分かってるの。分かってるのよ？　あなたは悪くない……うん、分かってる。でも……どうか、私のこの抑え切れない感情の、捌《は》け口になってくれないかしら？」

その言葉通り、溢《あふ》れ出る感情を抑え切れてない様子で声を震わせるアリサに、政近は一瞬天を仰いで……覚悟を決める。

「おう、任せろ……パートナーだからな」（ついでに言えば、うちのバカ妹のせいだからな）

心の中でこっそり付け加えつつグッとサムズアップすると、アリサは小さく「ありがとう」と言い……

「んぶっ」

「うぅンッ！」

突然、枕で視界を覆われた……と思った次の瞬間、押し殺した怒声と共に枕の上から衝撃が走る。

「ふっ、ぅン！」

その後も、二発、三発と、連続して衝撃が走る。どうやら、枕の上から平手打ちを叩《たた》きこんでいるらしい。が……

（……あんま痛くないな）

聞こえてくる声の割に、それほど力が入っていない。恐らく、他人様《ひとさま》の家の枕ということで、加減しているのだろう。それに加えて、叩いている位置がそもそも政近の顔を避けている。絶妙に照準が左右にずれているので、衝撃こそあるが痛みはほとんどなかった。

「っの、んン！」

「……」

そして、慣れてくると……むしろ意識は、お腹の上に乗っかっているアリサのお尻《しり》の感触に向いてしまうわけで。

（こ、これは……なんのプレイだ？）

アリサが手を振り下ろす度に、お腹の上でふにふにとしたものが前後左右に揺れ、政近はなんだか変な気分になってきた。よく、視界が閉ざされると他の感覚が鋭敏になると言うが、どうやらそれは本当だったようで。政近はお腹の上で踊るアリサのお尻の感触と、なんだか妙に意味深に感じられるベッドが軋《きし》む音に、枕の下で歯を食いしばった。

（ぬぅおおぉぉ――!!　早く終わってくれ――!!）

痛みなどとは全く別の理由で、この拷問から早く解放されることを願う政近。果たして、その願いが通じたのかどうか。数秒後、枕を襲う衝撃は収まり、室内にはアリサの荒い呼吸音だけが響いた。

しばし沈黙。政近が無になっている中、どうやら感情のコントロールに成功したらしいアリサがぎしっとベッドを軋ませながら立ち上がり、ベッドから下りる気配。それでもなお身動きひとつしない政近を心配したのか、ベッド脇から遠慮がちな声が掛けられる。

「その……政近君？　大丈夫？」

「……いや、全然大丈夫っすよ？」

アリサの想定とは別の意味で大丈夫じゃなかった政近は、いろんなものを押し殺した声でそれに答えた。すると、やり過ぎたと思ったのか、アリサが気まずそうに身を揺する気配がする。そして……

（ん？）

枕の上から鼻の辺りを軽く圧《お》され、政近は今までなかった感触に内心首を傾げた。

【ごめんね】

しかし、すぐにその手（？）はどかされ、ロシア語の囁《ささや》きと共に枕が取り上げられる。目を刺す光に顔を背けながら、政近はゆっくりと体を起こした。そして、目を瞬《しばた》かせながらアリサの方を向くと、アリサは気まずそうな表情で枕を胸に抱いていた。

「その、ごめんなさい……もう、大丈夫だから」

「あ、ああ……まあ、気が済んだのならよかった。いや、その、なんだ。全然痛くはなかったから気にするな？」

「そ、そう……」

「あ……うん。俺はもう出てくから……俺も気にしないから、アーリャもあまり気にするなよ？」

「……ええ」

居心地悪そうに体を揺するアリサに気を遣い、政近はさっさと部屋を出て行くことにした。鍵を開け、振り返ることなく廊下に出る。

「ふぅ……」

後ろ手にドアを閉め、「なんだかドッと疲れた……」と、息を吐いたところで……横から視線を感じ、反射的にそちらを振り向いた。

「あ……」

「？　更科先輩？　どうしたんですか？」

そこで、隣の部屋からちょっと顔を出して覗《のぞ》いている茅咲と目が合い、政近は首を傾げる。すると、茅咲は視線を上の方に彷徨わせながら、困ったような半笑いで言った。

「いや、その……なんか音が、ね？」

「音……？」

茅咲の言葉に眉《まゆ》を寄せ……政近はハッとした。

ベッドが軋む音。押し殺したようなアリサの声。そして……それらの音が止《や》んだ後に、鍵が掛かった部屋から出て来た男。政近《まさちか》
「違いますよ⁉」
何を誤解されてるのか察し、半ば悲鳴のように否定する政近。しかし、ベッドの上で馬乗り状態のアリサに枕越しにボコられたという、なかなかに意味不明な真相を説明することも出来ず……政近は茅咲の誤解を解くのに、疲れた脳をフル回転させることになるのだった。

◇

「アーリャちゃ～ん？　入るわよ～？」

政近が茅咲相手に必死の弁解をしている中、そっと部屋を抜け出したマリヤは、隣の一年生女子部屋を訪ねた。

返事を待たずにドアを開けると、室内ではアリサが枕を抱え、小さく丸まった状態でベッドに寝転がっていた。

「あらあら、どうしたの～？　……何があったの？」

そう問い掛けながらベッドに腰掛けるが、アリサはじっと枕に顔を埋《うず》めたまま何も答えない。それに「ん～」と声を漏らしつつ、マリヤは再度問い掛ける。

「久世《くぜ》くんに、何かされた？」

「……」

これにも、答えは返らない。ただ、アリサは「言いたくない」という風に少し顔を背けた。

それを見て、マリヤはちょっと険しい表情を作ると、むんっと両手を握り締めてみせる。

「もし変なことされたのなら言って？　わたし、久世くんにお説教するから！」

「……違う」

このままでは政近に理不尽な叱責が降りかかると思ったのか、ここでようやくアリサが答えを返した。

「政近君は、何も悪くなくて……ただ……」

「ただ、なに？」

「……」

「うん？」

優しく促す姉の顔をチラリと見上げ、アリサは目を逸《そ》らしながらぼそぼそと答える。

「ただ……ちょっと事故で、恥ずかしいところを見られただけ」

その答えはあまりに抽象的だったが、マリヤはなんとなく、その〝恥ずかしいところ〟というのが失態とかの意味ではなく、女性として恥ずかしいところ、という意味であることを察した。その上で、マリヤはあえて明るい声を出す。

「そう、事故で……だったらよかったじゃない！　久世くんが相手で！」

「え……？」

「だって、事故ってことは他の人が当事者になる可能性もあったわけでしょ？　それこそ、会長が相手って可能性もあったわけじゃない？」

マリヤがそう言った途端、アリサの顔が露骨な嫌悪感にゆがんだ。妹の実に分かりやすい反応に内心少し笑みを漏らしつつ、マリヤは続ける。

「あるいは、全然知らない人相手って可能性もあった……その点、一番仲がいい男の子相手だったなら、それは不幸中の幸いじゃない」

「一番仲いいって……別に」

「え？　仲いいでしょう？」

「それは……たまたま、他に仲がいい男の子がいないだけで……」

枕に口を埋めながらもしょもしょと言うアリサに、マリヤは優しく語り掛ける。

「それでも、一番信用してる男の子であることは確かでしょう？」

「……」

「だったらいいじゃない。それに、久世くんはアーリャちゃんがホントに嫌がってることなら、ちゃあんと気遣ってくれる男の子だって、お姉ちゃん思うな～」

「……分かってるわよ、それくらい」

マリヤの知った風な言い方に少し苛立《いらだ》った様子で、アリサはようやく体を起こす。そして、マリヤの方をじろりとした目で見た。

「言っておくけど、変な邪推はしないでよ？　私は政近君のこと信用してるし友達だと思ってるけど、それ以上のことは何もないから」

「あらぁ、そうなの～？」

「そうよ。だから、くれぐれも勝手な妄想膨らませたりしないでよね。ただでさえお母さんが変に盛り上がってめんどくさいのに……」

「ああ、三者面談の時に久世くんと会ったのよね。なんか、アーリャちゃんに男友達が出来たってすごい喜んでたわね～」

「ホント、夏休み中も政近君の家に行く度になんかニヤニヤして……ただ宿題してるだけなのに」

「んん～……でも、男の子の家で二人だけで勉強会でしょ？　普通すごい近しい間柄じゃない限り、そういうのはやらないと思うけど……」

「それは……！　……その、私今まで男の子と仲良くしたことないから、ちょっと距離感が、分からなくって……」

尻すぼみに声を小さくしながら視線を逸らすアリサに、マリヤはにぱーっとした笑みを浮かべる。

「アーリャちゃん、可愛い」

「っ、何よ」

「アーリャちゃんは、そのままのアーリャちゃんでいてね～？　もうっ、久世くんにだって渡さないんだから！」

「ちょっ、うざい！」

両腕を広げて抱き着こうとするマリヤを、アリサは枕を盾にして押しのける。そのせいでベッドからずり落ちてしまったマリヤは、トトッと数歩後ずさってからむぅっと頬《ほお》を膨らませた。

「んもぅ、アーリャちゃんはもっと、お姉ちゃんとスキンシップをしてもいいと思います」

「いやよ。子供じゃあるまいし」

「子供じゃなくたって、スキンシップは大切よ？」

「あいさつの時にはチークキスしてるでしょ？　それで十分じゃない」

「むぅ～～！」

不満そうにアリサを睨《にら》むマリヤだったが、アリサはツレない様子でそっぽを向いたまま。数秒して、マリヤは拗《す》ねたようにプイっと顔を背けると、スタスタと部屋のドアに向かった。

「ふんだ、いいもんいいもん。久世くんに慰めてもらっちゃうもん」

「……好きにすれば？」

「は～い、好きにしま～す」

聞こえよがしに言うマリヤにも、アリサは軽く眉を動かして突き放すだけ。それに子供っぽく返しながら、マリヤは部屋を出た。

そして、誰もいない廊下で、ドア越しにぽつりと囁《ささや》く。

「……ホントに、慰めてもらっちゃうわよ？」

そう言って背後を振り向くマリヤの表情は、つい先程までとは打って変わって大人びた、少し物憂げな表情をしていて。しかし、軽く息を吐いた後、すぐに明るい笑みを浮かべると、自分達の部屋のドアを開け、

「べ、別にさ。いいんだよ？　無理に誤魔化《ごまか》さなくたって……」

「いや、だから誤魔化すとかじゃ――」

「茅咲ちゃ～ん？　いつまでおかしな誤解をしてるの～？　アーリャちゃんも何もないって言ってたわよ？　もう、茅咲ちゃんったらエッチなんだから」

「な、なぁ⁉　なんであたしがぁ⁉」

いつも通りの笑みを浮かべながら、後輩に助け舟を出すのであった。

第8話

ある意味寝起きドッキリ？

「久世《くぜ》くん、ちょっとちょっと」

寝る前の歯磨きを終え、政近《まさちか》が部屋に戻ろうとすると、その途中でマリヤの声に呼び止められた。振り向くと、マリヤと茅咲《ちさき》が泊まることになっている二人部屋から、マリヤが少し顔を出して政近に手招きをしている。

「？　なんですか？」

「ん……まあ、部屋に入って？」

「え、でも……」

女性の二人部屋に入るのは……と言い掛けて、その前にドアを開かれる。目に入った室内は、政近と統也《とうや》の部屋とそう変わらない造りだった。左右に大きめのベッドがあり、正面に窓。その窓の前に、小さなテーブルが一脚と椅子が二脚。

「さ、入って入って」

「はぁ……」

なぜかそこにいるはずの茅咲の姿が見えないことに首を傾げつつ、政近は手招かれるま

ま室内に足を踏み入れた。と、

「っ⁉」

室内干しされている二組の水着が目に飛び込んできて、政近は慌てて目を逸らす。そして、逸らした先にいたマリヤの姿に、軽くのけ反った。

(思いっくそパジャマじゃねぇか‼)

しかも、夏用で薄手の。見るからにペラい桜色のパジャマには、マリヤのグラマラスな体のラインがはっきりと浮かび上がっていて。露出度こそないものの、そのひどく無防備でくつろいだ服装は、昼間に見た水着姿とは別方向にセクシーだった。

(というか、こんなん家族か恋人以外には見せちゃあかんやつでは？)

思わず、そこだけちょっと窮屈そうな胸元に目を向けながらそんなことを考えていると、マリヤが両手を胸の上に乗せて、居心地悪そうに身を揺すった。

「あ、あんまり見ないで～」

「す、すみませんっ」

ほぼ無意識であったとはいえ、流石に女性に対して不躾《ぶしつけ》かつ失礼過ぎた。政近が羞恥《しゅうち》と共に慌てて視線を上げると、マリヤが少し恥ずかしそうにはにかみながら言う。

「い、いつもはナイトブラ着けてるのよ？　でも、今日は持ってくるの忘れちゃって……」

「……」

そんなことは訊《き》いてない。気にしてもいない。というか、サラッとノーブラであることをカミングアウトしないで欲しい。そっちから言われなければ気付いていませんでしたよ！　妹と違ってなんでそこオープンなんですか！

（やっぱ、なんか、ちょっと……ずれてるよなぁ）

すいーっと更に上に視線を逃がしながら、政近はしみじみと思った。そして、マリヤの頭頂部辺りを視界の端に収めながら問い掛ける。

「それで、何の用ですか？」

「えっと……茅咲ちゃんと会長に、二人っきりになる機会をあげたいなぁって」

「？……あぁ～」

そこで、政近は察した。今、政近と統也が泊まる予定だった部屋には……茅咲がいるのだと。

「な～るほど、そういうことですか……」

たしかに、せっかく旅行で別荘に来たのだ。恋人同士、二人っきりの時間を持ちたいと思うのは自然なことだろう。そういうことなら、政近だってそれを邪魔するような無粋な真似《まね》をするつもりはなかった。

「分かりました。それじゃあ俺は、下のソファで寝るので……」

茅咲が統也の部屋に泊まるつもりなのか、それともこちらの部屋で寝るつもりなのか、それは分からないし追及するつもりもない。それこそ無粋というものだ。

だからこそ、ここは下のリビングで寝て、「夜に二人でおしゃべりしてたことは知ってるけど、その後のことは何も知りません」というスタンスを貫くのが紳士であり、気の利く後輩というものだろう。と、思ったのだが、

「どうして？　ここで寝ればいいじゃない」

「いいわけないでしょ」

平然と先輩にとんでもない提案をされ、政近は思わず真顔でツッコんだ。

「恋人同士でもない年頃の男女が同じ部屋で寝るなんて、どう考えてもアウトでしょう。マーシャさんの名誉に瑕《きず》が付きますよ」

「別に、わたしは気にしないわよ～？」

「俺が気にします」

冗談抜きで、大真面目にそう言い切ると、マリヤはぱちくりと瞬《まばた》きをした後にほんわりとした笑みを浮かべる。

「ふふふ、そんな風に気にしてくれる久世くんなら大丈夫よ～。安心して？　わたしだって、信用できない男の子にこんな提案しないから」

無邪気な笑みと共に向けられた純粋な信頼に、政近は一瞬言葉に詰まった。そこへ、マリヤは少し真面目な顔になると、ピッと人差し指を立てて続ける。

「そ、れ、にぃ……もし久世くんがリビングで寝てることが他の子達に知られたら、茅咲ちゃんの密会がみんなにバレちゃうでしょ～？　それは、茅咲ちゃんも流石に恥ずかしいと思うの。後輩全員に気を遣われるのも気まずいしね？」

「む……」

「もしバレなくても、それで久世くんが風邪を引いたり、よく眠れなくて明日楽しめなかったりしたら、二人共『自分達のせいだ～』って気にしちゃうでしょ～？　だから、わたしのことは気にせずちゃんとベッドで寝なさい？」

「……」

いつもほんわか癒《いや》し系な先輩らしからぬ隙のない弁舌と押しの強さに、政近は言葉に窮する。それでもなお、自らの倫理観から頷《うなず》くことを躊躇《ためら》う政近に、マリヤはぐっと前傾姿勢になると、政近を下から覗《のぞ》き込んだ。

「久世くん」

「？　はい」

眉《まゆ》を上げる政近の胸にトンと指を置き、マリヤは皆まで言わせるなという風に強めの口調で言う。

「あのね、久世くんがもうこの部屋で寝ちゃってる。その口実さえあれば、茅咲ちゃんは堂々と会長の部屋に泊まれるのよ？　分かる？」

「！」

マリヤの言葉を受け、政近は驚きに目を見開いた。本当に恋人達のことを気遣うなら、退路を断つことでアシストをしろと。マリヤはそう言っているのだ。思い付きもしなかったその発想に、政近は思わず納得し掛け……

「……いや。いやいやいや」

即座に重大な事実を思い出し、縦に振り掛けた頭を激しく左右に振った。

「たしかにそうですけど！　……マーシャさん、彼氏いるじゃないですか。流石に彼氏持ちの女性に、浮気を疑われるようなことはさせられませんって」

マリヤの恋人という存在を理由に、提案を拒否しようとする政近。すると、マリヤはゆっくりと体を起こし、政近に「ちょっと待ってね」と告げると、入り口から見て右側のベッドに歩み寄った。その枕の上に置かれていたスマホを拾い上げ、いくつか操作をすると、それを政近に向けて差し出してくる。

「はい、これ」

「……？」

差し出されたスマホの画面には、巨大なクマのぬいぐるみにぎゅーっと抱き着いているマリヤの画像が映っていた。

「？　おっきなぬいぐるみですね？」

これがどうしたのかと首を傾げる政近に、マリヤは画像内のぬいぐるみを指差して言った。

「紹介します。わたしの彼氏、サムイル三世です！」

「…………は？」

マリヤの思い掛けない発言に、政近は呆気《あっけ》に取られた声を漏らす。そして数秒掛けて事態を認識し、思わず額に手を当てた。

「んん？　んんん？　つまり……彼氏がいるのは嘘、ってことですか……？」

「ん〜まあ、そんなところ？　だから、久世くんが懸念するようなことはないのよ〜？」

「……はぁ」

ちょっと、突如ぶっこまれた情報が衝撃的過ぎて、思考が追い付かない。混乱して立ち尽くす政近に、マリヤはふっと笑みを浮かべると窓の近くの椅子に座り、ちょいちょいと手招きをした。

「えっと……失礼します？」

「うん、いらっしゃ〜い」

頭の中で渦巻く疑問を解決すべく、政近はマリヤに誘われるままに椅子に座る。そして、少し考えを整理すると、直球で尋ねた。

「えっと、つまり……言い寄ってくる男達を拒む口実として、彼氏がいるふりをしてる……ってことでいいんでしょうか？」

政近の推測に……マリヤは答えることなく、窓の外に目を向けた。

「星が綺麗《きれい》ね〜」

「え、ああ……そうですね？」

「空気が綺麗なせいかしら。たくさんお星さまが見えるわね〜」

「はあ、まあ……」

マリヤに言われるまま、政近も窓の外の星空に目を向ける。そして、しばし沈黙が流れた後、マリヤがぽつりと言った。

「わたしね、運命の相手っていると思うの」

その言葉に振り向くも、マリヤは窓の外を見上げたまま。政近の方を見るでもなく、ぽつぽつと語る。

「心の底から好きになって……自分の全てを捧《ささ》げたい、一生を添い遂げたいと思える相手。そう、思い合える相手が、必ずいると思うの」

「……学園で言い寄ってくる男達は、その運命の相手じゃない、と？」

「ん……まあ、そうね」

「それはまたなんで？」

「だって……運命の相手なら、見たら分かるはずだから」

内心、「なんかすごいこと言い始めたぞ？」と思う政近の前で、マリヤはスッと目を閉じると、自分の胸に手を当てた。

「運命だから……必ず、会えるって信じてるの」

それは、どこか祈りのようで。政近の冷静な部分が、「すんごいお花畑……いや、少女漫画脳だな」と、苦笑を浮かべる。が……マリヤの、まるで敬虔《けいけん》な聖女のような表情を前にしては、とても馬鹿にする気にはなれなかった。

「そ、ですか……出会えるといいですね」

結果、なんとなく無難なことを言う政近に、マリヤは透き通った笑みを向けた。そのひどく大人びた笑みと優しい瞳《ひとみ》に、政近は息を呑《の》む。と、マリヤがふっと表情を緩め、小首を傾げて言った。

「久世くんは？」

「え？」

「電車の中で久世くんに、言ったわよね？　小学生の頃に好きな子がいたけど、今は恋をする気はないって」

「あぁ……ええ、まあ……」

「それは、どうして？」

心の深い部分に踏み込むその質問に、政近は口元を苦笑にゆがめる。そうして、いつも通り適当に誤魔化《ごまか》そうとして……マリヤの、全てを許すような……包み込むような瞳に、自然と表情を消した。

「……両親が、離婚したんですよ」

そして、気付けば話し始めていた。今まで……誰にも話したことのない、心の傷を。

「恋をして……愛し合って、子供まで作って……でも、最後は嫌悪と忌避と共に別れた。……たしかに、愛し合っていたはずなんですけどね」

脳裏に蘇《よみがえ》る、母が父を責める声。脳を掻《か》きむしられるような不快な幻聴に、政近は反射的に顔をしかめる。

「一体、何がそんなに気に入らなかったんでしょうね？　父は、そりゃ仕事で家にいないことは多かったけど……いつも優しくて、それに、自分の夢を諦《あきら》めてまで母に尽くしてたのに……母は、いつも父に怒っていました」

子供達には見せないよう、気を付けてはいたのだと思う。けれど、幼少期から聡《さと》かった政近は、両親の不仲に嫌でも気付いてしまった。

なんで母は、父にあんなにも強く当たるのか。父が、何かしてしまったのか。ずっと疑問に思い続け、しかし自分の前では穏やかな母を前にしては、その疑問を口にすることが出来ず……けれど、あの日。母に、あの叫びを浴びせられた瞬間。気付いてしまった。母は……向けられた愛情に理不尽な憎悪で返す、どうしようもない人間なのだと。

「くっだらねぇ……」

気付けば、政近は憎々しげにそう吐き捨てていた。慌てて口を噤《つぐ》むが、マリヤは驚くでもなく眉をひそめるでもなく、変わらず包み込むような瞳のままで首を傾げる。

「くだらない？　何が？」

「……恋が、ですよ」

その瞳に促されたのか、それとも苛立《いらだ》ったのか。政近は、皮肉っぽく口の端を吊《つ》り上げると、堰《せき》を切ったように、飲み込み掛けた言葉を吐き出した。

「所詮《しょせん》、一人の人間を好きでい続けることなんて無理なんですよ。どんだけ努力して、どんだけ尽くそうが、気持ちが冷めちゃえばそれで終わりでしょ？　一度気持ちが冷めちゃえば、もうどうやったって元には戻らないんです。そんなもんに本気になるなんて、心底くっだらない」

勢いでそこまで言い切ってから、ふと、今の発言は、マリヤが先程見せた恋愛観を真っ向から否定するものではないかと思い至る。迂闊《うかつ》な発言をしてしまったと、視線を床に固定したまま固まる政近に、椅子から立ち上がったマリヤが近付き……ふわりと、その肩に両腕を回した。

頰《ほお》に触れるマリヤの柔らかな髪の感触、そして優しく頭を撫《な》でられる感触に……政近は、目を見開く。

「大丈夫……大丈夫よ」

「……」

突然の抱擁に硬直する政近に、マリヤは穏やかな声で語り掛ける。

「大好きだったのね……お母さんのこと」

「！」

「今でも、大好きなのね……お父さんのこと」

「……」

その、ひどく優しい声の前では……感情任せな反論など、出来ようはずもなくて。政近は、無言でマリヤの抱擁に身を任せた。

「大丈夫……憎しみが深いことは、愛情が深いことの裏返し。だから、大丈夫」

「……」

「久世くんは、ちゃんと誰かを好きになれる人だから」

どこまでも優しく告げられたその言葉は、驚くほどにするりと政近の心の中に入り込んだ。頭を撫でるその手に、胸の奥に封じ込めた……幼い周防《すおう》政近を、優しく撫でられた気がした。

「なん、で……」

なんで、そんなにも核心を衝《つ》く言葉を口にするのか。なんで、この人の手は……こんなにも、心を弱らせるのか。

思えば、あの時もそうだった。あの時……夕暮れの廊下で、頭を撫でながら、頑張ってると、えらいと、認めてくれた。それは、小さな頃に……母親に、言って欲しかった言葉だった。やって欲しかったことだった。

そのことを、口にした覚えはない。そもそも、今の今まで自覚すらしていなかった。なのに、この人は……政近自身が気付いていなかった心の叫びに、当然のことのように応《こた》えてくれたのだ。

「なんで、そんな……俺のことが、分かるんですか？」

「ん～？　ふふっ、さぁて、なんででしょう？」

政近の率直過ぎる質問を、マリヤは軽く躱《かわ》す。そして、政近の肩を抱き締めたまま、まるで幼子をあやすようにトントンと背中を叩《たた》き始めた。

「あ、あの……」

「もっと甘えていいのよ～久世くんは。もっと、誰かに甘えていいの」

「……」

「前に言ってたわよね？　久世くんは、自分が可愛いんだって」

「え、あぁ……はあ」

「だったら、もっと自分を可愛がってあげて？　自分に優しくして……甘やかしていいの。わたしが許します」

その言葉を聞いた瞬間、なぜか……感情が追い付かないままに、政近の目から涙がこぼれた。

（え、は⁉　うわっ、なんだこれ⁉）

混乱する自分の内心とは裏腹に、次から次へとこぼれ出す涙。

（なん――だっせぇ、ウソだろおい）

先輩に抱き締められ、みっともなく涙する自分自身に自嘲《じちょう》するも、一度流れ出した涙は止まらない。

（なんだこれ……気持ち悪過ぎだろ、俺……！）

歯を食いしばり、涙を堪《こら》えようとする政近の頭を、マリヤはぎゅっと両手で掻き抱《いだ》いた。

無言で政近の顔を自身の肩に押し付けると、自分のパジャマが濡《ぬ》れるのも気にせず、静かに政近が泣き止《や》むのを待つ。

（ああ……なんだ、この感じ……）

涙で少しぼんやりとした頭で、政近は久しく感じていなかった心からの安らぎを覚えていた。触れ合うマリヤの体から伝わる体温に、胸の奥が温かくなる。その温かさがじわじわと全身に広がる心地よい感覚に、政近は目を閉じて身を委《ゆだ》ねそうになる……が、そこで既に涙が止まっていることに気付き、急激に我に返った政近は、慌ててマリヤから体を離した。

「――っと、あの、えっと、なんか、すみません？」

目元を拭《ぬぐ》いながらしどろもどろに謝る政近に、マリヤは穏やかな笑みを浮かべながら身を起こす。

「気にしなくていいのよ～？　……きっと、久世くんはスキンシップが足りてなかったのね～」

「はぁ……スキンシップ、ですか？」

気まずさから上目遣いにチラッと視線を向けると、マリヤは自信たっぷりに胸を張った。

「スキンシップは大切よ～？　心が触れ合ってても、体が触れ合っていないと、知らない内に寂しさが募っていくものだから」

「はぁ……」

「言葉や態度で愛情を伝えるのも、もちろん大事。でも、それだけじゃなくって……きちんと体を触れ合わせて、相手に自分の存在を伝えてあげるのも、同じくらい大事なのよ」

自分の胸に手を当ててそう語るマリヤの言葉に、政近は自然と我が身を顧みる。

(言われてみれば……今みたいに誰かと触れ合うのって、いつ以来だっけ？)

パッと思い付くのは妹の有希《ゆき》だ。あの妹は今でも、ちょいちょい抱き着いたり上に乗っかったりしてくる。だが、なんだかんだで政近の方が恥ずかしさから押しのけてしまうし、さっきみたいに無言で体を預けるようなことはしない。そして、有希以外となると……ちょっと、記憶になかった。

(いや、たしか……)

それこそ、あの子か。お国柄なのか、あの子はスキンシップが好きだった覚えがある。いつも恥ずかしげもなくくっついてきて、その無邪気な笑顔に、幼い政近もまた、照れながらもそれを受け入れていた。

(そっか、あれ以来、か……)

思い返してみて、もしかしたら本当にスキンシップに飢えていたのかもしれないと考える。そうすると、なんだかまた猛烈に恥ずかしくなってきて、政近は顔を伏せ……ようとしたところで、マリヤがぐんっと顔を近付けてきた。

「だからね！　久世くん！」

「うぉ、はい？」

「アーリャちゃんは、もっとわたしとスキンシップをしてもいいと思うのよ！」

「……ですかね？」

突然のシスコン発言に、政近は口の端をひくつかせながら小首を傾げる。すると、マリヤは先程までの慈愛に満ちた態度はどこへやら、両手を腰に当てると憤然と息を吐いた。

「チークキスもなんだか嫌々だし、ハグしようとしたら拒否するし……わたしは、もっとアーリャちゃんと好きンシップしたいのにぃ！」

「そ、ですか……頑張ってください」

「も～……こうなったら久世くんに慰めてもらっちゃうんだから！」

「なんでそうなる⁉」

突然ガバッと抱き着かれ、政近は目を見開く。しかし、マリヤはすぐに体を離すと、政近にニコッとした笑みを向ける。その笑顔の理由もよく分からなかったが……その無邪気な顔を見ている内に、なんだか政近も細かいことはどうでもよくなり、自然と笑みを漏らしてしまった。

「ふふっ、まったくもう……マーシャさんは、ホントによく分からないなぁ」

「えぇ～？　それ、どういう意味ぃ？」

「いや、だって急に核心衝くことを言うかと思えば、時々会話が成立しなくなりますし……」

「ひっどぉ～い！　まるでわたしがおバカみたいじゃな～い」

「いや、そういうわけじゃないんですけど……ははっ」

たちまち子供のようにむくれる先輩に、政近は力が抜けたように笑う。すると、そんな政近を見てマリヤも表情を緩めた。

「そろそろ寝ましょうか」

「ですね……なんか、ありがとうございました」

「いいのいいの〜」

政近がぺこりと頭を下げると、マリヤはなんてことはない様子でひらひらと手を振る。そしておもむろに、自分の荷物が足元に置いてある方のベッドを指差して言った。

「久世くんはこっちで寝て？」

「え、でもそっちはマーシャさんが寝る予定だったんじゃ……？」

「だからこそ、よ。わたしは気にしないけど、茅咲ちゃんは男の子が寝たベッドを気にするかもしれないでしょ〜？」

「ああ、それはそうですね……では、失礼して……」

マリヤの言い分に納得し、政近はゆっくりとそちらのベッドに上がった。すると、マリヤも窓のカーテンを閉めてもうひとつのベッドに上がる。

「それじゃあ、おやすみなさ〜い」

「はい、おやすみなさい」

暗闇の中、マリヤの声に改めて異性と同じ部屋で寝るという事実を認識してしまい、政近は落ち着かない気持ちになった。

（これ、ホントに眠れるのか……？）

そう危惧《きぐ》しつつ、薄い掛布団を着る政近だったが、やはり長時間移動と海水浴の疲れがあったのか。あるいは泣き疲れたのか。ものの数分で、政近の意識は深い眠りの中に落ちていくのだった。

◇

……一方その頃、隣の女子部屋では。一年生女子三人による、有希主催のパジャマパーティーが開かれていた。

「そう言えば、アーリャさん。どうしてマーシャ先輩との同室をあんなに強く拒否されたんですか？」

おしゃべりの中で出された有希の問い掛けに、アリサは顔をしかめて答える。

「……抱き枕にされるから」

「え？」

予想外の言葉に、有希と綾乃《あやの》が目をぱちぱちとさせた。

「……マーシャは、いつもすっごく大きな抱き枕……というか、抱きぬいぐるみ？　を抱いて寝てるんだけど、旅行先でそれがない時は、寝ぼけて近くの手頃なのを抱き枕代わりにすることがあるのよ……今までも家族旅行の時、特に旅館とかだと度々布団に潜り込まれて……」

「あら……では、今頃更科《さらしな》先輩が抱き枕代わりにされているかもしれませんね？」

有希の推測に、アリサがフッと小さく笑う。

「かもしれないわね。でも、更科先輩なら力尽《ちからず》くで追い出すでしょう」

「ふふっ、そうですね。もしかしたらベッドから蹴《け》り落とされるかもしれません」

「それはいいわね。それに懲りて、もう人を抱き枕にするようなことはしなくなるといいのにね」

夜の室内に、少女達のひそやかな笑い声が響く。それから一時間後、パジャマパーティーを終えた彼女達が、静かに眠りに就いた頃……隣の部屋では、彼女達が立てたフラグが回収されようとしていた。

◇

（ん……？）

体のあちこちを何かが這《は》う感触に、政近はわずかに意識を覚醒させた。

（あんだ……？）

安眠を妨害されたことに軽い苛立《いらだ》ちを覚えつつ、政近は目を閉じたまま体に触れる感触に意識を向ける。

胸の上と、首の後ろでもぞもぞと動く細長い……腕？　それに、脚に絡みついてくるこれは……脚、か？

そこで政近は、どうやら自分の右側にいる何者かがちょっかいを掛けてきているのだと察した。そして、政近の半覚醒状態のオタク脳は、即座に状況を理解した。

（なんだ……有希か）

旅行先で、女子が自分のベッドに潜り込んでくる。二次元でよく起こるテンプレイベントのひとつだ。合宿なら、寝ぼけた女子が部屋を間違えて。修学旅行なら、こっそり女子部屋で集まっていたところに先生の見回りが来て、慌ててひとつの布団に潜り込むという形が王道か。

まあなんにせよこんなイベントをリアルでやろうとするなんて、あのオタク脳な妹以外にあり得ない。目を開ければ、あの妹がいつものニヤニヤとした笑みを浮かべて「来ちゃった♡」とか言うのだろう。

「うぅ……んぅ……」

政近は目を閉じたまま、鬱陶《うっとう》しげに体を揺する。これが平時なら、可愛い妹のいたずらに付き合ってあげてもいい。だが、今は久しぶりの旅行と海水浴で疲れているのだ。体力的に妹のいたずらに付き合っている余裕がなかったし、そういう気分でもなかった。

「うきぃ……も、いぃからぁ……」

舌っ足らずにもにょもにょと言いながら、右隣にいる人物を追い払おうと、右腕をもぞもぞと動かす。腕に当たっている何者かを押しのけるようにグイッグイッと肘《ひじ》で押すが、なぜか肘がやわらかいものに埋まる感触がするだけで、今ひとつ手応《てごた》えがない。やがて、腕を動かしているのすら億劫《おっくう》になって、政近は抵抗をやめた。

そして、放っておけば出て行くだろうと……判断したのかすら定かではないまま、再び眠りに落ちていくのだった……

◇

翌早朝、政近は体に馴染《なじ》みのない寝心地と、右半身にのしかかる重みと暑さで目を覚ました。

「うう、ん……」

目を開ければ、そこには見覚えのない天井。少ししてから合宿に来ているのだと思い出し、寝返りを打とうと……したが、上に乗っかっている何かのせいで身動きが出来なかった。気温が徐々に上がり始めた早朝、その何かが触れている右半身だけが、じんわりと汗を掻《か》き始めている。

「あん？」

クッと頭を持ち上げ、その何かを視界に収め……政近は硬直した。

目の前にはふわふわと柔らかそうな茶色の髪。そして、年上とは思えないほどにあどけない、美しいという以上に可愛らしい寝顔。更にその奥に、そのあどけない寝顔に反して凶悪な存在感を放つ双丘。

「……フゥ――」

そこまで確認したところで、政近は頭を枕に戻して長く息を吐いた。状況は理解した。なぜそうなっているのかは分からないが、現在の状況は完全に理解した。

右肩にはマリヤの頭、胸の上にはマリヤの右手。右肘の辺りにはマリヤのたわわなお胸が乗っかっており、脚にもがっつりマリヤの脚が絡みついている。もっとも、胸から下は掛布団に隠れて見えないので、脚に関してはあくまで推察だが。あくまで推察ではある、が……このマリヤの脚の位置からするに、何やらがっちりと押さえ込まれている政近の右手が、マリヤの脚の付け根辺りの大変際どいところに当たっている気がするのだが……これはアウトではないか？　いや、長時間に亘《わた》って圧迫され続けたせいか、ほとんど感覚はないのだけれども。

「つまり……勝利者の朝だな」

絶世の美女を隣に侍《はべ》らせて朝を迎えるという今の状況を冷静に鑑《かんが》みて、政近はそう結論付ける。脳内イメージは、裸の金髪美女を腕に抱いて寝葉巻をする、胸毛がセクシーなマッチョ男。実際に隣にいるのはパジャマを着た茶髪美女だし、二人は恋人でもなんでもないただの先輩後輩だが。

（って、なんでただの先輩後輩がひとつのベッドで添い寝してんだよ⁉）

今更過ぎるツッコミを脳内でぶち上げ、政近は現実逃避をやめた。しかし、現実逃避をやめたところで、なぜこうなっているのかはさっぱり分からない。

（あぁ～……あれか？　更科先輩に気を遣って、俺がマーシャさんが寝る予定だったベッドで寝たせいか？　マーシャさんが夜中に起きてトイレにでも行った後、寝ぼけて自分が元々使うはずだったベッドに入っちゃったとか？）

そう無理矢理《むりやり》推測することも出来るが、理由を推測したところで特に意味などない。そもそも、理由を知りたいなら本人を起こして訊《き》いてみればいいことなのだが……

「……」

グッと首を反らして頭上方向に目を向け、政近は窓を確認する。そこに引かれたカーテンはうっすらと明るくなっているだけで、まだ朝日が昇って間もないことを示していた。気持ちよさそうに寝息を立てている先輩を起こすには、少々躊躇《ためら》われる時間帯だ。それに……マリヤにとってもこの状況は、後輩に指摘されると恥ずかしい状況なのではなかろうか？

（……仕方ない、なんとか脱出するか）

十秒ほど考えた末に、マリヤを起こさないようこっそり抜け出そうという結論に至り、政近はどのような手順で行くかを検討した。とりあえず、真っ先に対処すべきは肩に乗ってるマリヤの頭だろう。どう動くにしろ、頭を揺らすのは一番まずい。まず、この頭から慎重に肩を抜かないと……

「（……失礼します）」

小声で断りを入れ、政近は自由な左腕を持ち上げると、そっとマリヤの頭の下に手を差し込んだ。手のひらに触れる柔らかく手触りのいい茶色の髪に、なんだか罪悪感を覚えながらゆっくりとマリヤの頭を持ち上げ――

「ぅん〜」

「!!」

……た、瞬間。マリヤがいやいやするように頭を振り、政近の手から逃れた。高さはわずか二センチほどであったが、手から肩に落ちた衝撃で、マリヤがピクッと体を震わせる。

そして、のそっと顔を上げると、ぽわーっとした寝ぼけ眼で政近の顔を見た。

「……お、おはようございます」

「…………くじぇくんら」

引き攣《つ》った笑みであいさつをする政近に、マリヤはぽやーっとした表情のまま、呂律《ろれつ》の回っていない口で名前を呼ぶ。そして、何を思ったのかふにゃら〜っとゆるみ切った笑みを浮かべると、政近の肩にボスッと頭を下ろした。

「ふゅにゅ…………なんれ〜？　なんれ、くじぇくんいりゅの……」

「いや、それは俺の質問なんですが……」

政近の冷静なツッコミも聞こえていない様子で、マリヤはへにゃへにゃな笑みを浮かべたままぐりぐりと頭を動かす。

「んふふっ、にゃんれ〜♪　らんれ〜♪　らんれらろぉ、ね………」

歌うように疑問を連発したかと思うと、具合のいいポジションを見付けたのか、マリヤはゆっくりと動きを止め……なんと、そのまま寝息を立て始めてしまった。

「(まさかの二度寝だと⁉)」

小声でツッコむ政近だが、マリヤは既に夢の中。

「……マジかこれ」

脱出を試みた時よりも接近している先輩の頭部に、政近は無駄足だと悟って脱力する。

結局その後、マリヤは政近の上で優雅に四度寝まで決め込んだ。そして、四度目の覚醒でようやくその目の焦点が合い……

「…………え？」

「……おはようございます」

「……え、ぇ……えぇぇ──⁉」

寝起きで乱れた髪をぴょんぴょんさせながら視線を巡らせ、状況を認識したマリヤはガバッと体を起こすと、掛布団を引き寄せながらベッドの上を後ずさった。

「……いや、掛布団で体隠さないでくださいよ。絵面が酔っ払って部下と朝チュンした女上司みたいになってますから」

思わずオタク的なツッコミをしてしまう政近だが、マリヤは全く聞こえていない様子で顔を真っ赤にすると、大きく目を見開いたまま呆然《ぼうぜん》とした声を出す。

「お、おはようございます」

「はい、おはようございます」

今更なあいさつをする先輩にあいさつを返し、政近は微苦笑を浮かべながら、落ち着かない様子で視線を彷徨《さまよ》わせる先輩に声を掛ける。

「俺が、マーシャさんのベッドで寝たせいですかね？　なんだか迷い込んじゃったみたいで？」

「あ、そ、そう、なの……」

「まあ初めて寝る場所なわけですし、こういうこともありますよ」

「そう、かしら？」

後輩のフォローに、マリヤはチラリと政近の方に目を向け……政近のパジャマの胸の部分が濡《ぬ》れて変色してるのに気付き、ピタッと動きを止めた。

「あ、あぁ……えっと、これは……」

視線に気付いた政近が言葉を濁す中、マリヤは数瞬の硬直の後、弾かれたように自分の口元に手を当てる。

お察しの通り、この政近のパジャマのしみは、マリヤが三度寝の際に垂らしたよだれであった。口の端にその痕跡《こんせき》を発見したらしく、マリヤのただでさえ赤くなっていた顔が更に赤くなる。そして、ザザッと政近との距離を詰めると、泣きそうな顔でパジャマのしみを両手で押さえた。

「違う！　違うのぉ！　わたし、普段こんなことしないのぉ！」

「あ、はい」

「本当に違うのぉ！　わたし、いつもはよだれなんて垂らさないからぁ！　お願い信じてぇ！」

「信じます信じます。信じますから、あの、声を……」

まるで、胸にしがみついて泣きすがるかのように涙目で見上げてくる先輩を前に、政近はコクコクと頷《うなず》く。頷き、なんとか声を抑えてもらえるようお願いをする。なんせ、割と小さな物音でも隣室に漏れてしまうことは昨日の時点で証明済みであり、自分がこの部屋にいることは隣室の住民には内緒なのだ。時間的にはまだ寝ててもおかしくないが、マリヤの声で目を覚ました一年生女子が、この部屋を訪ねて来たら目も当てられない。

「うぅ～……ホントに？」

「ホントです。むしろご褒美なので気にしないでください？」

焦りから妙なオタク発言を口走ってしまう政近。それにマリヤはしぱしぱと目を瞬《しばた》かせ、何を思ったのかむっと眉根《まゆね》を寄せると、ススッと政近から体を離した。

「……久世くんのえっち」

「あ、うん。もうそれでいいです」

何をどうしてその結論に至ったかは不明なれど、とりあえずマリヤが落ち着いたのでよしとする。そうしてフッと体の力を抜いたところで……恐れていた事態が起きた。

『マーシャ先輩？　おはようございます。何かございましたか？』

響くノック音、ドア越しに聞こえる有希の声。二人揃って弾かれるようにそちらを振り向き、瞬時にどうするべきかを考える。

（どこかに隠れ——クローゼット！）

周囲に視線を巡らせ、ベッドの足元方向にあるクローゼットに目を付けた政近が、素早く脚を折り畳んで立ち上がろうとしたのと。

「（隠れて——！）」

小声で叫びながら立ち上がったマリヤが、両手に持った掛布団を政近にかぶせようとしたのは……同時だった。

互いにベッドの上で、前傾姿勢で伸び上がりながら……一瞬目が合う。お互いに、相手の動きに「え……」と意表を衝《つ》かれ、次の瞬間。

出鼻を挫《くじ》かれ、バランスを崩した政近が前につんのめり。衝突を回避しようとしたマリヤが、後方に大きくのけ反った。その結果。

「あぶっ——!?」

「きゃっ——」

政近は、マリヤの肩辺りに頭から突っ込むようにして、前に倒れてしまった。反射的に両手を伸ばしてベッドに手をつくが、気付けば目の前には呆然と目を見開くマリヤの顔。

そのマリヤの両手はしっかりと掛布団を握っており、完全に〝寝ていたマリヤに覆いかぶさる政近の図〟になっていた。

『ハッ！　ラブコメの波動⁉』

その瞬間、何かを感知した有希が、勢いよくドアを押し開けた。

そして、ベッドの上の二人を見て静止。表情を消してゆっくりとドアノブから手を離すと、ドアを足で押さえつつスマホを取り出す。それを顔の前で構え、シャッターをパシャリ。写りを確認してから二人に向かってグッとサムズアップし、力強く頷くと……そのまま部屋を出て行った。

「「……」」

そのあまりにも自然な動きに、二人は数秒動けなかった。呆然と、有希が出て行ったドアを見つめ……政近は、スッとマリヤの上から退《ど》く。

「すみません、マーシャさん。大丈夫ですか？」

「あ、ううん。大丈夫」

「それはよかった。それじゃあ……俺は先に下に降りますね？」

「う、うん」

マリヤが頷くのを見て、政近は静かにベッドを下りると、外の廊下に誰もいないのを確認してから部屋を出た。そして、階下でニヤニヤと笑いながらスマホを振り、これ見よがしにリビングへと逃げて行く妹を見て……

「待てやコラァ！」

猛然と、階段を駆け下りるのであった。

Иногда Аля внезапно кокетничает по-русски

第9話　お前には暴君とか言われたくない

「王様ゲームをやろう」

それは、合宿二日目。昼食中に降り始めた予報を裏切る雨に、雨が止むまでリビングで何かゲームでもしようかと話し合ってる中、統也《とうや》が放った一言だった。同時に、政近《まさちか》と有《ゆ》希《き》に戦慄《せんりつ》が走る。

（よ、陽キャの遊びだぁ……）

頭の中で全く同じことを考え、ぶるるっと体を震わせる兄妹。特に理由はないが、なんとなく震えずにはいられなかったのだ。別に、二人とも決して陰キャというわけではないのだが。

「王様ゲーム……ってなんですか？」

戦慄する兄妹の横で、アリサが首を傾げる。すると、マリヤが意外そうに声を上げた。

「えぇ～？　アーリャちゃん、知らないのぉ？　王様ゲームよ王様ゲーム」

「だから、何よそれ」

むっとした様子で姉を見るアリサに、マリヤはしたり顔でピッと人差し指を立てる。

「ふふ〜〜王様ゲームっていうのはね〜？　一本だけ赤い印が付いてて、残りには数字が書かれているくじを全員で引いてぇ。赤いくじを引いた人が王様になって、番号で残りの人に命令をするゲームよ〜。『二番が五番にあ〜んをする』とか〜『四番が一番にキスをする』とか？」

自分で言っておいて、キャーと頰《ほお》を両手で押さえるマリヤ。一人で盛り上がってる姉に反して、解説を聞いたアリサは目を剝《む》いた。

「キ、キス……⁉」

「ああいや、流石にあまりにも過激な命令は禁止だぞ？　あくまで良識の範囲内で、だな」

動揺するアリサに、統也が苦笑気味に付け加える。そして、軽く視線を巡らせながら言った。

「まあ、なんだ……『二番がすべらない話をする』とか『三番が五番にデコピンをする』とか、そんな軽い罰ゲームでいいんじゃないか？」

「デコピン……あまりやったことないけど……」

統也の言葉に、その隣に座っていた茅咲《ちさき》がしげしげと自分の手を見ながらゆっくりと右手を持ち上げ、親指と中指で輪を作った。そして、キリキリキリッと中指に力を込めると

……パァン！

「うん、茅咲は手加減しような？」

茅咲のデコピンの空撃ちを見て、統也が優しい笑みを向ける。何やらただならぬ破裂音がした気がしたが、きっと指の摩擦で起きた音だろう。決して、そう決して、空気の壁を突破して音速超えちゃった音ではないのだそうに決まってる。

「ま、あくまで親睦《しんぼく》を深めるためのものだからな……命令もそういう感じのでやろう」

「はぁ……」

内心「それはいいけど、なんで王様ゲーム？」と首を傾げる政近の疑問を察したのか、茅咲がニヤッと笑って統也の方を見た。

「要するに、陽キャの遊びをやってみたいってことね～うんうん、りょうか～い」

「なっ、いや、そういうわけじゃ……ないぞ？」

露骨に動揺して声が尻《しり》すぼみになる統也に、後輩達は優しい目になった。元コミュ障の陰キャとして、何か憧《あこが》れるものがあるのだろうと。生ぬる～い目で見てくる後輩に、統也は気まずそうに腕を振り上げる。

「やめろぉ！　そんな目で見るなぁ！」

「いや、うん。そうですね。やりましょっか、王様ゲーム」

「そうですね。ではくじを用意しましょう」

「気遣いを見せるなぁ！　……あと、くじはもう用意してあるぞ？」

「ノリノリっすね……」

苦笑を漏らしつつ、政近たちは座っていたソファから立ち上がると、カーペットの上にクッションを敷き、車座になった。並び順は、政近の右隣がアリサ。その向こうがマリヤで、その更に向こう……つまり、政近の正面右に有希。政近の左隣に綾乃《あやの》、その向こうに茅咲、統也という並びになった。そしてその中心に、七本の割り箸《ばし》が突っ込まれた空のミニボトルが置かれる。

ちなみに、割り箸と言っても四角い箸ではなく、箸頭の部分だけを割る丸箸だった。それが、箸先を上にしてボトルの中に突っ込まれている。どうやら、箸頭の四角い部分に印を入れてあるらしい。

(つまり……微妙な割れ方の違いで、どれがどれなのか見分けるのは不可能ってことか)

素知らぬ顔で、ゲームを始める前から早速、イカサマが出来るかどうかについて考えを巡らせる政近。ただのレクリエーションに大人げないと思われるかもしれないが、これは当然の備えだった。なぜなら……このゲームには、イカサマが出来るなら普通にやる参加者《有希》がいるのだから。

誰かに好きに命令できるなんてこんなステキなゲーム。あの妹が、愉快犯的に場を引っ掻《か》き回さないはずがなかった。

(発案者の会長も、麻雀《マージャン》の時の前科があるしなぁ……あらかじめ、くじに何か仕掛けをしてる可能性……あるか？　まあ、親睦を深めるためっていう言葉に嘘はないだろうし、何か仕掛けてたとしても変なことはしないと思うけど……)

思考を巡らせながらも、統也に促されて適当なくじを摑《つか》む政近。全員がくじを摑むのを確認してから、統也が音頭を取った。

「それじゃあ行くぞ？　王様だ～れだ！」

統也の掛け声に合わせ、一斉にくじを引く。

「あら、わたし～？」

そして、箸頭が赤く塗り潰《つぶ》された箸を手に、マリヤがしぱしぱと瞬《まばた》きをした。最初の王様はマリヤらしい。が……政近はそんなことより、別のところに意識を囚《とら》われていた。それは……

（やっぱり……くじの向きによっては、抜いた瞬間に数字が見えるな）

やはりと言うか、イカサマのことだった。恐らく……いや、ほぼ間違いなく、くじを用意した統也も想定していなかったことだろう。しかし、じゃんけんをただの見切りゲーにしてしまう政近の動体視力をもってすれば、くじが抜かれた瞬間に数字が書かれている面が自分の方に向いていたものに関しては、普通に何番か見切れてしまったのだ。

そして……政近に出来るということは、有希にも……そして恐らく茅咲にも、同じことが出来るということだ。

（これはマズいぞ……丸箸のせいで、引く前の状態じゃあ数字書かれてる面がどこに向いてるのか分からん。……これ、うっかり有希の方に数字の面を向けて抜いた時点で、一発で特定されるじゃねぇか）

危機感を覚えながら、政近はとりあえず、こっそりと箸先に爪で痕を付けること《マーキング》が出来ないか試し……すぐに断念した。箸自体の強度がかなり高かった上に、表面が滑らかなせいで、傷を付ければすぐバレると察したからだ。

(こうなったら多少は運ゲーだな……有希の方に数字の面が向くって不運と、有希が王様になるって不運が重ならないよう、祈るしかないか……)

「それじゃあね～……二番がぁ……」

そこでマリヤの声が耳に飛び込んできて、政近は思考を中断する。そして、手の中の箸頭を見下ろし……自分は四番であると再確認する。そうして顔を上げると同時に、頬に人差し指を当てたマリヤが首を傾げながら言った。

「ん～……ん、おへそでお茶を沸かせるかチャレンジ！」

「無理ダヨ？」

軽く頷いてから発されたぶっ飛んだ命令に、思わず真顔でツッコむ政近。同じ感想を抱いたのは政近だけではなかったらしく、茅咲が苦笑を漏らしながらマリヤに尋ねる。

「なにその命令、どういうこと？」

「ん～？　あのね、このことわざを聞いた時に、面白い表現だなぁと思って……もしかしたら出来るのかなぁって？」

「いや、無理でしょ」

「でも、皆《みんな》でくすぐって思いっ切り笑わせれば……」

「無理だって。そもそも、笑い死ぬこと覚悟でお茶沸かすとか意味分からないし」

茅咲のもっともな言葉に、政近も深々と頷《うなず》く。すると、マリヤが少し唇を尖《とが》らせてから、反対側に首を傾げた。

「それじゃあ……あ、ボトルキャップチャレンジ！　あれ見たい！」

聞き覚えがない様子の茅咲に、政近は内心「なんで何かにチャレンジさせようとするんだ……？」と思いながら説明をした。

「一時期ネットで流行《はや》った、手を使わずにペットボトルを開けるチャレンジですよ……というか、その反応からするに更科《さらしな》先輩が二番ですか？」

「あ、うん」

頷きつつ、あっさりとくじを公開する茅咲。そこへ、統也が冷蔵庫に入っていたミネラルウォーターの二リットルペットボトルを持って来る。

「俺もあまりちゃんと見たことはないが……たしか、回し蹴《げ》りで開けるんだったか？」

「そうね～わたしが見たのも……こう、後ろ回し蹴りって言うのかしら？　かかとの辺りでこう、上手《うま》いこと開けてた気がするわね～」

周囲に尋ねながら床の上にペットボトルを置く統也に、マリヤも頷く。すると、茅咲が「回し蹴り……」と独り言《ご》ちながら立ち上がった。

「いや、中身入ってる状態でやるのは……ってかそもそも、裸足《はだし》じゃ無理じゃないですか？　靴履かないと――」

政近がそこまで言い掛けたところで、茅咲がくるりと統也が置いたペットボトルに背を向け、次の瞬間。

ヴンッ、カシャッ

ペットボトルの先端部分を残像が走り抜け、ほぼ同時にソファの方で何か軽い音がした。茅咲を除く六人がその音に一斉に振り向けば、ちょうどキャップが付いたペットボトルの先端部分が、ソファの背に跳ね返って座面の上に落ちるところだった。

「「「「「「……」」」」」」

そしてやはり同時に振り向けば……そこには、まるでカッターナイフで切られたかのようなキレイな切断面を見せる、ペットボトルがあって。しかも中身の水面には、波紋のひとつも立っていなくて。

水を打ったような静けさが広がる中、片足立ちになった茅咲が小首を傾げて言う。

「……こういうこと？」

「…………うん」

茅咲の質問に、統也が長い間を置いてから頷く。……頷くしか、なかった。

(恐ろしく速い回し蹴り……俺でも普通に見逃しちゃうね☆)

脳内で冗談めかして言いつつ、政近は手の震えを抑え込む。

「わ～茅咲ちゃんすご～い。チャレンジ成功ね～」

周りを見ても、素直に賛辞を送っているのはマリヤだけだった。流石は王様。器がデカい。

「……ペットボトル、片付けますね」

そんな中、スッと立ち上がった綾乃がペットボトルを手に取り、冷蔵庫に戻しに行った。その間に全員無言でくじを戻し、それを統也が背中の後ろで掻き交ぜる。そうして綾乃が戻ってきたところで一斉にくじを引くと、今度は統也が王様となった。

「おっ、俺か！」

気を取り直すように、統也は明るい声でニヤッと笑う。そして全員をぐるりと見回すと、愉快そうに命令を下した。

「そうだな……じゃあ、五番にすべらない話を披露してもらおうか」

「初っ端《ぱな》からなかなかにえげつない命令しますね……」

「あ、五番わたしね～」

「まさかの下剋上《げこくじょう》展開」

王様でなくなった途端エグイ命令を直撃されたマリヤは、唇に指を当てながらしばらく考えた後、パッと何かを思い付いた様子で語り始める。

「そうそう、この後行くお祭りで思い出したんだけど、わたしが昔ロシアのお祭りに参加した時、すごい混雑してたのね？　そのせいで、袋が破けたのかしら？　近くにいた人が、りんごをいくつも落としちゃったのよ～……バラバラバラ～ってね？」

そこまで言うと、マリヤは口を噤《つぐ》んだ。直後、アリサが小さく肩を震わせ、「ふふっ」

と失笑する。だが、他の五人はどこが笑いどころなのか分からない。もっと遠慮なく言うなら、「え、終わり？」というのが正直な感想だった。

（な、なんだ？　ロシアンジョーク？　ダメだ、全っ然理解できん！）

理解できない、理解できない、が……ここでしーんとなるのがマズいことは理解できた。先輩がボケた（？）のなら、なんとかそれを拾わないといけない。政近は使命感から、必死に頭をひねり……

「……なるほど。りんごが落ちて転がった。見事に、〝オチ〟が付いて〝すべらなかった〟ですね」

「お、おお！　上手いこと言うな久世《くぜ》！」

「うふふ、そうですね」

「あ、アハハ、もう久世く～ん。先輩の笑いを食っちゃダメだよ～？」

「はは、すみません」

政近のかぶせに三人が乗っかり、マリヤのすべらない以前に分からない話をうやむやにする。綾乃は空気だから問題なし。そのまま流れでそそくさとくじを戻し、さっさと次のゲームに移った。

「あれ、また俺か……」

赤い印が付いたくじを手に、統也がそう言う。

「強運だね、統也」

「まあ、そうか？　それじゃあ……無難に、三番が変顔でどうだ？」

先程の反省を活《い》かしたのか、統也が定番とも言える命令を出す。もっとも、女性比率が高いこの場では、これもまたある意味エグイ命令だったが。案の定女性陣にピリッとした空気が流れる中、三の数字が書かれたくじを掲げたのは……

「わたくしですね」

まさかの、綾乃だった。

(綾乃が変顔!?)

普段無表情で、基本的に目しか動かさない綾乃が、変顔をする。否応《いやおう》なく興味を引かれる展開に、その場の全員の注目が集まる。緊迫した空気の中……綾乃はしばらく沈黙した後、ゆっくりと両手を持ち上げると、無表情のままむぃっと両頬《りょうほお》を引っ張り上げた。

「心を手に入れたロボットかお前は」

「コレガ、ヨロコビ……？」

「おお、更科先輩やりますね」

「あはは、まあね～？」

政近のツッコミにすかさず茅咲が片言でアテレコするが、当の綾乃は何事かよく分からない様子で首を傾げる。そういうところもますますロボットっぽかった。

「あぁ～……うん。ま、一応達成したってことにしとこうか」

「あはは、そだね……」

命令を出した統也が完了宣言を出し、次のゲームに移る。続いて王様になったのは……

「あ、私？」

アリサだった。少し考える素振りを見せてから、口にしたのは統也が例に挙げた命令。

「そうね……じゃあ、二番と四番が互いにデコピン」

「うげ」

四番のくじを引いた政近は、その内容に思わず声を上げる。なぜかと言えば……

（二番が更科先輩だったら死ぬ！）

その一点に尽きた。祈るような気持ちで茅咲の方を見ると、幸いにもその反対側で手が挙がる。

「あ、わたしね～。四番は久世くん？」

「あ、はい。よかった……じゃあお先にどうぞ」

思わず安堵《あんど》の溜息《ためいき》を吐き、政近は前髪を掻《か》き上げると、ちょっとマリヤの方に身を乗り出す。すると、親指と中指で輪を作ったマリヤが、政近の額に手を向ける。

「それじゃあ行くわよぉ～……えいっ！」

威勢よく指を弾いたマリヤだったが……距離が近過ぎたせいで、爪ではなく中指全体がべしっと政近の額に当たってしまった。勢いが乗り切る前に額にぶつかってしまったので、全然痛くない。

「あ、あら？　意外と難しいわね～これ」

「まあ、ちょっとコツはいりますよね……はは」

政近の額から手を離し、困ったように笑うマリヤ。政近もまた、反応に窮して曖昧《あいまい》に笑う。

「それじゃあ、久世くんお手本を見せて？」

「あ、はい……」

前髪を掻き上げ、今度はマリヤがずいっと身を乗り出してきた。その姿にちょっと今朝のことを思い出してしまい、軽く動揺しながらも、政近は右手を構える。

「えっと、こんな感じ？」

「あッ！」

女性相手ということでかな〜り手加減したのだが、マリヤと違って爪が一点集中でヒットしたせいか、マリヤは小さく悲鳴を上げて額を押さえた。

「むぅ〜〜いったぁ〜い」

「あ、すみません。思ったよりクリーンヒットしちゃったみたいで……」

両手で額を押さえ、むぅっと頰を膨らませるマリヤに慌てて謝罪しつつ……政近は、猛烈なこそばゆさを感じていた。

（ぬおおぉぉ――！　なんだこの恥ずかしいバカップルみたいなやり取りはぁぁ――!!　周囲の視線が生ぬるい!!）

それと同時に、二人の間に座るアリサが至近距離からすんごい冷たい目で見てきてるのが分かる。左側からの生ぬるい空気。右側からの冷たい空気。あれ？　ここはサウナの入り口かな？

（いや、命令出したのはお前だからな？）

内心でツッコミを入れつつ、政近はアリサの視線に気付かない振りをして前に向き直ると、平静を装ってくじを戻す。

「「「「「王様だ～れだ！」」」」」

そうしてまたくじを引き直すと、政近が引いたくじには赤い印が付いていた。

「あ、俺ですね」

「あら……ふふっ、暴君の誕生ですね？」

「あんまり変な命令しないでよ？」

「いや、信用のなさ」

有希の茶化しとアリサの念押しに苦笑し、政近はどんな命令をするか考える。

（ん……あ、そうだ）

そして、不意に浮かんだひとつの案に、不敵な笑みを浮かべた。

「六番が、征嶺学園《せいれいがくえん》の校歌をアカペラで全力歌唱、なんてどうですか？」

「うっわ、それは恥ずい！」

政近の命令に、茅咲が恥ずかしさにぞわっとした様子で両腕をさする。

「さて、六番は？」

茅咲の反応に気をよくし、政近が憐《あわ》れな生贄《いけにえ》を探すと……

「……私」

すぐ右隣で、声が上がった。まさかの六番はアリサだった。

「うわぉ、ではアーリャさん。張り切って歌ってもらいましょうか！　あ、立ち上がってね」

楽しそうに煽《あお》る政近をじろりと睨《にら》み、アリサがその場に立ち上がる。そして、みんなから声援や拍手を受けながら、校歌を歌い始めた。

その瞬間、楽しげに囃《はや》し立てていた統也や茅咲の表情が固まる。政近もまた、思わず笑みを引っ込めた。

端的に言って、物凄《ものすご》い美声だったのだ。罰ゲームのつもりが、プロのソプラノ歌手さながらの圧巻の歌唱に、予想外に度肝を抜かれてしまったのだ。野次馬《やじうま》的な声援や手拍子など送る余地もなく、全員がその歌声に聞き入る。そうしてアリサが一分ほどの歌唱を終えると、全員が自然と拍手を送った。

「いや……驚いた。アーリャちゃんって、歌上手だったんだね」

「別に……普通です」

「いやいや謙遜《けんそん》することはない。正直かなり驚いたぞ」

茅咲と統也の純粋な称賛に、アリサは少し居心地悪そうにしながら座る。

「俺も驚いたよ。お前そんなに歌上手《うま》かったんだな。ビックリした」

「そう？」

政近の称賛にも素っ気なく答え、ふいっとそっぽを向くアリサだが、その耳は少し赤くなっていて。その実に分かりやすい反応に、政近とマリヤが両側から微笑ましいものを見る目を向け、恥ずかしさに耐えかねたらしいアリサは、しっしと視線を払いのけるようにしながらくじを戻した。

その後、数回戦ゲームが続き、十分場が温まってきたところで……王様になった茅咲が、これまでで一番攻めた命令を出した。

「それじゃあ、二番が一番にキス!!」

その、それこそパリピが王様ゲームで出すような命令に、リビングに驚愕《きょうがく》と緊張が走る。例に漏れず驚愕しながら、政近は悟った。

(更科先輩、会長のくじを見切ったな⁉)

それは、ゲーム開始当初に危惧《きぐ》していたこと。普通にゲームを楽しんでいる間にすっかり忘れていたが、茅咲と有希は政近と同様、くじが抜かれる一瞬で数字を見切ることが出来たのだった。そうでなければ、自分の恋人がいる状況でこんな命令を出せるはずがない。

「茅咲、それは……」

「いや、別に口にやれなんて言ってないし。ほっぺたとか手でもいいからさ」

「う～ん、それなら……？　ちなみに、一番と二番は誰だ？」

統也《とうや》としても、女子同士なら特に問題ないかと思ったのだろう。だが……

「一番……俺なんですけど」

その思惑は、残念ながら外れていた。やる側ではなくやられる側だというのが、不幸中の幸いだったかもしれないが。

「二番はわたくしですね」

そして、政近の斜め前に座る有希が手を挙げる。

「久世と周防《すおう》か？　あぁ〜……やっぱり茅咲、その命令は——」

まさかの男女の組み合わせに、これはダメだと思ったらしい統也が顔をしかめ、茅咲に命令の撤回を求め……るより先に、有希が四つん這《ば》いでグッと身を乗り出した。そして、政近の顎《あご》を摑《つか》んでグイッと自分の方に向かせると……

「はい政近君、あ〜ん」

「舌で来るな舌で」

口を開いてべっと舌を突き出し、何の躊躇《ためら》いもなく政近の口目掛けて顔を近付けた。が、すかさず政近に手で額を押さえられ、有希のキスは未遂に終わる。

「……ふふっ、止められなければどうしようかと」

「じゃあ初めっからやんなし」

顎と額を摑み合ったまま、至近距離で笑みと引き攣《つ》り笑いを交わす二人。その光景に、なぜか命令をした茅咲が一番動揺していた。

「え、え？　ディ、ディープキ……？　え？　ええ!?」

「う、おぉ……」

目を見開き、絶句する先輩二人。

「おいコラそこ、シャッターチャンスを狙うな」

「！」

無言で、スマホを構える綾乃。そして、口元に手を当てて目を丸くするマリヤと、

「は、早く離れなさいよ！　不純だわ！」

眉《まゆ》を吊り上げ、二人を引き離すアリサ。そのアリサに意味深な笑みを向け、有希はおもむろに自分の額を押さえていた政近の手を掴むと、
チュッ
音高く、その手のひらにキスをした。そして、ニコッとした笑みで茅咲の方を振り向く。

「これで命令は完了ですね？」

「あ、は、はい……」

なんということもなさそうな態度で確認を取る有希に、茅咲は両手で頬を押さえたまま呆然《ぼうぜん》と頷《うなず》く。なんというか、彼氏持ちにしてはなんともウブな反応であった。

「んんっ、ええ～……じゃあまあ、次のゲームに移るか……」

統也も動揺が収まっていない様子で、わざとらしく咳払《せきばら》いをしながら続きを促す。なんだかちょっと妙な雰囲気の中、政近は右側から鋭い視線を感じながら、有希にキスされた右手をズボンで拭《ぬぐ》った。

（いや、そんな睨まんでくれよ……俺悪くないし）

内心少し男らしくない言い訳をしつつ、政近はアリサの方を気にしながらくじを引く。

そしてその直後、自分のミスを悟った。

（しまった！　アーリャの方を気に掛け過ぎて、警戒が疎《おろそ》かに……!!）

もっとも、警戒していたところでどうしようもなかったかもしれない。だが、もっと抜き方に気を付けていれば……斜め前の有希、その目の奥が悪魔的に笑ったのを見て、政近は内心臍《ほぞ》を噛《か》む。

（くそっ、見られた……だが、有希が王様じゃなければ……）

その一縷《いちる》の希望は……次の瞬間、無残にも打ち砕かれた。

「あら、わたくしですね」

目で弧を描き、有希が赤い印の付いたくじを掲げる。そして、くじを持った手で口元を隠しながら、はっきりと、政近とアリサの方を見て言った。

「では更科先輩に倣って……三番と五番に、お互いにキスしてもらいましょうか」

その命令に、隣のアリサがピクッと体を揺らし、政近は完全に狙い撃ちされたことを察した。

（くっそ、こいつなんつー悪魔的な引き、悪魔的な命令を！）

ゲームマスターである統也の制止は、ない。当然だ。なぜならキスという命令は先程茅咲が出したものであり、それに後輩である有希が従った直後なのだから。ここで止めるのは公正ではない。が……

（だからって、これはアウトだろぉぉぉ────!?）

アリサとキスとか、それがどこにするのであれ絶対尾を引く。絶対関係がぎくしゃくする。いや、あるいはこれは、それを見越した上での対立候補への揺さぶりなのか……？

（どちらにせよこれはナシ！　ダメ、絶対！）

負けず嫌いなアリサのこと、有希に挑発されれば意地でもこの命令を実行しかねない。なんとかこの命令を回避しようと、政近は全力で脳をフル回転させた。

「それで、三番と五番は誰ですか？」

だがしかし、有希は先輩の制止が掛からないと判断するや、考える暇を与えずに詰めに掛かる。そして、問われたアリサは馬鹿正直にくじを掲げた。

「五番は……私」

「あら、アーリャさんですか。それで、三番は？」

わざとらしく驚きながら、有希はぐるりとメンバーを見回す。

（くっ、時間が……何かないか？　何か……）

内心歯嚙みしつつ、政近は周囲に目を向け……気付いた。

「三番は、俺だ」

「まあ、政近君でしたか。これはこれは。幸運……と言っていいのでしょうか？」

素知らぬ顔で小首を傾げ、目の奥でニヤーッといやらしい笑みを浮かべる有希に……政近も対抗するように、ニヤリとした笑みを浮かべる。

「さあな。だが、残念だったな有希」

「あら、残念？」

表情を消し、目を細める有希に、政近は正面の窓を指差す。そして、不敵な笑みと共に宣言した。

「もう、雨は止《や》んでる」

その言葉に有希も……その他のメンバーも同時に窓の外を振り向き、たしかに雨が止んでいることを確認した。そしてすかさず、政近はこの場の最高権力者を引き込みに掛かる。

「会長、このレクリエーションは雨が止むまで、でしたよね？」

「あ、ああ！　そうだな。そうだったな！」

「と、いうわけだ。タイムリミット。ここでゲームは終了だな」

「そ、そうだね！　さ〜って、それじゃあちょうどおやつの時間だし、スイカ割りでもしよっか！」

政近の言葉に、この状況を招いた元凶でもある先輩二人が即座に乗っかり、事態の収拾に動いた。そして、会長と副会長が終了宣言を出した以上、他の人間に異を唱《とな》えることなど出来なかった。

わたわたとくじを片付け始める茅咲に軽く笑みを漏らしつつ、マリヤが腰を上げ、自分のくじをミニボトルに戻す。それを見て綾乃が有希の反応を窺い、有希は軽く肩を竦《すく》めた。

「ほれ、終わりだ終わり」

有希が諦《あきら》めたことを察し、政近は隣で固まっているアリサの手からくじを抜き取ると、自分のものと合わせてミニボトルに戻した。

「会長、スイカ出してきますね」

「お、おお頼む」

「棒は……キッチンに麺棒《めんぼう》がありましたっけ？」

「たしかあったと思うぞ。昨日誰かが使ってたしな」

「了解で～す」

「あ、えっと、私も手伝うわ」

さっさと腰を上げてキッチンに足を向けると、身の置き所に迷ったらしいアリサが少しきょどりながら付いてくる。

「ええっと、スイカはどこだ～？」

「あ、たしかその奥に……」

なんとなく顔を合わせることが出来ず、二人はどこか白々しい会話をしながら冷蔵庫でスイカを探す。

「あ、あった──」

見付けたスイカに政近が手を伸ばすが、同時にアリサも手を伸ばしていて、二人の手が空中でぶつかった。途端、弾かれるように手を跳ね上げるアリサ。

（な、なんつーベッタベタな）

内心そんなことを思いながら、政近は素知らぬ顔でスイカをビニール袋から取り出しつつ、しれっと話を変えた。

「そうそう、さっきのマーシャさんのすべらない話、あれどういう意味だったんだ？　俺にはちょっとどこがボケなのか分からなかったんだが……」

「え？　あ、あぁ……あれは、ロシアでは人が密集してるところを、『りんごが落ちる場所がない』って表現することがあるのよ」

「ああ〜なるほど。りんごが落ちる場所がないのに、りんごが落ちたと……いや、分からんよ！」

今更ながらツッコミを入れると、アリサも少し笑い声を漏らす。と、そこへ有希がひょいっと顔を出した。

そして、何事かと振り向いた二人に向かって……淑女の仮面を脱ぎ捨てた、黒い笑みを浮かべて言う。

「逃げましたね」

加えて、くすりと嘲《あざけ》るような笑みを落とすと、そのままリビングを出て行った。

（おおぉい!!　停戦協定どこ行ったぁ!!）

内心そう叫んだ瞬間、アリサの背中からぶわりと闘志が沸き上がったのを感じ、政近は慌てて宥《なだ》める。

「落ち着け。挑発に乗るな。あれは俺らの関係をぎくしゃくさせようっていう、有希の策だから」

「……」

むむむっと眉根を寄せ、じろりとこちらを睨《にら》むアリサに、政近はどうどうと手を上げる。

「だから落ち着けって。な？　挑発に乗って、一時の感情でその……キスなんかしたら、あとで絶対後悔するぞ？」

「……」

政近の言葉に、アリサは不機嫌そうな顔でもう一度有希が去ったドアを睨んでから、軽く鼻を鳴らして調理台の方を向いた。

「……次、麺棒だったわよね？」

「あ、ああ」

どうやら納得してくれたようだと、ほっと胸を撫《な》で下ろして冷蔵庫に向き直る政近。スイカを胸に抱え、肘《ひじ》で冷蔵庫を閉めて──

【しないわよ、後悔なんて】

（お、っぶ……）

飛来したロシア語に、危うくスイカを落とし掛けた。フライングでスイカ割り（事故）をしそうになり、慌ててスイカを抱え直す。

（んッとに、お前は……！）

有希の策なら躱《かわ》せる。それがどんな不意打ちであれ、対応できる自信がある。しかし、このパートナーのロシア語デレだけは……どう躱せばいいのかと、政近はこっそり溜息《ためいき》を吐くのだった。

Иногда Аля внезапно кокетничает по-русски

第10話　恋心

午後七時過ぎ、生徒会メンバー七人は、別荘から歩いて二十分ほどの場所にある神社に来ていた。

長い石段を上って鳥居を潜ると、そこには長い石畳に奥には本殿。石畳の両側にはいくつもの屋台が並び、非日常的な賑《にぎ》わいを見せていた。

「おお～……いや、思ったより本格的だな!?」

てっきり〝小さな地元の縁日〟を想定していた政近《まさちか》は、その屋台の数と訪れている人の数に思わずツッコミを入れる。すると、浴衣《ゆかた》を着た統也《とうや》が少し誇らしげに笑いながら言った。

「驚いたか？　ちなみに、花火の規模も相当だぞ？　その時間になったら神輿《みこし》も登場するしな。本殿の前から出発して、神社の周りをぐるっと一周するんだ」

「マジですか……」

統也の言葉に、女性陣も感心半分驚き半分といった様子を見せる。その女性陣は、特に示し合わせたわけでもなく五人全員が華やかな浴衣に身を包んでおり、それを見た政近はつくづく「浴衣持って来といてよかった……」と思うのだった。

（じいちゃんに送ってもらった甲斐《かい》があったわ……こんな規模のお祭りで、一人だけ普段着とかとてつもなく居た堪《たま》れない状況になるとこだった）

辛うじて浮かずに済んだことに、ほっと胸を撫で下ろす政近。

それにしても、女性陣のなんと華やかなことか。黒髪純日本人顔の茅咲《ちさき》や有希《ゆき》、綾乃《あやの》は言わずもがなよく似合っているし、アリサやマリヤも……着物体験をしてる外国人観光客っぽさは出ているが、とても綺麗《きれい》だった。

この二人のように胸が大きい女性は、帯を締めると太って見えてしまう難点があるのだが……そこも、着付けで上手《うま》くカバーされている。着付けを担当した、綾乃のメイド力が光っていた。まあもっとも、マリヤに関しては「技術でカバーできる質量にも、限界はあるよね……」という感じがにじみ出ていたが。

「まあ、とりあえずざっと見て回るか」

「そうですね」

ずらーっと立ち並ぶ屋台を、ひとまず手前から順番に見ていくことにしたのだが……これだけ煌《きら》びやかな美少女が集まっている弊害というのか、数分と経たない内に見知らぬ男の集団に声を掛けられる。

「ね～ね～キミら、観光客？」

「うわすっげ、めっちゃ可愛い子いるじゃん！」

ぱっと見大学生くらいに見える、六人組の男性グループ。全員が普段着で手には何も持っておらず、明らかにお祭り以外の何かを目的にしているのが分かった。

声を掛けられた時点で素早く統也と政近が前に出たのだが、二人対六人では、流石に女性陣全員を庇《かば》うことは出来ず。手慣れた様子で左右に広がった男性グループは、半円状に退路を塞《ふさ》ぎつつ、女性陣に値踏みするような視線を向けた。

「なんですか？　ナンパなら間に合ってるので、他を当たってもらえます？」

「うむ、我々は純粋にお祭りを楽しみに来ているのだ。そこを通してもらおう」

政近がはっきりとした拒絶を伝え、腕を組んだ統也が巨体で威圧するが、相手はへらへらと笑うだけで一向に退《ど》こうとしない。

「まあまあそう言わず。俺ら地元民だからさ～案内してあげるよ～？」

「キミめっちゃかわいいね～名前なんて言うの？」

「ねぇねぇその髪地毛？　あ、日本語分かる？」

目の前の男に対応している間にも、他の男連中が馴《な》れ馴《な》れしく女性陣に話し掛けており、政近は言いようのない嫌悪感を覚えた。統也と視線で意思疎通し、スッと横に移動すると、有希やアリサの前に立って男達に睨《にら》みを利かせる。

「あの、本当にやめてくれます？　女の子が怖がるんで、取り囲んで圧掛けないでください。あまりしつこいようなら警察呼びますよ？」

「いやいや、大袈裟《おおげさ》過ぎぃ～」

「別に圧とか掛けてないじゃ～ん。ね、名前聞かせてよ。わっちゅあねーむ？」

全然応《こた》えた様子もなく、お茶らけた表情で政近越しにアリサとマリヤに声を掛ける男。

苛立《いらだ》ちに頬《ほお》を引き攣《つ》らせる政近の背後から、二人分のロシア語が飛んだ。

「Обезьяна, возвращайся назад в лес!《猿は山に帰りなさいよ》」

「Фу, противно!《うわ～、気持ち悪～い》」

「っっ⁉」

背中越しに聞こえた辛辣《しんらつ》なロシア語に、政近はそんな場合じゃないと知りつつ吹き出しそうになる。

「うはっ、何語？　めっちゃウケる」

しかし、そこで一人の男が笑いながらアリサに手を伸ばし、政近はその瞬間、バチンと意識が切り替わるのを感じた。穏便に済ませようという考えは一瞬にして頭から消し飛び、男の手首を摑《つか》み止めると、容赦なく力を込めながら睨みを利かせる。

「触るな」

全く熱を感じない、冷徹な声。同時に政近の全身から尋常ならざる殺気が放たれ、普段の彼を知る生徒会の面々は息を吞んだ。政近に睨まれた男もまた、へらへらとした笑いを引っ込めて一歩後ずさる。しかし、すぐにそんな自分を恥じたように視線を鋭くすると、ドスの利いた声で威嚇した。

「……は？　なんなのオマエ。手、放せよ」

二人の間をピリッとした空気が走り抜け、それは瞬く間に周囲に伝播《でんぱ》した。六人組の男達がチャラけた態度を引っ込め、不穏な空気をまとい始める。それを見て統也が静かに覚悟を決め、有希が密《ひそ》かに拳《こぶし》を固め、綾乃が袖口《そでぐち》から飛び出してきた三本のシャーペンを指の間に挟み……急激に物騒な雰囲気が高まる中、突然左端にいた男二人が、音もなく崩れ落ちた。

全員が一斉にそちらを振り向き、その瞬間、政近の前にいた男二人が、首裏に一撃を食らって昏倒《こんとう》する。一瞬にして四人の男の意識を刈り取ったのは、それまで黙っていた我らが副会長様だった。

「な、え――？」

「いや……は？」

状況が呑《の》み込めてない様子で、目を見開きながら後ずさる二人の男。茅咲は彼らに正面から近付くと、目にも止まらぬ速度で真横から顎《あご》を打ち抜き、同じように意識を飛ばす。

数秒で六人の男が地面に沈み、それまで遠巻きにしていた周囲の人々からざわめきが上がる。しかし、茅咲はそんな野次馬《やじうま》の目など気にした様子もなく男達の襟首を摑《つか》むと、両手に二人ずつ男をぶら下げ、統也の方を見た。

「あ、ごめん統也。そっちの二人は任せていい？」

「……ああ、分かった」

恋人のお願いに、統也はなんだか複雑そうな表情を浮かべながら頷《うなず》く。そして、統也が二人の男の襟首を摑み上げたのを確認してから、茅咲は何気ない調子で言った。

「ごめん、ちょっと先行っといてくれる？　あたし、こいつらを折って畳んで積み上げて、邪魔にならないよう隅の方に寄せておくから」

「およそ人体に対して使わない動詞。折ってたたん……え？」

「ん？　見たい？」

「遠慮しときます」

すっかり真顔になった政近がそう即答すると、茅咲は「そ？」と片眉《かたまゆ》を上げ、屋台の向こうの雑木林へと向かう。境内の林の中へと消えていく、意識を失った六人組。夜闇に沈む雑木林がなぜか奈落《ならく》への入り口のように見え、政近はそっと目を逸《そ》らした。

「ふぅ……」

そして、一度長く息を吐いて頭をクールダウンさせると、残った四人に向き直って深々と頭を下げた。

「すいません、俺が先走ったせいで、かえってみんなを危険に晒《さら》しました」

つい先程までの鬼気迫る雰囲気はどこへやら、感情任せに事を荒立てたことを謝罪する政近に、アリサは面食らったように瞬《まばた》きをする。しかし、すぐに慌てて政近の肩に手を添えると、しどろもどろながらもフォローをした。

「えっ、そんな……守ろうとしてくれて、嬉《うれ》しかったわ。だから頭を上げて？」

それに続いて、他の三人も次々に口を開く。

「気にしてませんよ？　向こうもなかなか引きそうにありませんでしたし」

「とても勇ましかったです。震えました」

「謝らなくって大丈夫よ～？　かっこよかったから！　さ、お祭りを回りましょ？」

アリサに続いてマリヤにも優しく肩を叩《たた》かれ、政近は頭を上げる。視界に入る、少し心配そうなアリサと労《いた》わるような笑みを浮かべるマリヤ。すると、そこでマリヤが政近とアリサの手を取った。

「二人共ほら、向こうに綿あめがあるわよ～？」

「え、ええ」

「あ、いや、俺は綿あめは……」

「そう？　じゃあアーリャちゃん行きましょ～」

思わずとっさに断ってしまい、綿あめの屋台に向かうアリサとマリヤを見送る政近。直後、先輩の気遣いをふいにしてしまったことを後悔する。しかし、流石にそこまで早くお祭り気分に切り替えることは出来なかった。四人の許しを得たところで、自分が一時の激情で事態を悪化させた挙句、先輩にその尻拭《しりぬぐ》いをさせたのは確かなのだ。政近としては、自分の軽率さを反省するしかなかった。

そんな兄の内心を察したのか、スススッと近付いてきた有希が小声で話し掛けてくる。

「まあそう落ち込むなよ、かっこよかったぜ？」

「そりゃどうも……」

「そう気にすんな？　女の子のために怒るのは正義だぜ？　アーリャさんもトゥンクしたってきっと」

「いやなんの話だ……」

呆《あき》れて溜息《ためいき》を吐くが、妹といつものようにオタクな会話をしていると、多少気分も持ち直してきた。そして、ふと言いたかったことを思い出し、妹にじろりとした目を向ける。

「って、そうだ。お前停戦協定はどうしたんだよ？」

視線で「王様ゲームの後のあの挑発はどういうことだ？」と問い掛けると、有希が馬鹿を見るような目になる。

「は？　停戦協定とか、油断した相手に不意打ちかますために結ぶもんでしょ」

「くっそ否定できねぇ」

「それにあれは、この機会に二人の距離をグーッと縮めさせてやろうという、小粋《こいき》なアシストじゃねぇか」

「余計なお世話過ぎる……」

「な〜に言ってんだか。この夏休みで、それなりに親密度は上がってるんだろ？　んん？」

「いや、そんなこと……」

野次馬根性丸出しで肘《ひじ》で小突いてくる妹に、政近は否定を返しながら思い返す。この夏休み中の、アリサとの思い出を……思い出して、アリサの怒り顔しか出て来なくて「ん？」と固まった。

(昇天させられ、蹴《け》られ殴られ……あれ？　マジで全く親密度上がってなくね？　むしろ下がってね？)

どれだけ頭をひねっても、やらかした記憶しか出て来ない。距離が縮まるどころか、愛想を尽かされていないか心配しなきゃいけないレベルだった。

(え、ウソ……夏休み中の俺、クソ過ぎ……？)

危機感を覚えた政近は、綿あめを手に戻ってくる九条《くじょう》姉妹を見ながら、ボソッと囁《ささや》く。

「ちょっと……アーリャのご機嫌取ってくるわ」

その政近の危機感に満ちた顔に何かを察したのか、有希もちょっと生ぬるい目で兄に気を遣う。

「……おう、いってら～。んじゃあ、あたしはチョコバナナで綾乃にご奉仕の心得を」

「やめろバカ」

「……冗談だよ。そうねぇ……あぁ、あそこの型抜きで店主を泣かせてくるわ」

「……ほどほどにな」

「あ、そだ。カメラ渡しとくね～。よっし、綾乃行くよ～」

「はい、有希様」

デジカメを受け取り、意気揚々と型抜きの露店に向かう二人を見送ったところで、アリサとマリヤが戻ってくる。そちらを振り向き、政近は思わず目を見開いた。

「おお……」

「いや、ただ綿あめ持ってるだけなのに、すごい絵になるなって」

「？　何よ」

「……何よ、それ」

「あらぁホント〜？」

ほわーっとした笑みで頰に手を当てるマリヤと、反応に困ったように眉を寄せるアリサ。

しかし、これに関してはご機嫌取りではなく本心だった。浴衣《ゆかた》と綿あめ。これだけなのに
恐ろしく絵になる。思わずカメラを構えて、シャッターを切ってしまうくらいには。

「あ、ちょっと……撮るなら先に言ってよ」

「いや、シャッターチャンス逃したくなくて……嫌なら消すけど？」

「別に……嫌じゃないけど……表情とか、その……」

「安心しろ、どんな表情でも絵になるから」

「あ、っそ……」

いよいよ反応に困ったのか、素っ気なく顔を背けると綿あめにかじりつくアリサ。その
様子を微笑ましそうに見守るマリヤだったが、じろりとアリサに睨《にら》まれ、ちょっと眉を下
げながら話題を変えた。

「ところで、有希ちゃんと綾乃ちゃんはどこに行ったの〜？」

「型抜きです」

「型抜き？」

「えっと、なんて言えばいいんですかね？　粉を固めたもろい板状のお菓子を渡されるんですけど、そこに描かれた絵を針やら楊枝《ようじ》やらでくり貫《ぬ》くっていう……割れたり欠けたりさせずにくり貫けば、賞金や賞品がもらえるんです」

「へぇ～面白そうね～」

「あまり初心者向けではないですよ……？　熱中するとあっという間に時間経ちますし」

「そう？　じゃあ後回しにした方がいいかしら～？」

「そうですね。先に行きたいところ回ってから、あとで時間あれば行けばいいんじゃないですか？」

マリヤにそう言ってから、ふとアリサが金魚すくいの露店を見ていることに気付く。ちなみに、その手にあったはずの綿あめは、既にただの串《くし》になっていた。摩訶不思議《まかふしぎ》。

「アーリャ、金魚すくいやりたいのか？」

「そうね、ちょっと興味あるわね」

「お、じゃあやるか。マーシャさんは？」

内心「これはいいところを見せるチャンス！」と思いながらマリヤの方を見ると、マリヤは綿あめを掲げて答える。

「わたしはまだこれがあるから、見てるわ～」

「じゃあ、これ持っててくれる？」

「は～い。あ、カメラも持っておくわね？」

「あ、はい。ありがとうございます」

アリサが串を、政近がカメラをマリヤに渡し、二人は金魚すくいの露店に向かう。そして、店主のおっちゃんに三百円を渡してポイ三枚と小さなボウルを受け取ると、ビニールプールの前にしゃがみ込んだ。

そして、この時点で……政近は察した。「あ、こいつ素人だな」と。

まず、水を入れたボウルを手で持ってる時点でアウト。あれではすくい上げる距離が広がって、ポイへのダメージが上がるだけ。それに、水槽を覗《のぞ》き込んでいるのもよくない。水面に影が出来れば、金魚は逃げる。逃げる金魚を無理にすくおうとすれば、自《おの》ずと——

「あ——」

早々に一枚目のポイが破け、アリサが微《かす》かに声を上げた。キッと視線を鋭くして二枚目のポイを手に取るアリサを横目に、政近はボウルの縁ギリギリまで水を入れると、そのまま水面に浮かべる。そして、そのボウルの影を利用して手前に金魚を追い込むと、水面を切るようにポイを斜めに滑り込ませた。

「っと」

勢いを殺さず、円の動きでボウルに金魚を放り込む。そのまま二匹、三匹と次々金魚を捕獲していく政近に、マリヤが歓声を上げた。

「久世《くぜ》くん、すご〜い」

その純粋な称賛に、気をよくした政近は身に付けた技術をいかんなく発揮する。本来なら、ある程度腕を見せてからアリサにアドバイスをするつもりだったのだが……予想外にマリヤの歓声が心地よくて、ついつい無駄に三匹同時にすくったりしてしまう。結局、最終的に政近が三枚のポイを使い切った時には、ボウルの中は金魚でいっぱいになっていた。数で言えば、三十は軽く超えているだろう。

「うわぁ、名人芸ね～」

「ふっ……」

マリヤの拍手に満足げな笑みを漏らし、アリサの方を振り返って……空のボウルを悔しそうに睨むアリサを見て、政近は笑みを固まらせた。

（って、圧勝してどうする！　いや勝負じゃないけど！）

今更ながら、アリサのご機嫌取りをするという目的を忘れ、金魚すくいに熱中してしまっていたことに気付く政近。優しくすくい方を教えて、好感度を上げる計画はどこへ行ったのか。

「え～っと、アーリャ……すくい方、教えようか？」

「……いいわ。ありがとうございました」

遅ればせながらもアドバイスを申し出るが、アリサはその提案を言葉少なに断ると、破けたポイとボウルを店主に渡して立ち上がる。政近もまた、やらかしたことを後悔しつつ、金魚の受け取りは辞退してすぐ後を追った。

「あ、あっちにヨーヨー釣りあるぞ？　今度はあれやってみないか？」

そしてなんとか挽回《ばんかい》すべく近くのヨーヨー釣りの屋台にアリサを誘う。こちらは時間制らしく、三十秒で百円という料金設定だった。競技場のトラックのような形状をした、中抜きの楕円形《だえんけい》の水槽に浮かぶ色とりどりの水風船。それを見て、マリヤがはいはいと手を挙げる。

「あ、わたしやりた～い」

「……じゃあ、私も」

「んじゃ、三人でやりますか」

三人横並びでしゃがみ、先端に四又の小さなフックが付いた釣り紐《ひも》を構える。そして、店主のカウントダウンに合わせて、一斉に水風船の輪ゴムを狙うのだが……

「あっ──つッ」

「あんっ、も～」

アリサとマリヤは、軽くて頼りない釣り紐に大苦戦していた。フックが思ったような向きにならず、輪ゴムに引っ掛けてもすぐ外れてしまい、釣り上げることが出来ない。そうこうしている間に二十秒が経過し、未《いま》だ釣果はゼロ。

そんな中……政近は両脇の二人にも意識を向けながら、機を窺《うかが》っていた。

（二人共苦戦してるな……よし、ここが見せ場だ。ここで俺がスマートに三人分の水風船を釣って、さっきの金魚すくいのやらかしを清算してやるぜ！）

やる気を漲《みなぎ》らせ、水面を凝視する。そして残り四秒になったところで、機は訪れた。

（──ここ！）

流れとは逆方向に飛び出している輪ゴムに素早くフックを引っ掛け、政近は釣り紐を斜め上に引っ張った。そして、紐がピンと張り、フックが固定された一瞬のタイミングを見計らって、付近の輪ゴムを二本まとめて引っ掛ける。

「っし！」

「え、三個⁉」

「うわぁすごぉい！」

狙い通り三個の水風船を一気に釣り上げ、政近は会心の笑みを浮かべた。そして、そのタイミングで三十秒をカウントしていたタイマーが鳴り……同時に、重さに耐え切れなかったフックが紐から外れ、水面に落下した。

「え──⁉」

バチャッと水面を叩《たた》く音に続いて水飛沫《みずしぶき》が散り、それが政近の脚に、そして両脇の二人にも飛び散った。

「あ、ご、ごめん！」

綺麗な浴衣を濡《ぬ》らしてしまった罪悪感から大慌てでハンカチを取り出すも、自分が手を拭くのに使ったハンカチを渡すのも躊躇《ためら》われ。そうしている間に、二人は自前のハンカチで水滴を拭《ぬぐ》ってしまう。

「すみません……」

「別に、いいわよこのくらい。わざとじゃないんだし」

「そんなに濡れなかったし、気にしないで～？　それより、久世くんも早く拭《ふ》かないと」

「あ、す、すみません」

マリヤに浴衣を拭いてもらい、政近は恐縮する。結局、最後に釣り上げたヨーヨーはもらえて、目論見《もくろみ》通り一人一個ヨーヨーを手に出来たのだが……政近としては、二人の浴衣を濡らしてしまった罪悪感の方が上回っていた。

（い、いや、まだだ！　ここから、まだ挽回する機会はあるはず！）

そう思い直し、なんとかカッコイイところを見せようと意気込む政近だったが……その後も、ものの見事にやる気は空回った。

射的では、マリヤご所望の人形を見事撃ち落とすも、落下の衝撃で人形の顔が傷付いてしまって微妙な空気になり。浴衣を濡らしたお詫《わ》びに焼きそばを奢《おご》ろうとすれば、三人の仲を邪推した下世話な店主に、放送禁止用語連発の超絶下品な囃《はや》し立てられ方をし。

輪投げでは見事一等のゲームソフトを当てるも、後ろに並んでいた子供が目当ての景品がなくなったことで大泣きし始め、すごく居た堪《たま》れない気持ちになった。別に政近としては本気でゲームが欲しかったわけではないので、その子供にゲームソフトをあげて、なんとか泣き止ませたのだが……そうしたところで、一度壊れたお祭りの楽しい空気は戻らなかった。

「……なんか、すみません」

子供の手を引き、ぺこぺこと頭を下げながら去って行くご両親を見送ってから、政近は二人に謝罪する。

「？　なんで謝るの？　いいことしたじゃな～い」

「いや、なんか……さっきっから、純粋にお祭りを楽しめないことばかりで……」

自嘲《じちょう》気味に笑う政近に、アリサが少し困ったように笑いながら言う。

「別に、政近君のせいじゃないから……ほら、甘いものでも食べて、元気を出して？」

そして、少し視線を逸《そ》らしながら、その手に持っていたチョコバナナをずいっと政近に突き出した。

「え、あ、ありがとう……？」

一瞬「間接キ──」とか「マリヤ様がみて──」とかいう思考がよぎるも、目の前に突き出されたチョコバナナに、政近は半ば反射的にかじりついた。しかし……間接キスを回避しようと、真ん中辺りをかじったのが悪かった。

「あ──！」

チョコバナナは、政近がかじったところからポッキリ折れ、上半分が落下してしまったのだ。

とっさにアリサが手を出してキャッチしようとするが、折れたバナナはアリサの手の上でバウンドし、地面に落下してしまう。

「あぁ……」

「あ、ごめん！」

「あらぁ～失敗しちゃったわね～」

言い訳のしようもない失態に政近が固まっている間に、サッと屈《かが》んだマリヤが落ちたバナナを拾い上げる。

「えっと、ちょっとゴミを捨てるついでに、手を洗ってこよっか？」

「……そうね。ああ、政近君はここで待ってて」

「あ、いや、俺も一緒に……」

「待ってて」

女の子二人にするわけには……と思って同行を申し出るも、アリサに強めに待機を命じられ。そこで政近は、二人がもうひとつの意味でお手洗いに行くのだと察した。

「あ、じゃあ……いってらっしゃい」

察すると同時に、デリカシーゼロな発言をしてしまったことを反省する。そうして、なんとも言えない気持ちで二人を見送ったところで、反対方向から有希と綾乃がやって来た。

「お待たせしました、政近様」

「おお……型抜きは終わったのか？」

「うん。ニャルラトホテプとシュブ＝ニグラスを抜いたところで、店主のおじさんが半泣きになったんで勘弁してあげた」

「全然絵柄が想像できないが、冒瀆《ぼうとく》的に難しいことだけは分かった」

力なくツッコみ、政近は溜息《ためいき》を吐く。なんだか気落ちしているらしい兄の姿に、有希は片眉《かたまゆ》を上げた。

「どうしたよマイお兄ちゃん様。なんかあったか？」

「有希ぃ……今日の俺はもう、ダメかもしれない……」

「お、おう、本格的にどうした？　泣きそう、じゃねぇか」

いつになく落ち込んだ様子でド直球に泣き言を漏らす政近の姿に、有希は頬を引き攣《つ》らせ、綾乃は何度も瞬《まばた》きをする。

しかし、政近が事情を説明する前に統也と茅咲がやって来て、政近はもう一度だけ溜息を吐くと、意識を切り替えた。

「お待たせ～」

「ああ、どもです。えっと、すみません。なんか俺のせいで……」

「え？　ああ、気にしないでいいよ？　むしろ……統也と二人っきりで回れて役得？」

「あらあら、仲がよろしいですね、お二人共」

「ん……まあ、恋人だからな」

「あらまあうふふ」

少し恥ずかしそうに、それでいて嬉《うれ》しそうに笑う二人の先輩。とても暴力沙汰《ざた》があったとは思えない二人の幸せそうな姿に、政近も微苦笑を漏らしながら肩を竦《すく》める。

そうして、五人でしばらく立ち話をしていると、ほどなくアリサとマリヤも戻って来た。

それから七人でどこか回ろうかと話していると、本殿の方からドンドンと太鼓の音が聞こえてくる。

「お、神輿《みこし》が来た。ということは、そろそろ花火の時間か」

統也の言葉通り、本殿の方から、石畳の真ん中を大小三つの神輿がこちらに向かってくるのが見え、人々は左右に避けて道を空ける。同じように石畳の端に移動しながら、政近は内心溜息を吐いた。

(花火ってことは、もうそろそろお祭りも終わりか……なんか、マジでやらかしてばっかだったな)

アリサへのやらかしの数々を清算するつもりが、かえって加算してしまったと落ち込む政近。そこで、浴衣《ゆかた》の肘《ひじ》辺りをくいっと引っ張られ、振り向くと、アリサがちょっと眉根を寄せてこちらを見ていた。

「もう、そんなにしょぼくれた顔しないの。この前言ったでしょ？　ほら……」

「？」

政近の向こうにいる五人を少し気にしながら、言葉を濁すアリサ。だが、「ほら」と言われてもあまりにも抽象的過ぎて、政近にはなんのことか分からなかった。

「ほら……この前、一緒に出掛けた時に……家の前で」

「家の、前……？」

焦《じ》れたアリサにヒントをもらうも、それでもとっさに思い付けない。

(一緒に出掛けた時……？　家の前って、マンションの廊下か？　なんかあったっけ？)

視線を彷徨《さまよ》わせながら政近が記憶を辿《たど》っていると、アリサが「もう！」と不満げに言い、ピンッと人差し指で政近の頰《ほお》を弾いた。

「まったく、女心が分からないんだから……」

「え、あ？　なんかごめん？」

頰を押さえながら目をしぱしぱさせる政近。しばしそれをジトーっとした目で見ていたアリサだったが、不意に少し笑みを漏らすと、愉快そうに政近の顔を覗《のぞ》き込む。

「それにしても……政近君も、そうやって失敗して落ち込むことがあるのね？」

「なんだそれ？　そりゃあるよ」

軽く眉を上げ「当然だろ？」という風に見返すと、アリサが少し不満そうに唇を尖《とが》らせた。

「……だって、いつも飄々《ひょうひょう》として、なんでもそつなくこなすから。上手《うま》くいかなくって、落ち込むことなんてないんじゃないかと思って」

「……そう見えてるとしたら、それは俺がそう見せてるだけだよ。実際には普通に落ち込んだりするさ」

そう言ってから、すぐに余計なことを言ったと後悔する。

(アホか。自分から自分のかっこ悪いところを暴露してどうする)

そう内心で悪態を吐く政近だったが、アリサは「ふ〜ん」と言いながら半歩政近に近付くと、軽く寄り添うように腕を触れさせた。そして、前を向いたままそっと政近の手を握る。

「？　ア、アーリャ？」

突然の手繫《てつな》ぎに動揺する政近だが、アリサは振り向くことなく静かに口を開いた。

「……これからは、隠さずにそういう姿も見せて」

「え？」

「私だって……あなたのことを、支えたいと思うのよ？　パートナー、なんだから」

むっと唇を尖らせ、なんだか不機嫌そうに言うアリサ。しかし、それがただの照れ隠しであることは、政近でなくとも分かるくらいに明白で。それに気付いているのかいないのか、アリサはなおも、まるで不満をぶつけるように続ける。

「いつもいつも、助けられてばかりいるのは性に合わないのよ……だから、たまには私にも、あなたを助けさせなさいよ」

「なにその命令」

口調に反してあまりにも可愛らしい内容の命令に、政近は思わず失笑してしまった。瞬間、キッと視線を鋭くしたアリサが、握った政近の手に爪を立てる。

「うるっさい、笑うな」

「いてて、ごめんごめん」

謝りながらも、やっぱり笑みがこぼれてしまう。アリサの不器用ながらも真っ直ぐな言葉に、落ち込んでいた政近の心が暖かくなった。

「ありがとな、その気持ちだけで嬉《うれ》しいよ」

アリサの目を真っ直ぐに見つめ、優しく告げる。それは、政近にとって偽らざる本心だった。事実、アリサの言葉と気持ちだけで、自己嫌悪に沈んでいた政近の心は救われた。

のだが、アリサはそうは捉《とら》えなかったらしい。

「なによ……これだけ言ってるのに、まだそんなこと言うの？」

「え、え？」

本気で不機嫌そうに顔をしかめるアリサに、政近は戸惑う。そして、先程の自分の言葉が「お気持ちだけで～」という遠慮の意味に捉えられてしまったのだと察し、慌てて弁解する。

「いや、そうじゃ──」

「もういいわ。あったまきた」

吐き捨てるように小さな声でそう言うと、アリサはパッと手を離して身を翻す。

「お、おい……？」

「付いて来ないで」

そして、そう言い残すと早歩きでどこかへ行ってしまった。伸ばし掛けた手が、行き場を失って空を彷徨《さまよ》う。

「え、っと……」

追うべきか追わざるべきか。迷っている内に、今度は背後から袖《そで》を引かれる。振り向けば有希がいて、その向こうにだいぶ近付いてきた神輿が見えた。

「政近君、カメラを」

「え、ああ」

有希に言われるままデジカメを渡すと、有希は神輿に向かってシャッターを切る。

「会長、更科《さらしな》先輩、一緒に撮りますよ？」

「え、ホント？」

「お、ありがとう周防《すおう》」

そして、他のメンバーも入れて次々と写真を撮り始める。それを見るとはなしに見ていると、程なくしてアリサが戻って来た。

「おお、おかえ、り？」

戻って来てくれたことに安堵《あんど》しつつ……アリサの手に握られているものを見て、政近は思わず小首を傾げる。白い折り畳み式の容器。その隙間からわずかに覗いているのは、どう見てもたこ焼きだった。

「……そんなに食べたかったのか？」

「違うわよ」

じろりと睨《にら》みながらそう返すと、アリサは少し嗜虐《しぎゃく》的な笑みを浮かべて言った。

「ゲームをしましょう？」

「は？　ゲーム？」

「ええ」

　そこで、先頭の神輿がすぐ近くまでやって来て、他の生徒会メンバーの視線がそちらに集中する。しかし、政近とアリサは周囲の喧騒《けんそう》など気にすることなく、お互いだけを見つめていた。

「有希さんに言われた命令、実行せずに逃げるのは悔しいと思わない？」

「うぃ⁉　え、ああ……いや、でも、なぁ？」

　アリサの思わぬ言葉に、政近は有希の命令……〝互いにキス〟を思い出し、激しく動揺する。そして動揺しつつも、背後の有希をチラリと確認してから声を落として言った。

「あれは、流石に……マズいだろ」

「私は構わないわ。逃げたって思われる方が嫌だから」

「えぇ～……」

　決意に満ちた目で真っ直ぐに見つめられ、政近は思わず遠い目になる。それでもどうにか説得しようと、視線で周囲を指し示し、アリサの方を窺《うかが》った。

「でも……ここで、か？」

　歯切れ悪く言う政近に、アリサは我が意を得たりとニヤリと笑う。

「そこで、ゲームよ……あなたが勝ったら、別荘に帰った後にあなたを慰めてあげる。そうね……膝枕で優しく頭を撫《な》でて、おでこにキスしてあげるわ」

「う、お……マジで？」

思わずそのシーンを想像してしまい、政近は本気のトーンで訊《き》き返す。あのいつもツン度が強いアリサが、膝枕で優しく慰めてくれる。おまけに額にキスまでしてくれるというのだ。慰めるも何も別にもう落ち込んではいないのだが、それでもその提案はあまりにも魅力的だった。

否応《いやおう》なく男心をくすぐられる政近に、アリサは挑発的に顎《あご》を上げる。

「ただし、もちろんあなたにもリスクを背負《しょ》ってもらうわよ？　私の膝枕はそんなに安くないから」

「……おう、何やらす気だ？」

「そうねぇ……ああ、私のことを連れ去るっていうのはどうかしら？」

「は？」

目を瞬かせる政近に、アリサはニヤーッとした笑みを浮かべた。

「この人混みの中、私の手を引いて人気《ひとけ》のないところに連れ去って、そこで私にキスするっていうのはどう？　そう……情熱的に、ね？」

告げられたその内容に、政近は頰を引き攣らせる。

「……えっぐい羞恥《しゅうち》プレイだな。もはやドラマのクライマックスじゃん」

「ふふっ、きっとみんなビックリするでしょうね～？　でも、当然よ。私だって負けたら恥ずかしいことをするんだから。あなたにもこれくらいやってもらわないと」

「……で、ゲームの内容は？」

政近の問い掛けにアリサはふふんと笑うと、愉《たの》しそうにたこ焼きのトレイを持ち上げた。

「ルールは簡単。このロシアンルーレットたこ焼きで、ハズレを引いた方が負けよ」

「ロシアン？　アーリャだけに？　って、なんでそんなもんがお祭りのメニューに？　え、ハズレには何が入ってるんだ？」

「大量のわさびだそうよ」

「芸人が食うやつじゃん……ってかそれ、食ってもしらばっくれること出来ないか？」

言ってから、「いや、二人だったら我慢したところで意味ないか。自分が食べてないんなら相手が食べてるんだし」と思い直すが、アリサもそれを理解した様子で肩を竦《すく》める。

「その場合は、全部食べ終わった後にどれがハズレだったかを相手が当てることにしましょう。もし当てられなかったら、引き分けで第二回戦ってことで」

「それ、当てられても違うって嘘吐けるんじゃ……」

「そこは紳士的にやりなさいよ」

「あぁ、はいはい了解」

「それじゃあ、先攻か後攻か選ばせてあげるわ。どっちがいい？」

「……じゃあ後攻で」

少し考え、政近は後攻を選択した。すると、アリサは特に迷う様子もなく手前のたこ焼きに楊枝《ようじ》を刺し、躊躇《ちゅうちょ》なく口に放り込む。

「はい、どうぞ」

「……おう」

そして、挑発的な笑みを浮かべたままトレイを差し出してくる。その様子を見て……政近は確信した。

（こいつ、何か仕掛けてるな……）

そもそもがこのルール、どう考えても辛い物が得意な政近の方が圧倒的に有利なのだ。なのに、アリサの態度は不可解なほどに自信満々。しかも、たこ焼きを食べる際にもハズレを警戒している様子がない。

それらから導き出されるのは……つまり、イカサマだ。端《はな》から自分の勝利を確信しているから、あんな強気な態度に出られるのだ。

（ああ、なるほど……『この私の気遣いを無下にした報いを受けろ』ってことか）

どうやら、先程の「気持ちだけで嬉《うれ》しい」という政近の言葉が、よっぽどお気に召さなかったらしい。このゲームの本当の目的を察し、政近は肩を竦める。

（ま、勇気を出して手を差し伸べたのに、遠慮しますって押し戻されたら腹も立つか……いや、誤解なんだけど）

しかし、誤解とはいえアリサの厚意を突っぱねてしまったのは事実だ。勇気を出した女の子に、恥をかかせたとも言える。となれば……ここはその罪滅ぼしとして、まんまと策にハマってやるべきだろう。潔く負け、精々思いっ切り情熱的に振る舞ってアリサの失笑を浴びるのだ。それで、アリサの気が済むのなら是非もない。

（う～ん、俺わさびの辛さは得意じゃないんだけどな～……ま、くれぐれも吐き出したりはしないようにだけ気を付けますか……）

そんな風に思いながら、覚悟を決めた政近はひとつ、ふたつとたこ焼きを口に運ぶのだが……

（あれ？　引かないな？）

三つ目を口に入れたところで、意外感と共に少し違和感を覚える。

「それじゃあ、これで私は最後ね」

そう言うと、アリサはやはり迷う素振りも見せずに四つ目のたこ焼きを口に運び、挑発的な笑みを浮かべた。その顔に、辛さを堪《こら》えている様子は微塵《みじん》も感じられない。

（偶然、か？　今までの振る舞いから見ても、アーリャは必勝を確信してる……たまたま俺が、最後までハズレを引かなかっただけ……？）

「ほら、最後よ」

「あ、ああ……」

考えている間にトレイを突き出され、政近は最後のたこ焼きに楊枝を刺した。しかし、その間も考えは止めない。

（なんだ？　何か違和感が……でも……アーリャに不利なゲーム、迷いのない振る舞い、絶対にイカサマは…………あ）

そこで、政近は気付いた。この違和感の全てに説明を付ける、たったひとつの答えに。

逆なのだ。イカサマなどない。ないのは、イカサマじゃなく……

（ハズレなんてものが……最初から存在しないとしたら？）

そうなれば、全ての前提条件が崩れる。そうだ、必勝の策ではない。その逆、このゲームは……

（……初めからハズレがないなら、当然俺がハズレを引くことはない。そうなればルール上、俺がアーリャの何番目がハズレだったのかを当てることになるが……それが正解か不正解かは、あくまでアーリャの自己申告。つまり……）

そう、つまりこれは……アリサにとって、必敗のゲームだったのだ。

そこに気付いた瞬間、政近は呆《あき》れたような、微笑ましいような……なんとも言えない気持ちに襲われて、微苦笑を漏らした。

なんて、不器用な慰め方だろうか。ゲームにかこつけて、敗者の罰だから仕方ないと言い訳して……そうして、政近を慰めるつもりだったのだ。この優しいパートナーは。でも……

（そうでもしないと、慰められないと……そう思わせたのは、俺のせいか）

全てを理解し、最後のたこ焼きを口に運ぶ。そして、咀嚼《そしゃく》するが……やはり、辛さなど微塵も感じない。その瞬間、アリサがニーッとした笑みを浮かべ、

【私の勝ち】

そう、呟《つぶや》いた。そのロシア語に、政近は自分の推測が正しいことを確信し――

（ま、気付いた以上……素直に勝ってやるわけにはいかないよな）

内心そう独り言《ご》つと、大きく目を見開き、パチンと手で口を押さえた。

「おぐっ、あ、からっ⁉」

「⁈　え、え？」

「〜〜〜っ！　っ、つあぁ〜……あ〜あ、俺の負けかぁ」

ゴクンと口の中のものを呑《の》み込み、顔を上げると、混乱した様子で目を瞬かせるアリサと目が合う。その困惑と混乱がないまぜになった表情に、政近はニヤリとした笑みを浮かべ……その手からトレイを奪い取ると、もう片方の手でグイッとアリサの腰を抱き寄せた。

「それじゃあ行きましょうか？　お嬢さん？」

「え、あ、はい――？」

至近距離で悪戯《いたずら》っぽく問い掛け、目を見開いたアリサが頷《うなず》いたのを見届けるや、その手を摑《つか》んで駆け出す。

「え、お、政近君――⁉」

背後で有希の驚きに満ちた声が上がるが、振り返ることなく走る。五人を置いて、神社の鳥居に向かって。

アリサが転ばないよう気を遣いながら、政近は人混みの中を進み続けた。神輿《みこし》を追い抜き、鳥居が見えてきたところで……ドンッ、と大きな音を立てて、夜空に大輪の花火が開いた。それを視界の端に捉《とら》えながら、政近はなおも駆ける。鳥居を抜け、石段を下り、砂利が敷き詰められている小さな駐車場に着いたところで、ようやく足を止める。

その駐車場は少し高台になっており、その奥からは海沿いの町の夜景と……夜空に咲く花火が見えた。

「……」

無言で駐車場の中を歩き、木の柵《さく》の手前まで進むと、そこでようやく手を離す。そうして十秒ほどの間、並んで花火を見上げていると、不意にアリサが「ねぇ」と険のある声を上げた。

「ん？」

振り向くと、そこには不機嫌そうな表情でこちらを睨《にら》むアリサの姿。もっとも、その理由は分かり切っているので、政近に動揺はない。

「どういうつもり？」

「どういうつもり、とは？」

「っ！　とぼけないで……あなたがハズレを引いてないことは分かってるわ。なんで負けたふりなんかしたの？」

あのたこ焼きの中に辛いたこ焼きなどないことは、アリサ自身がよく分かっていること。つまり、あれは政近の演技であり……アリサは、勝ちを譲られたことになる。これはどういうことかと眉《まゆ》を吊《つ》り上げるアリサに、政近は動じた様子もなく小首を傾げた。

「それじゃあ、逆に訊《き》くが」

「……なによ」

「お前はなんで、負けたふりをしようとしたんだ？」

その政近の、言葉に。アリサは気付いた。自分の策が、全て見抜かれていることに。目を見開き、カッと頰《ほお》を赤くするアリサに、政近はニヤリとした笑みを浮かべる。

「なっはっは、まあ俺を出し抜くなんざ十年早いってこったな」

そう勝ち誇ったように笑ってから、政近は表情を改め、穏やかな目でアリサを見つめた。

「ありがとな。慰めようとしてくれて。でも、本当に大丈夫だから。お前のその気持ちだけで、俺は本当に嬉《うれ》しいんだ」

政近の真摯《しんし》な言葉に、アリサはしばし、口を開いたり閉じたりしていたが……やがてむぅ～っと眉根を寄せると、プイっと顔を背けるようにして花火の方を向いた。それに苦笑し、政近も同じように花火の方に向き直る。

そうしてしばらくの間、二人は無言で花火に見入った。夜空を染める色鮮やかな光と、空気を震わせる炸裂音《さくれつおん》。それらを全身で感じながら、アリサがぽつりと囁《ささや》く。

「……綺麗《きれい》ね」

「ああ」

アリサの言葉に頷《うなず》きつつ、政近はふと思った。

（あ、しまった。今のは、『お前の方が綺麗だよ』って言うのがお約束だったか？）

そんな風に考え、政近はチラリと横目でアリサの顔を見る。色とりどりの花火に照らされ、赤や緑の光で暗闇に浮かび上がるアリサの横顔は、やはり溜息《ためいき》が出そうなほどに美しかった。が……

(ん……いや、よく見えないし。絶対に昼日中、明るいところで見た方が綺麗だな)

政近の頭の中に、そんな情緒もクソもない感想が浮かぶ。しかし同時に、お約束は守るべきだろうかとも思い……政近は視線を前に向け直すと、勢いよく上がった花火が炸裂するタイミングを見計らって言った。

「Ты красивая《綺麗だ》.」

その呟《つぶや》きは、夜天を震わせる大きな音に掻《か》き消される。アリサの顔を盗み見て、自分のロシア語が届いてないことを確認した政近は、こそばゆい気持ちと共に前を向いた。

(うっ、おおおぉぉぉ～っ！　恥《は》っじぃぃぃ～～～！　こんなんよ～やらんわ！)

表情が崩れないよう奥歯を食いしばり、むずがゆさに必死に耐える政近。その右肩に……そっと、手が掛けられた。

(なん――？)

肩を叩《たた》かれたのかと思った政近が、そちらを振り向くより先に。

「ん――」

政近の頬に、アリサの唇が押し当てられた。頬にはっきりと感じる、アリサの唇と鼻先の感触。疑いようもないキスの感触に、政近は固まった。脳が完全にフリーズし、花火の音すら聞こえなくなる。

機能を放棄した政近の耳に、微《かす》かにちゅっという音が届き、静かにアリサの体が離れる。

そこでようやく目だけを動かしてそちらを見ると、口の端に恥ずかしさをにじませたアリサが、しかし挑発的に笑っていた。

「俺を出し抜くなんて……なんだったかしら？」

おくれ毛を弄《もてあそ》びながら、アリサはどこか得意げに言う。その言葉に、政近は先程の自分の発言と有希の命令を思い出すが、アリサのキスの衝撃がデカ過ぎてちょっとそれどころじゃない。

「いや、おま──な──」

頬を手で押さえたまま言葉を失う政近に、アリサはしてやったりといった表情を浮かべ、ツンと顎《あご》を上げて言った。

「それで？　政近君は、どこにキスしてくれるのかしら？」

その言葉に、政近は目を見開いて息を呑《の》む。

（もし──）

もし、ここでアリサの肩を摑んだら……アリサは、応《こた》えてくれるのだろうか？

そんな馬鹿げた思考が脳裏に浮かび、政近はすぐさま打ち消す。そして、やはりここは頬に返すべきかと考え……暗闇に浮かび上がるアリサの美し過ぎる顔に、すぐに無理だと思った。

あの白い肌に、自分の唇を押し当てる。そんな冒瀆《ぼうとく》的な行為は、とてもではないが許されないと思った。

一度そう考えてしまうと、もはや手の甲にするのすら躊躇《ためら》われる。それならいっそのこと服の上から……とも思うが、相手の持ち物にキスをするなんてそれはそれで変態っぽいし、かと言ってここで自分だけキスを拒否するのは男としてどうなのって話だし……

「〜〜〜〜！」

数秒間の凄《すさ》まじい葛藤の末、意を決した政近はスッとアリサに歩み寄ると、アリサの耳元に右手を伸ばした。

「ん……」

政近の指が耳に触れ、アリサがくすぐったそうに片目をつぶる。しかしすぐに表情を改めると、政近の顔を真っ直ぐに見つめる。その目を見返しながら、政近は右手をそっと下ろしてアリサの髪をすくうと……その先端に、自分の唇を触れさせた。そして、すぐさま手を離す。

（んんん〜〜〜〜〜ッッッ!!）

直後、目をつぶって脳内で七転八倒《しちてんばっとう》。自分自身の行動に、羞恥心《しゅうちしん》が限界突破していた。

（ってか、髪て！　冷静に考えて髪て！　下手したら一番〝ただしイケメンに限る〟って場所じゃないかぁぁ――――!!）

肌にキスするのは絶対に無理という逃げから、苦肉の策で髪の毛を選んだものの……改めて考えたらもんのすごいキザな行為ではないかと思い至り、政近は脳内で激しく頭を打ち付けた。

「ふ、ふふっ」

そこで小さな笑い声が聞こえ、政近は恐る恐る目を開ける。すると、アリサが口元に手を当てて心底おかしそうな目でこちらを見上げていた。

「ふふっ……一瞬、唇にキスされるのかと思ったら……まさかの髪？」

「……うっせぇ、悪かったな臆病者《チキン》で」

羞恥と若干の不貞腐《ふてくさ》れから、政近はプイっと顔を背ける。そんな政近にますますおかしそうに笑みを漏らし、アリサはおもむろに政近がキスをした髪を持ち上げると……横目で見守る政近の前で、その先端を唇に押し付けた。

「ん、な──」

絶句して目を見開く政近に、アリサはニヤーッとした笑みを向ける。

「意気地なし」

そして、どこまでも挑発的にそう言い放つと、アリサは急に政近の腕を取った。政近の腕に自身の腕を絡め、ぎゅっと抱き寄せると、花火の方に向き直りながら政近の肩に少し頭を乗せる。

「まったく、女心が分からないパートナーで、困ったものだわ」

そして、呆《あき》れたような口調で、しかし顔には悪戯《いたずら》っぽい笑みを浮かべて、そう言うのだった。……その、顔を見て。

(ああ、そう、か……)

政近は、否応《いやおう》なく悟った。悟らずには、いられなかった。

(アーリャ、お前は――)

ずっと、目を逸《そ》らしていた。でもここまで来ては、もう誤魔化《ごまか》せない。もう……気付かないふりは、出来なかった。アリサから向けられる――自分への、恋心に。

気付いてしまい……政近は、胸を締め付けられるような思いがした。

(……でも、俺は――)

ぎゅっと拳《こぶし》を握り、政近は空に目を向ける。先程までは純粋に綺麗だと思えていた花火が、今はなぜか儚《はかな》く切ないものに見えた。

そんな政近の内心など知らぬげに、花火は今ぞこの時とばかりに次々と咲いては散っていく。その儚く美しい光が、寄り添う二人の影を地面に映し出していた。

エピローグ

忘れてはいけない過去

「あら、政近《まさちか》ちゃん出掛けるの？」

「うん、ちょっと」

「そう、気を付けてね？」

「ん、いってきます」

祖母に手を振り、政近は家を出る。生徒会合宿を終え、父方の祖父母の家にやって来た政近は……この日、ひとつの決意と共に、ある場所へと向かうことにした。

「……よしっ」

小さく気合を入れ、政近は熱い日差しの中をゆっくりと歩き始める。

「……」

生徒会合宿の最中、政近はアリサから向けられる恋心に気付いた。その恋心が、果たしてどれほどのものなのかは分からない。本人も自覚していない淡い恋心程度なのか、自覚のあるはっきりとした恋心なのか……後者であったとして、アリサ本人に恋人関係になりたいという願望はあるのか否か。それは政近には分からないが……気付いてしまった以上、これまで通りに知らないふりは出来なかった。

いや、知らないふりをするにしても……その前に、自分の気持ちと、意志を、しっかり固めるべきだと思ったのだ。アリサの好意に……どう、応えるのか。

(俺は……アーリャのことが、好きなのか?)

それは、合宿の日以来何度も自問自答していること。好きか嫌いかで言えば、間違いなく好きだ。それどころか、愛情に似たものすら感じたことがある。それに……恋のトキメキらしきものも、感じたことがある。でも……

(分っかんねぇ……)

それが本当に恋なのかと問われれば、政近は正直分からない。いや、分からないようにしてる、と言うべきか。その理由は、自分でもよく分かっていた。

(恋を、思い出したら……)

どうしようもなく、思い出してしまう。かつて恋をした、あの子のことを。そして、あの子を忘れてしまった自分自身を嫌悪し、自分の恋心を信じられなくなって……結局、見ないふりをする。そうやって、ずっと向き合うことから逃げてきた。

(でも……それじゃあ、ダメだ)

もう、逃げるのはいい加減やめにしないといけない。これ以上、あの子を恋から逃げる理由にしてはいけない。過去の恋に決着をつけ……前を、向かなければいけない。

こんな自分に、恋心を向けてくれる人がいるのだ。こんな自分に……勇気をくれた、先輩がいるのだ。

『久世《くぜ》くんは、ちゃんと誰かを好きになれる人だから』

優しい抱擁と共に送られたその言葉を胸に、政近は歩みを進める。あの子との思い出が詰まった……あの公園に。

「……っ」

公園に近付くほどに、見覚えのある道を通るほどに……政近の心は軋《きし》み、嫌悪感と拒絶感を止めどなく吐き出す。覚悟を決めてなお、どうしようもなく足が鈍り、「やっぱり引き返そうか」「また今度の機会にしようか」なんて逃げの思考が頭をもたげる。

それでもなお、政近は歩き続けた。暑さとは無関係に湧き上がってくる脂汗と、お腹《なか》の奥で渦巻く気持ちの悪い感触に耐えながら。そうして本来十分もあれば着く距離を三十分以上掛けて進み、ようやく辿《たど》り着く。

「……ああ、ここだ」

その公園の入り口を目にした途端、政近は不思議なほどに心が落ち着くのを感じた。なんというか、正体が分からずに恐怖していた対象が、実体を得たことで恐怖を感じなくなったような……そんな感覚。急に気分が落ち着いたことに、政近自身少し拍子抜けしてしまう。

（そんなに……忌避することでもなかったのかな……？）

あるいは、一番の思い出の地である、遊具がたくさんあるあの広場ではないからなのかもしれない。あの子といつも待ち合わせをしていたあの場所は、あくまでこの大きな公園全体の一部であり、ここから遊歩道に沿って敷地の反対端まで行ったところにある。

「……ま、順番に行くとしますかね」

自分自身に言い聞かせるようにそう独り言《ご》ち、政近はその軽い語調とは裏腹に、強い覚悟を持って一歩を踏み出した。

家族連れや、ランニング中の男性などが行き交う遊歩道を、周囲を見回しながらゆっくりと歩く。

（あ、あそこ……あの子とフリスビーした場所だ）

木立に囲まれた大きな広場に、政近はかつての記憶を蘇《よみがえ》らせる。そうして周囲に目を向ければ、次々とあの子と過ごした思い出が蘇って来た。

（あそこは、かくれんぼでよく俺が隠れてたところ……ああ、あのローラー滑り台、よく一緒に滑ったなぁ……）

どれも、特別なことなど何もない、他愛《たあい》もない子供の遊び。けれど、そんな子供らしい遊びとは無縁に生きてきた当時の自分にとって、彼女と過ごす日々はいつも輝いていた。彼女から向けられる純粋な称賛が、真っ直ぐにこちらを見つめる青い瞳《ひとみ》が、何より心地よくて。母親に失望し、冷え切っていた心が熱を取り戻した。彼女のためだったら、どんなことだって出来る気がしていた。

（この道……そうだ、ここで犬に襲われて……）

意外なほどに穏やかに、心静かに過去を懐かしむ。思い出したあの子と過ごした日々は、やっぱり美しく輝いていて……けれど、その輝きに胸が苦しくはならない。喪失感に苛《さいな》まれることもない。そんな自分自身に、内心安堵《あんど》し……不意に目に入った噴水広場に、政近はピタッと立ち止まった。

（ここ、は……あの子との、別れの……）

そう、気付いた瞬間。政近の……心の奥底に封じた、記憶の扉が開いた。

◇

【マサーチカ】

【なに？】

いつも通り、二人で一緒に遊んだ後。普段は愛称で呼ぶ彼女に、久しぶりにその名で呼ばれ……政近は、どうしたのだろうかと振り返った。

すると、いつも明るいあの子が、なんだか暗い表情をしていて……

「―――――」

そう、何か……衝撃的なことを言われたのだ。ロシア語ではなく、日本語で。

その言葉に、政近は茫然自失《ぼうぜんじしつ》となり……そうして気付けば、あの子はいなくなっていた。

何かの間違いだったんじゃないか。今度また話を聞こう。そう思って翌日もこの公園を訪れるも、あの子はいなくて。

それから何度この公園を訪れ、どれだけ捜しても、あの子はいなくて……「今日は会えるんじゃないか」「今日は会えなかった。でも明日には」なんて、淡い期待と虚《むな》しい失望を何度も繰り返し、一カ月が過ぎた頃。唐突に、「ああ、もうあの子には会えないんだ」と、悟った。

そして、それから間もなく祖父母の家から周防《すおう》の家に呼び戻され。父の口から、母と離婚をすることを告げられた。その瞬間、脳裏にかつての記憶が蘇ったのだ。

『うわぁ、かっこいい！』

あれは……いつのことだったか。たしか、まだ幼稚園児だった頃のことか。警察官を見てそう言った幼い政近に、父は言った。「そうだろう？　実は父さん、昔は警察官になりたかったんだ」と。

『なんでならなかったの？』

子供らしい純粋さでそう問い掛けた政近に、父は少し切なげな笑みを浮かべて言った。

「夢よりも大切なものを見付けたからだよ」と。

当時は意味が分からなかったが、その後、周防の家は代々外交官を務めている家柄だと知り。父は、母と結婚するために、自らの夢を諦《あきら》めて外交官になったのだと知った。

知って、政近は感動した。父が言っていた夢よりも大切なものとは、母のことだったのだ。父は、自分の夢よりも、愛する女性のことを優先したのだ。かっこいい。僕の父様は、なんてかっこいいんだろうと。そう、子供心に尊敬した、のに。

『ごめんな、政近。父さんと母さん、これからは別々に暮らすことになったんだ』

なのに……なんで、母は父の献身を、努力を、裏切るのか。なんで父の……僕の努力に、報いてはくれないのか。

『分かった』

分かる必要なんてない。理解する必要なんてない。母様は……あの母親は、自分の夫と子供に、愛情を向けることも出来ないクズだったというだけのこと。それだけで十分だ。

『だったら、僕……俺は、父さんに付いて行くよ』

もう知らない。やってられるか。全部無駄だった。あの母親の視線を求めて努力し続けた日々には、なんの価値もなかった。何もかも全部ゴミだ。だからもう捨てる。

どれだけ努力しても応《こた》えてくれない母も、それでもひたすらに努力を強いる祖父も、父に夢を諦めさせたこの家も。全部捨ててやる。俺には父さんと、妹の有希《ゆき》がいればそれでいい。これからは、二人だけを家族だと思って生きていく。父さんと、有希がいれば、俺は……

『ごめんね兄さま、わたしは……この家に残るね』

でも、訪れた妹の部屋で……ベッドの上で体を起こした有希は、静かに。しかし迷いなくそう言った。

予想だにしなかった言葉。妹が見せた思いもよらぬ強い意志に、俺は面食らった。

『喘息《ぜんそく》のことを心配してるのか？　だったら大丈夫だ。別にこの家じゃなくたって、喘息が酷《ひど》くなったりしない。世話係が欲しいなら、綾乃《あやの》も一緒に連れて行けば……』

戸惑いながらも、焦燥感に衝《つ》き動かされるままに有希を説得した。けれど、有希が首を縦に振ることはなくて。

『なんでだよ！　この家にいたって何もいいことなんかない！　こんな家、捨てちゃった方がいいんだ！』

感情的に喚《わめ》き、母親と祖父に対する悪口を声高に叫ぶ俺に、有希は少し寂しそうに笑って。

『でも……わたしが家を出たら、お母様が一人になっちゃう』

ただ一言、そう言った。その言葉に、その表情に、俺は……それ以上、何も言えなくなってしまった。

その瞬間、理解してしまったのだ。ずっと、守らなければならないと思っていた病弱な妹は……俺などよりも遥《はる》かに大人で、俺などよりもずっと強い意志と、深い愛情を持っているのだと。

唐突に俺は、自分が恥ずかしくなった。感情的に喚き散らし、肉親を非難する自分の卑小さがひどくみっともなく感じた。けれど、周防政近のちっぽけなプライドが、その事実を受け入れることを拒んで。

『じゃあ、好きにしろよ！』

俺は、心のどこかで恥の上塗りをしていると気付きながらも、そう吐き捨てて有希の部屋を後にした。そして、有希と顔を合わせないまま、「今に向こうから謝ってくる」「有希が俺と離れられるもんか」「一言謝れば、兄として許してやろう」なんて、独りよがりな考えを抱きながら日々を過ごし。訪れた別れの日に、母親の隣に立つ妹を見て。ようやく、自分の愚かしい勘違いに気付いた。

捨てたのは、たしかに自分だったはずなのに。なんで、捨てられたような気分になるのか。爽快《そうかい》さなど欠片《かけら》もない、胸に寒風が吹きこむような虚《むな》しさの中、俺は呆然《ぼうぜん》と周防の家を後にした。その隣で、父はずっと申し訳なさそうな顔で俺に謝っていた。

それからは、しばらく無味乾燥な日々が続いた。祖父の期待も、あの子の称賛も、たくさんの習い事もない、あまりに平穏に過ぎる日々。何をすればいいのか、自分が何をしたいのかも分からぬまま、ただ無為に日々を過ごし……小学六年生になり、どこの中学に行くのかを意識した時に、ふと思った。そうだ、征嶺学園《せいれいがくえん》に行こうと。

それは、ある種の復讐心《ふくしゅうしん》だった。祖父が望んでいたあの学園への入学を、周防家の力を一切借りずに実現する。そうして、あの祖父と母親に思い知らせるのだ。お前らが逃がした魚は大きかったんだと。お前達は、自らの愚かな振る舞いで、比類ない跡継ぎを失ったんだと。

そんな歪《ゆが》んだ動機で、遅まきながら受験勉強を開始し……俺は、見事征嶺学園に入学した。

どうだ、ざまぁみろと。このくらいの学園、半年ちょっと勉強すれば入学できるんだ。やっぱり俺はすごいんだ、特別なんだ……なんて自惚《うぬぼ》れながら、意気揚々と参加した入学式。そこで、首席入学者として新入生代表あいさつをしていたのは……

『皆様はじめまして。わたくしこの度新入生総代を仰せつかりました、周防有希と申します』

自分が周防家に置き去りにした、妹だった。

非の打ち所がない完璧《かんぺき》な所作、堂々たる振る舞いであいさつをする妹。健康な体を手に入れ、立派に成長したその姿を見て……俺は、自分が特別でもなんでもないということにようやく気付いた。俺は、替えが利く存在だったのだ。本当に価値がないのは……本当のゴミは、俺自身だった。いつだって感情的で、いつだって動機は他人次第で。他人に頼り、他人に理由を求めなければ、自分では何も出来ない。おまけに、勝手に頼っておいて、相手が思ったような反応を返さなければ勝手に失望して……肉親を愛することも出来ず、愛する妹に全部を押し付けて。

そんなどうしようもない兄に、それでも妹は優しかった。兄に負い目を感じさせないよう、いつだってお馬鹿でオタクな顔を見せて、恥ずかしげもなく好意を伝えてくれた。妹は、周防家の跡継ぎという重責をその背に負いながらも、その上で家族の絆《きずな》まで守ろうとしてくれていた。その器の大きさと、眩《まばゆ》い魂の輝きを見る度に、俺は——

◇

「ハァ……」

噴水広場のベンチに腰を下ろし、ズグズグと痛みを放つ胸から溜息《ためいき》を絞り出す。最悪の気分だった。あの子との別れの記憶に始まり、連鎖的に思い出した過去の記憶は、本当にひどいものだった。

「死にて～……」

自分がアリサを好きかとか、そんな問題じゃなかった。

そもそも……なんで自分がアリサに相応《ふさわ》しいだなんて、自惚れてしまったのか。小さく空っぽな器を抱えて、頼りになる誰かを探してふらふらと彷徨《さまよ》っているだけの自分が。どうして、彼女に相応しいと言えるだろうか。

「……バッカみてぇ」

最初っから、好きかどうかなんて考えられるような、立派な身分ではなかったというのに。眩い魂の輝きを持つ人達に囲まれている内に、自分も彼らの仲間になれたかのような勘違いでもしてしまったのだろうか。

「……クズが」

自然と、口から自分自身への悪態がこぼれ落ちる。思い出したかつての自分は、想像以上にどうしようもないクソガキだった。ずっと……今までずっと、母親が全て悪いと思っていた。けれど違った。

今なら分かる。あの家族を壊した直接的な原因は……他ならぬ、自分自身だったのだと。それまで、各々思うことはあれど、家族の形を壊すことだけはないよう配慮していた。あの母も、父にきつく当たる姿を子供に見せないようにすることで、最後のラインを守っていたのだ。

なのに……そのラインを、政近だけが破った。母に対する憎悪を、反発を隠そうともせず……恐らくはその結果として、両親は離婚したのだ。これ以上、家族の形を守ることは無理だと判断して。そうしてバラバラになった……政近がバラバラにした家族の絆を、今は有希が必死に守ろうとしている。誰よりも家族を愛する妹が。周防家の跡継ぎとしての重責を背負った上で、なお。

「っ！」

不意に、政近は泣きたくなった。胸が震え、目頭に涙が込み上げてくる。それが、自分の不甲斐《ふがい》なさゆえか、妹への愛《いと》おしさゆえか、それとも憐《あわ》れみゆえなのか……答えは分からなかった。分からないままに、歯を食いしばり、グッと涙を堪える。今は無性に有希を……あの小さな体を、力いっぱい抱き締めてやりたかった。

「……ハァッ」

いろんな感情がないまぜになった息を吐き出し、政近はベンチから立ち上がる。当初の目的であった、あの子との思い出の地を巡り、過去の恋に決着をつけるという目的は……まだ果たされてはいない。けれど、もう十分だと思えた。

元より、自分はアリサに相応しくない。いや、きっと誰にも相応しくはないのだ。家族を憎み、家族を壊した自分には。たった一人の最愛《妹》を、守ることも出来ない自分には。新たな家族の絆を……それに繋《つな》がる愛情を、手に入れる資格などない。手に入れたところで……それを、大事にすることも出来ないのだろうから。

「……帰るか」

誰にともなく呟《つぶや》き、政近は歩き出した。夏の日差しは肌に痛いほど熱いのに、その熱さを感じないほどに、体の芯《しん》はすっかりと冷え切っていた。まるで、臓腑《ぞうふ》の代わりに冷たい粘土でも詰め込まれているかのようだ。全身が泥土のように重たく、ひどく気持ち悪い。のろのろと遊歩道へと歩み出て、ただ道なりに沿って歩く。そうして分かれ道に達し、政近は立ち止まった。

「……」

右の道を行けば、公園の出口。左の道を行けば、あの子との一番の思い出の地に……あの子と一番長い時を過ごした、たくさんの遊具があるあの広場に出る。政近はしばし迷い……ゆっくりと、左の道に足を向けた。理由は自分でもよく分からない。二度とここを訪れずに済むよう、この際全ての地を巡ろうと思ったのか……それとも、ヤケな気分で、自分自身の心を更にえぐる自傷行為に走ろうと思っているのか。

分からないまま、政近は歩を進める。重たい頭を下げ、地面をじっと見つめながら。やがて舗装された遊歩道は、砂利交じりの砂地に変わり。ゆっくりと顔を上げれば、記憶よりもずいぶんと小さく見える広場が目に入った。

縁石で囲われた砂場、四つ並ぶ赤いブランコ。その向こうは飛び出し防止の小さな柵《さく》を隔てて、車道に繋がっている。子供の頃は、あの子の下へ駆け寄る前に、あの互い違いに並んだ小さな柵の間を縫うように歩かなければならないことをいつも煩わしく思っていたものだ。そんなかつての自分を思って小さく笑みを漏らし、政近は左に目を向ける。そこには、あのボコボコと穴の開いたドーム状の遊具。その、頂上に。

「え——？」

見覚えのある、人影があった。予想だにしない……そこにいるはずのない人物に、思考が停止する。ただ棒立ちで呆然と眺める政近に、空を見上げていたその人物がふと視線を下ろした。その視界に政近を収め、腰を上げると、タッタタッと斜面に足を着きながら、半ば滑り落ちるようにして遊具から下りる。

そうして地面に足を着くと、政近にゆっくりと歩み寄る。

政近の目の前で立ち止まった彼女の顔《かお》には、懐かしそうな……それでいて、どこか切なそうな笑みが浮かんでいて。息を呑む政近に、彼女は万感の思いを込めて言った。

「久しぶり——」

Масачка!

послесловие

あとがき

どうも、燦々SUN《サンサンサン》です。何気にこの一言目のあいさつが一番の悩みどころな燦々SUNです。悩んだ末が「どうも」かよ、というツッコミはナシです。大体こういうのは悩みに悩んでシンプルなものに落ち着くものなんですよ。つまりこの短いあいさつは、私が熟慮した証《あかし》と言えるわけです。十秒も悩んだんだから間違いない。

さて、私は今回、皆さんに謝らなければならないことがあります。それは、前回三巻のあとがきがつまらなかったということです。吉河美希《よしかわみき》先生に推薦いただいた事実が嬉《うれ》しかったあまり、はっちゃけ具合が足りませんでした。あれではいけませんね。なぜなら私は小説家。小説家の仕事は、文章で読者の心を動かすこと。なれば、あとがきでも出来る限り読者を笑わせることを心掛けるべきでしょう。他にそんなことやってる小説家を見たことがないというのはさておいて。

まあ、私が読んでるラノベはどれも有名作品ばかりですし……大作家先生ともなると、きっと皆さん真面目なんですね。私みたいに思い付くままに勢いで文章を書き連ねて、「ハイ出来た。行ってまえ〜い」と編集さんに投げるようなあとがきの書き方はしていないんでしょう。きっと熟慮に熟慮を重ねて、その結果シンプルなものに落ち着いてるのに違いないのです。そう、ここでこのあとがき冒頭のあいさつに繫《つな》がるわけですね。これを伏線回収と言います。またの名をこじつけとも言いますね。

ああそうそう、前回の反省点としては……もうひとつあります。それは、カバー袖コメントです。私は三巻のカバー袖コメントで、「それはハードルじゃなくて物干し竿《ざお》だから、それに相応《ふさわ》しい高さに置き直せ」という趣旨の内容を書きました。しかし、書いた後に気付きました。そう……一般的には、ハードルよりも物干し竿の方が高さが高いという、衝撃の事実に、です。私が学生時代にハードル走で跳んだハードルは、やろうと思えば跨《また》げる高さでした。ですが、物干し竿は跨げません。あれを跳ぼうと思ったらベリーロールしないと無理です。ベリーロールと言うとブルーベリーやラズベリーが使われたロールケーキのように聞こえますが、この場合のベリーは果実を意味するｂｅｒｒｙではなくお腹《なか》を意味するｂｅｌｌｙです。

全国の中高生の皆さんは体育の走り高跳びの授業でドヤ顔でこの豆知識を語ってみてください。もしクラスの中に「又聞きの知識をドヤ顔で語ってるよ」と小馬鹿にした表情をしている人がいたら、その人は同志です。小声でこっそり「アーリャさんは？」と問い掛けましょう。本物の同志なら、即座に「可愛いです」と返してくれるはずです。そしたらすかさず固い握手を交わしましょう。ただ、もし仮に「俺は有希《ゆき》推しだ」と返して来たら、それは敵です。すぐさま相手のｂｅｌｌｙに拳《こぶし》を叩《たた》き込んでやりましょう。時には拳で語らなければならないこともあるのです。大丈夫です。拳を交わした後には友情が芽生えているはずですから。ちなみに、私はそれを実践した結果、大学の恩師や友人、果ては家族に至るまで全てを失いました。不思議ですね？　何が悪かったんでしょう？　もしかしたら、青春漫画と違ってリアルでは拳で友情は生まれないのかもしれません。とりあえず、次回以降は拳で語るのはやめて、膝《ひざ》を入れるところから始めようと思います（※良い子の皆さんは絶対に真似しないように）。

　さて、心底くぅだらない話をしていたらページが埋まりました。最後に、今回も本作の刊行に当たって多大なご助力をくださいました編集の宮川《みやかわ》様。御多忙の中、今回も本当にエロゲフンゲフン！　……素晴らしいイラストをたくさん描いてくださったイラストレーターのももこ先生。アーリャのツンデレな表情が素晴らしい、バレンタインイラストを描いてくださったさばみぞれ先生。そして、よもやよもやのゲストイラストを描いてくださった……伝説級の絵師、いとうのいぢ先生。そして最後に、本作の制作に関わった全ての方々と本作を手に取ってくださった読者の皆様に、摑《つか》めるくらい大きな感謝をお贈りします。ありがとうございました！

　また次巻でお会い出来ますように。それでは！

アーリャさんを
これからもよろしく願いします
momoco